金色
河谷

◎李万华 著

青海人民出版社

图书在版编目(CIP)数据

金色河谷 / 李万华著. — 西宁：青海人民出版社，
2013.12(2019.6 重印)
（西部散文系列.青海篇）
ISBN 978-7-225-04677-8

Ⅰ.①金… Ⅱ.①李… Ⅲ.①散文集—中国—当代
Ⅳ.①I267

中国版本图书馆 CIP 数据核字（2013）第 293165 号

金色河谷

李万华　著

出　版　人　　樊原成
出版发行　　青海人民出版社有限责任公司
　　　　　　西宁市五四西路 71 号　邮政编码:810023　电话:(0971)6143426(总编室)
发行热线　　(0971)6143516/6137730
网　　　址　　http://www.qhrmcbs.com
印　　　刷　　临沂圣贤印刷有限公司
经　　　销　　新华书店
开　　　本　　880mm×1230mm　1/32
印　　　张　　9.25
字　　　数　　200 千
版　　　次　　2014 年 1 月第 1 版　2019 年 6 月第 2 次印刷
书　　　号　　ISBN 978-7-225-04677-8
定　　　价　　30.00 元

目
录

CONTENTS

CONTENTS

金色河谷

徐缓，寥远，隆务河河谷天气的疏朗让人仿佛蹀躞在古老的羌笛之中。夏季的暴雨已经远远离去，此刻看不出丝毫踪迹。而深秋的细雨并不曾飘落。抬头，我看见印花蓝布一样的天空高远而淡泊。那是隐藏的哪一只手在轻轻揭去它们？上升，上升。它的四角鼓荡，搭在远处隐隐的山峰上。那是桑蚕丝一般的柔滑吧。我伸手，抚摸垂在我胸前的藏蓝色印花丝巾，那么富有质感和弹性，又那么轻盈。裁一缕这样的蓝天，围在脖间，是不是也如我旧年的丝巾一样温暖柔软？

阳光，我是说此刻沐浴在我身上的河谷阳光，一如我童年的阳光，馨香、金黄。它在中天盛开，花蕊对着大地。它的花瓣纷披、巨大，有着流水的质地。移步，我竟是厚重花瓣上一缕微茫的阴影。我的脚步肯定踩碎了花瓣的肌肤，可是我看不到它的裂口，也听不到惊叫声。阳光的声带一定在蜂蝶的身上，或者在水面上。如果我有阳光的声带，我将会成为多么伟大的歌唱家。闪烁，并漫延。这九月的阳光，带着芬芳。柴胡，党参，防风，薄荷，蕲艾，荆芥，白芨，谁的芳香不是阳光的芳香？

隆务河缀满银白光斑，缓缓前行，水势并不浩荡，清凉的水汽带着远山冰雪的讯息。漫卷，低矮山坡上成熟的田地有着相似的面容。小麦已经割去，成排的戴着黄色草帽的孩子，静立。多么忧郁的孩子。

金色河谷

油菜荚密集。这些锐利的骨节凸现的手指，抓着天空。不久之后，它们将爆裂，流出黑褐色的滚圆的泪水（喜悦还是激动）。再以后，那该是冰雪覆盖的冬季，它们在灶间黑铁的锅里冒烟，"哧溜"一声消失，温暖人们的胃口。朗阔。九月的河谷弹射开去，两端浸润在阳光中。卵石和青草点缀的河岸长满植物，青杨、沙棘、红柳、一两株孤立的榆树。它们的叶子尚未黄去，衬着天光，仿佛遗留的墨迹。

河岸高地，一棵又一棵杏子树冒出墙头（此刻它们正在结出带有褐色斑点的胭脂杏）。高大的黄土夯成的院墙，木板印痕的凹陷处长出黄绿的苔藓，青石台阶上土木结构的北房，左侧连接草房，右侧是烟熏火燎的厨房。院中央高杆上的白色经幡在无形之风中"啪啪"作响，隐约可辨的经文，黑色字体早已被雨水洗去。香炉，红砖砌成的神圣所在，初一、十五的桑烟曾经升腾、袅娜，柏枝混合糌粑和青稞，焚烧。那奇异的芳香，洁净，诉说万物有灵。镂刻花朵、狮子和鸟雀的门楣，松木门板纹路粗糙，密布小刀和羊角的划痕——在此之前，它是那么高洁，纹路清晰，色泽明亮，饱含水分和浓郁新鲜的松香气息。现在，吱呀呀的门是干燥的（在哪一日的阳光下，它们曾发出爆裂的惊叫），红色对联已经泛白。染着高原红的孩子蹲在村口的土堆旁，用铲子挖着锅灶，他们那么小就懂得演习琐碎生活。菜畦里新绿的油菜，是这个秋天唯一鲜嫩的表情。路口的波斯菊，深紫、粉红、纯白。不久之后来到的孩子，是否也要摘下它瘦长的荚果，用细碎的牙尖嗑开，慢慢咀嚼？转个背，我不再是彼时玩耍阳光的女童，却依旧是舒缓的、

金色河谷

静谧的、寥廓的高原时光。

说，热贡，在汉语中，是金色河谷。

从西宁市开往隆务镇的大巴停在运输公司的院子里。一路颠簸，长时间的阳光灼烤，铁皮滚烫，渗出油漆的味道。我踏出车门，迎面扑来的，依然是明晃晃的阳光和浓重的酥油气息。我想着在许多年前，以及源源不断跟随而来的旧日时光中，很多人（商贾、僧侣、游子）踏在这里的第一步，溅起的，是同样蓬松柔软的阳光之羽。

阳光（高原最旺盛的事物，仿佛土生土长的植物，自在、茁壮）弥漫，明亮。隆务镇宽阔的水泥路面，银钢摩托车呼啸而过，喷吐烟雾。阳光里的藏族少年，长发卷曲。姑娘鼻梁高挺，繁复的辫子瀑成黑色水流，缀满贝壳、红玛瑙、藏银和珊瑚的珠子。藏袍下的身材苗条而颀长。大红大绿的天然之气和美丽。缓慢走过的老者，看不透古铜色脸上的表情，轻声念诵经文，手指拨动念珠。着猩红袈裟的僧侣，当街飘渺而去。矮小的树木，缺乏足够的水分，榆、青杨、柳，叶子低垂，蒙着亮光。灰色楼层，电线杆子，单位门口的彩旗，几只左顾右盼的狗，以黑色为多。影子在它们身边，不知道是谁在缓慢行走。僧侣店铺，摆放猩红袈裟、黑色靴子、土黄色布包、帽子、流光溢彩的唐卡。曲调如同高天的藏歌长时间播放，空气里布满茯茶的味道。站在小镇北面的高地上，我看见静伏在隆务河边细微光芒中的高原小镇，蒙着逼近又邈远的尘埃，呈现着区别于内部气质的生活方式。

金色河谷

吐蕃，羌，吐谷浑，汉，西夏。争夺，占据，穿梭。黑毛茶，羊羔皮，黄烟和马。陶罐上的蛙纹，口念咒语、经文。飞沙走石，暴雨，干旱。刀，柔软肚腹，鲜血。疾病，天花，鼠疫。生涩，路尘，"咯吱"作响的幽晦楼梯。简短的词语，背后潜藏丰厚的宽泛的如同牛毛般细密的过去。这是混合的，骨子里又分门别类的时日。一如黄土的庄廓质朴，门和檐间的细节各不相同。说，明清时期，隆务地区僧侣剧增，许多回族商贾蜂拥而至。乾隆二十九年，夏日仓六世活佛圈地百亩，建成商人居住区，开南北城门各一，于是渐渐兴起这个小镇。现在有寺可证。隆务寺、圆通寺和清真寺并肩坐落在隆务河岸的台地上，仿佛藏、汉、回三兄弟依着山的亲密身影。

我在金光闪烁的隆务寺迷失方向，仿佛行走在巨大的唐卡之中。寂静和光芒统治这个黄昏。我想跳出去（三界吗），静观光线密集收拢又四散开去的命运。这是巨大的金唐卡，用金色做背景，紧密厚实、花纹精致、色彩绚丽，它铺陈在地上伸手可触。穿过去，宫殿静谧，巷道幽深。经院半开的红色大门内，青砖磨损，砖缝塞满车前子、蒲公英、防风、茅草。僧侣居住的庭院土墙剥落，屋顶荒草细茎细微颤抖，土层掉落的檐间露出破旧的檩条椽子，依稀见得早年斑驳图案。阳光灿烂。扭头，我看见自己修长的影子挂在寺院残损的红墙上，双脚没在墙根的荒草中。一瞬间，我看见自己的少年时期，青涩，满怀渺茫的希望。

晚八点，有人从群艺馆搬出笨重的黑色音箱，锅庄舞曲——这瞬

金色河谷

间爆发的亮光，划过人们的耳际，催促他们从锅灶和电视机旁抽出身来，穿过楼层和巷道，汇集在广场之上。广场的背景墙上，低眉垂目的白绿度母在祥云中降临，她们的手指和脚趾比眼睛更能传达出对人世的悲悯和慈爱。四拍，八拍，舞曲激越。圆圈，旋转的圆圈。一圈，两圈。一个人转，两个人面对面转，三个人手拉手转，一群人，你跟着我转，我跟着你转。鼓点，舞步。圆圈越来越大。雄壮。观光的游客举起数码相机。闪光。我看见粲然绽放的笑脸。男、女、老、幼。

深夜，闪耀银白鳞光的鱼群聚集起来，在暗沉的黑色天穹下，形成一个光泽眩迷的圆圈，仿佛无尽夜空里庞大绚烂的银河。它们旋转，抬升，顷刻又降落，游动同一个姿势，严格局限在鱼河的光泽之中。那么齐整，并没有逃逸者蹿出。恪守一种思想，并不言语。我看见鱼群专注划一的眼神，仿佛无数道清冽的光芒——睁开眼，我的耳畔依然是铿锵的锅庄舞曲，一个夜晚沉醉进去。我相信这是整个河谷的节奏，虽然在白天，我听见的更多的是细碎的尘光舞曲，但夜晚的声音更接近内部的诉述。

院墙起伏牵连的村庄，蹲伏方形庄廓。靠近它们，便接近水乳交融的乡亲生活。跨进一座坐北朝南的小小庄廓，我看见东、西、南三面的房屋显然已经翻修，再难见当年主人背诵经文的身影留痕。北厢房独留早年印迹，土层疏松的墙壁缀满虫豸隐秘洞穴，边缘被虫子啮出空洞的木柱和门框窗棂投射的微弱阴影，在凹凸不平的棕色地面上蛰伏，仿佛伺机出击的小兽。蒙着褐色烟尘的板壁陈旧，寂静。低矮房屋的一侧已成储藏室，堆满生活杂物；另一侧依旧是当年的厨房。因年久而发黑的橱柜和简单厨具藏在幽凉之中，那曾经热气腾腾的厨房，早已失去酥油和青稞酒的芬芳，现在只剩下沉滞、凝重的冰冷气息。1903 年，英印总督寇松派遣头等政务司荣赫鹏率领 300 名英军入侵西藏岗巴宗，由此发动了第二次侵藏战争。这一年，一生与饱受帝国主义欺凌的藏族命运联系在一起的更登群培——20 世纪西藏奇僧，人文主义先驱——出生。这个生在山坡上的孩子（是否已注定居无定所的一生），一个月后看见自己的家乡热贡双棚西村的家园。

时光飞速倒流。婆娑的青杨叶中闪现少年俊美的面庞。这个叫"智慧心"的机敏小男孩，摇头背诵《祈愿朵玛霹雳》和《拘神愿文》。多年之后，形容清绝的行者诗人——"红沙永恒的灵魂驻足你的脑海，砾石向你诉说着涅槃低语。"——戴着毡制藏式礼帽，系着紫红色棉布腰带，携带简单行囊（硕大的黑色旅行箱、一个炉子、一个小型的带柄平底锅和所谓的卧具），还有他"洁白如雪"的牙齿，在传统藏学和现代藏学之间艰难穿行。他的足迹遍布青海、甘肃、西藏和印度、尼泊尔、锡兰等地，游学，求真，著述。他将告诉我们："人们将喜马拉雅山和西玛班达等译为'雪域（雪具）'，但是，所谓雪域并非仅指雪山，因为它已经成为整个印度北部山脉的成千雪山、林山和草山的习惯总称。"他还将肯定地说，"但是按照兔子不长犄角的一般道理分析，我想雪狮（一为具有天绳的白色狮子）绝对是不存在的。"

金色河谷

在后来的零星阅读中，我逐渐靠近这个所谓"放荡不羁"的高蹈灵魂。隔着浩渺时空，我甚至渴望我们可以交谈。在合上书页的清寂夜晚，我总是将他传奇而短暂的生命想象成一束金色火焰。这朵火焰并不跳跃，它像青草一般生长蔓延，庞大顽强的根系扎在安多、卫藏和南亚地区的土壤中。匍匐（昂着头颅在居住神灵的大地上匍匐，是多么谦恭又虔诚的姿势，这让我想起藏族妇女背负重物的前倾姿势）。火焰带着锐利铁器的角和锋芒，在坍塌古庙的缝隙，在敦煌古藏文文书的册页，在石刻铭文的印痕，在微小细密的自由中犁进、翻寻。他的身旁是溅起的灿如星光的思想片断。这朵火焰注定孤单寂寞地穿行在密封如同罐头的四野。雪峰、森林、湖水、山洞、草药、牦牛蹄子，这些美丽包藏在阴霾的空间，随火焰隐秘前行。这朵火焰的形体最终被雪覆盖，但它曾经灼烧过的痕迹以及记忆依旧如庄严法相，如同灵光。

1947 年 12 月，布达拉宫角下"雪"监狱内（一座石砌二层小楼房，密肋平顶，有着鞭麻草檐墙），在一个散发臭味的阴暗角落，衣衫褴褛、骨瘦如柴的更登群培在废纸片上写诗：

漆黑的放映室中，

展现着我们的精神，

白光映照在屏幕上的，

是法性、空性，

金色河谷

在这种光明中所出现的各种形状，是虚幻的现象。

女王，场面中的这位红角，

她的魅力千姿百态，

她的眼泪和笑容，

她的美貌和丑陋，

她的可爱与可恨，

全都是因缘所致。

多年后，在双棚西（我能感觉到他在去世前对故乡的无限思恋），绚烂阳光再一次照耀低矮的庄廓，回望（我想象当时的少年站在金色的阳光下，倚着门柱凝望阿诺岗，他清澈如溪的眸子映照出山峰巍峨的轮廓），我总能听见这个神性生命最后的悲凉声音："我这孤立无援的贫弱学子，只望能得到有学识者的慈悲。"

清晨（仿佛重新诞生的天地，天比昨天高出一截，卷云尚未浮出），新鲜的色泽纯正的太阳光穿透青杨树叶，斜照在门前的桑炉上。桑炉里煨着柏枝和青稞炒面。青烟从桑炉中飘上来，整个村子浸在金黄光线和缭绕青烟织成的朦胧中。桑烟有着强大的感召神灵的能力，能迅速过滤驳杂、洁净万物。当太阳光穿过吾屯村藏式庄廓的院墙，庭院里的廊檐上、墙裙上、门楣上，自家匠人雕刻的卷草、旋花、云纹、水波，纷纷涌出。而龙凤鹤鹿、飞禽走兽也随着明净的光线一起

金色河谷

舞动。这是个安静的村子（实际是工笔重彩的画坊，曲直结合的唐卡之乡），有人骄傲地告诉我，张大千先生曾慕名专程来这里学习，并邀请吾屯画师到敦煌临摹作画。这让我迅速想到唐卡大师夏吾才让和他的《格萨尔王》。

推开"呀呀"作响的松木门，绿叶掩映中一位老迈的画师正坐在敞开的屋子里凝神绘唐卡。阳光扑进来，覆盖在他瘦小的身子上。他的宽大藏袍色泽黯淡，上面布满酥油斑点。他握着画笔的手裸露在清冷的晨风中，脸上是强烈紫外线灼出的暗紫伤斑。他仿佛已经在那里入定，看不到身边尘埃在光线中的舞姿。他的背后是青石铺砌的空旷院落，石缝间夹杂蒲公英明黄的花朵。他面对着描绘佛祖（佛祖的眼珠尚未点出）的美丽画卷，背影凝固。我知道他正在行进，穿越佛经丛林，内心充满喜悦。

画面上空祥云缭绕，天花飘舞，释迦端坐五彩云之间的莲花台上，面容庄严慈祥，周身金光四射，左有月神，右有日神，阿难尊者紧随身后，天王手持七宝华盖为尊师遮尘。尘世之人聆听释迦，茅塞顿开，福至心灵。

拙朴的线条在幽暗的房间里闪烁生辉，浓重绚丽的色彩大胆热烈。语言幻化成色彩、图案。世间美好，人们自当珍惜。

我坐在他身边，记录下绘制一幅唐卡的细节。

选择一块富有弹性的白色棉布——这多么像一个空白的生命，用针线缝制在木框之上（我想到规范），刷浆（牛胶、矿石粉和清水的比例为3：2：1)，打磨（那打磨石是否就是我们身边"哗哗"流去的岁月）。心藏造像尺度（世代相传，隐匿于密存经典）的画师（每天晚上都要背诵佛经和比例），坐定，他的身边是大把绘制的工具：毛笔（有几支是用从黄鼠狼尾巴上亲手剪下的细毛所制）、炭笔、老鹰羽毛、手垫儿、圆规、弹线尺、调配颜料（黄金、珊瑚、绿松石、青金石……这些大地深处的宝藏和稀罕的植物）……画定位线，打草图，白描，上色，晕染，开眼，勾金线，点睛，装裱。一块白棉布在他们的手中开出精密祥和的佛经故事。繁复漫长的变化历程，红、黄、蓝蕴含世界的构成元素：天、地、火，或说天、地、地下三界。蘸笔的特殊讲究："白色、石黄和雄黄，务须从雪山顶处取；大红、桔红、副粉色、金粉、银粉和金属色类，务须从碗壁蘸取；青绿色类则须从海底捞。"勾金的顺口溜："昂贵珍宝之金液，用于冠冕等装饰，红与橘红勾边线，飘带衣裙绘缎纹，龙凤孔雀等图案，岩石树叶和美宅，半璎珞和首饰。"形态和颜色之间的紧密关系："形态虽佳着色差，如同美女着褴褛，难现婀娜娇美体；形劣色佳不足取，如同八旬涂脂粉，难能打动贤者心。"

"有时一幅唐卡要画一年多，有的局部需要用放大镜才能看清楚。"老画师说。我看着老画师一笔一笔添上狮子的鬃毛。这是一双"因循守旧"的手，暗藏承继不绝的定力。这样的双手在村子里随处可见，他们从不在唐卡上留下自己的名字，因为"美丽的蓝天是松石的宝盆，灿烂的阳光是纯金的装饰"。他们是精致唐卡上的细微光芒，即便遮蔽

金色河谷

在幽暗屋宇，我们依然能感知到无声却又蓬勃的灿烂绽放。

数以万计的阳光碎片抛撒在麦秀山上，晃一晃，冷冷作响。深红、浅黄和墨绿的大块色斑栽植在起伏的阳光之上。它们的边线相互晕染、过渡，但在色块的中心，堆积厚重的新鲜颜料，尚没有笔尖蘸些水分去稀释它们旺盛的青春。我依稀看清承载它们的叶片，红叶长在能结出小果的黄刺和一些杂树上，黄叶长在青杨和红桦上，绿叶，是那从不改变容颜的圆柏和云杉。往下，拨开它们的绚丽衣衫，幽暗清凉的林间阴影里，依然晃动绰约斑斓的身姿。沙棘、山玫瑰、金露梅、苔藓以及蘑菇和它们自身的骨架。黑蚂蚁出没的皴裂树干，滴淌的大颗浓稠松脂，揭一下就成为情书的薄桦树皮。去年的朽叶和松针堆积在地面，裸露的根茎仿佛弓起的兽脊。松软肥沃的土层下，遍布毛发细丝一样的幼小根须。生活林怪的盛大空间，隐秘的细节飒飒作响。金色的虫吟和鸟鸣（我怎么看不见它们活泼的身形？）。静谧中的喧响。从林间探出头来，青绿色的隆务河甩着油亮水袖，蓝色山石蹲踞河中央，溅起的透明水花，并不曾扰乱它依然酣睡的模样。

这样的高寒林木，我想到它藏在深处的药材和精灵，那是它博大的精魂所在，一如朴素的袍襟底下所凝结的超越形式的生命密码。我怎么都辨认不清的冬虫夏草，三五年才能开花的高山雪莲，硕大叶片如同伞盖的大黄、羌活、甘草……雉鸡在大雪封山的日子会剪着苍茫到山下村落，马鹿有着江湖恩仇的决绝，笨拙的棕熊偶尔摇摇摆摆地跨过山路，岩羊机敏的眼睛是这林间的闪电……

金色河谷

秋天，这是转场的时间。黑牦牛驮着用自身长毛编制的帐篷，从高山上下来。沉默的高原之舟，其实一直驮着阳光行走。牦牛绳横截在前面的路上，我们走过去，看见庞大蚁群搬家的队伍。林棵间洒下的阳光有着锐利的劲道，仿佛升腾的梦想，它们在蚁群身上，成为金棕色。

我想着夕阳下的隆务河，是更为庞大的搬迁蚁群。它们搬迁清凉记忆、时光和静谧无声的生活，有着倔强的金色力量。

有关祁连的片段

　　车子沿着祁连山的方向由东南向西北行进。这是一条我在地图上游走了很多遍的线路，甚至闭上眼睛，我都能描画出构成祁连山的这些线条。这并不奇怪，因为我曾在其间某根线条的中断处度过我的童年，也曾爬上其间某根线条的最高处，看云海在脚下汹涌，即便是现在我生活的地方，一抬头，依旧可以看见远处山顶的薄雪，它们时刻存在，并不为某一个季节所安排。而此刻，在这些线条之间，在这个被誉为全国六大牧场之一的青海省祁连县境内，我如同一条微茫的爬虫向着西北方向行进。我的两侧，连绵起伏的祁连山脉罩着白雪，这是横亘在蒙古高原和青藏高原之间的茫茫大山，是连接天山和帕米尔高原的手臂。汽车在公路上行驶，稍不留神，车速就上到140。这条公路建成的时间显然不长，路面平展，来往车辆稀少，长时间行驶，甚至会让人忘记是车子在公路上疾驰，而只是天边的云在缓慢东移。路上遇到一辆牌照为晋A的越野车，前车盖已被一场碰撞揭去，留下锯齿一般的边缘，里面依旧运行的一堆零件在阳光下发散出铁的青灰色光芒。越野车丝毫不为彻底的毁容难过，依旧呼啸着驶过去，仿佛是这草原上奔驰的骏马，不为缰绳拖累，忘乎所以。

　　祁连山两条山脉之间的大走廊，宽广，辽阔，简洁。简洁并不是说寥寥数笔，而是构成走廊的组成部分分明、简练。静伏河流，茫茫西

金色河谷

去的沿山牧场，缓慢上升的草山丘陵（正是十月上旬，草色早已泛黄），山坳里的炊烟，层次分明的雪山，如同染色的蓝天，大朵白云，耀眼光线。如果列举一些更为细碎的部分，牛羊群、马匹、迎风抖动的茂密草茎、牧民砖混结构的定居点、峨堡、五彩经幡和黑色藏狗。看到的它们，仿佛近在眼前，但是轻易走不到。所有曾经熟悉的长度单位、数量词、空间，现在都失去了具体含义。就是这样，如此辽阔之下，距离和边界不再拘泥于一点一勾，甚至不需要界定，所有存在自由自在。再没有惯常所见的仓皇、飞窜、奔忙，一切静声敛气，也失去时间概念，沉稳镇定，不声张。但是有一种磅礴气势，巍然兀立，不为任何流动的事物所打动，并且与世无争。我原先还带着些奔向前方的焦灼，认定前方充满绚丽，但在此刻，前方突然失去诱惑。所有组成美好前方的神秘事物，现在一一呈现：牡丹花瓣一样舒卷的云朵，蓝而高远的天空，山峰连绵逶迤的曲线，细密金黄的太阳光，清冽芬芳的气息，缓缓向前的河流，均匀厚实的林立草茎，老人一样安宁祥和的时光……在这草原之上、雪山之下，在这河谷之间、牛羊面前，我看到一种人与万物的接近与开放，像远古那样，保留质朴和疏朗。

是，在这样的地方，再无法思及自身琐碎，尊崇卑微或者富贵贫贱，都不值得提起，如果偶尔要想些什么，也只是一些关于这个地方的从前，一些记载的或者流传的片段：法显西行取经；相依于山麓南北的那对中亚青藏游牧民族羌和胡的嵌入与分离；汉武帝"断匈奴右臂"，断羌与胡之联系的梦想；霍去病占领河西走廊，匈奴嘹亮悲亢的

"失我祁连山，使我六畜不蕃息……"的民歌；隋炀帝西征吐谷浑，覆袁川大战后"士卒冻死大半，后宫妃、主狼狈相失，与军士杂宿山间"的惨烈；宋代三角城；匈奴突厥，羌霍吐蕃，蒙古自西南北对祁连山的包裹；外蒙革命的斑斑血迹；驼兵；浪人和移民；1949 年王震写在峨堡的"白雪罩祁连，凯歌进新疆"……绊马索，冷箭头，黄羊角，牦牛毛；丝绸，烟叶，玉石，八角帐篷；炊烟，篝火，牧歌，响鞭；扩张，嵌入，对立，融合；崛起，兴盛，衰败，消亡……曾经的风起云涌现在都已寂静，所有片段都已零落成记忆，所有词汇也都风干在过往中，似乎都不在了，但我又能真切感受到那些曾经的存在，如同河底巨石，缓慢沉积，并构筑出眼前的辽阔与雄浑。

与浑厚的草原雪山对比，羊群显得轻灵敏捷。在远处，羊群成为山坡上白色的一团又一团。邻座的孩子指着那里大声叫喊，饺子，饺子。扭过头，我看到羊群在山坡上，果真如盘盘刚出锅的鲜嫩水饺，饱满、圆润，聚在一起。不知谁的双手能拿着筷子揶起它们，我这样一想，即刻觉到歉疚，想着即便在想象里，羊也时刻处在懦弱被欺的境地，而人总是喜欢将自己恃强凌弱的一面发挥到淋漓尽致。在近处，羊群甩着尾巴走过来，低着头。长着弯犄角的头羊走在前边，它庞杂的部族成员一地散开，看上去毫无秩序，却紧跟着头羊前行。它们的温顺和心无旁骛，仿佛远古时候某一天的再现。我见得文章里常说"洁白的羊群"，在此刻，当羊群穿过草丛、蹚过河流、走上公路的时

金色河谷

候，才发现"洁白"一词在它们身上显得多么不合适。羊群花花绿绿
的，显得极为童真。是。这群羊染着红犄角、绿尾巴，那群羊染着绿
屁股、蓝耳朵，望过去，河畔，一群羊带着红彤彤毛茸茸的短尾巴。
走一段路，过来一群羊，更是花里胡哨，左犄角红色，右犄角绿色，
左耳朵绿色，右耳朵红色，眉心染着红点。想着羊群的主人都是大手
笔，下笔一点儿都不轻，浓墨重彩。我看着那些纯正浓艳的色彩，想
象着羊的心情，一定也如那些色彩般绚丽明亮。我甚至想象某个时刻，
羊们偎在主人的怀里，任他（她）深深浅浅地点染，并不发表意见。
而他也不会疏漏了哪一只，或者将一只羊点染成别人家的羊。他们早
已熟知，共同度着时日。早晨的时候，羊把人叫醒，人把羊群放牧到
丰茂的草里去；傍晚，羊们又喊叫着，让人把它们带回来。羊带给牧
人希望，也带给牧人劳累和苍老。一只羊老了或者死了，人还年轻着。

　　牦牛却是矜持的，从不多走一步，在近处，仿佛是着黑色晚礼服
的女王，在远处，散落成黑色的标点。在我的印象中，牦牛是彪悍的，
有着暴脾气，动不动就低下头朝某个不值得发火的物件冲过去，牛蹄
子踩在地面上"咚咚"地响，并飞起一身的长毛来，引得风"呼呼"
地刮过去，我因此不敢靠近它们。现在，在草原上，它们簇拥着走过
来，黑压压一片，仿佛哪一个黑暗的世纪重新挪过来。我扭身跑到远
处，停下来再看它们，它们的大眼睛瞄都不瞄我一眼，只将长睫毛优
雅地搭在那里，千古无忧地走自己的路，或者停下来，啃几口渐渐黄
去的牧草。想一想也是，在它们眼里，我这个动不动就仓皇失措的人

算什么，它们拥有的是广阔无际的草原，是天空，是整个河流，是天空一样澄澈和河流一样永年不息的静谧时光。

　　我小时候就看见过祁连的鹿，现在看到它们，想着的，依旧是小时候见过的那头鹿。可以肯定，我童年见过的那头鹿从祁连鹿场逃出来，孤单地向着东南方向行走，过门源，再向南，翻过一个名叫黄垭壑的山口，来到我们的村庄。它到来的时候，一身疲累，一条腿显然受了重伤，无力地撑着，但它的机警依旧在眼睛和耳朵里。那是寒冷的腊月，它在村子前的干草滩上停下来歇息，后来它大着胆子走进一扇青杨木板门，并在那里留下来成为那个家庭的一员。它渐渐熟悉那个庭院里的事物：盛开在平阔屋顶的翠菊，墙角搁置的农具，雕着花纹的木格门窗，早出晚归的牛羊，趴在火盆底下呼呼大睡的猫咪，脸蛋冻得发紫的孩童，住在柏树里早出晚归的麻雀……它信任并且认定那个庭院就是自己的庭院，对于外来的鸡狗牛羊和串门的邻居，它都表示出不满和惊慌。现在，十月的阳光就那样温煦地照着整片金色草场，云的大块阴影飘过来，给一面山坡换上色彩，又抹掉，风偶尔掠过，暗含草药芬芳。鹿群在那里，走动或者停留，没有声息，它们的机警与生俱来。我觉得鹿群归根结底是生活在丛林里的动物，只有在那里，它们才可以过有遮蔽的生活，而这片大草原更适合羊群和牦牛。

　　在状如牛心的山之上，我再一次看到"一山显四季，十里不同天"的景象。山下农田匍匐平展，并被大块切割，墨绿青杨绕着农人屋舍。

金色河谷

我是如此熟悉它们在某个夏季的模样：小麦和青稞的万千穗头映射出的太阳光芒沉静却又炽热，油菜花黄，色调如此浓烈奔放，蜜蜂匆忙，八宝河的水流平稳缓慢，但这并不影响状如银鳞的片片光芒起伏跌宕，转个背，云雀突然扎入青草纷披的田边洼地，它的吟唱还高高挂在天际……往上，衔接着农田的牧场持续展开，再没有任何事物可以遮挡，阳光在这里肆意泼洒，如果有，那也是一群羊的影子，一头牦牛的影子，一只狗或者一个悠闲牧人的影子。再匆忙的时光，当它到达牧场的时候，总会停下来，然后转身，向着一个远古的年代走去，在它身旁，缓慢或者慵懒并不为过，它们依旧是时间之链上熠熠闪烁的精美环扣。牧场之上的森林，我曾经在那样的森林中度过童年的许多岑寂时光。青海云杉、祁连圆柏、白桦和红桦，还有木质纠结的黑桦，山杨……云杉总是抢夺掉森林之上的阳光，使得整片森林幽暗清冷，但是桦树并不因此而到另外的地方去，它依旧生长在云杉的树荫之下，不卑不亢。祁连圆柏是喜欢阳光和岩石的树木，它总是独自生活在陡峭山崖的旁边。庞大繁茂的树冠之下是有着绰约身姿的矮小灌木丛：高山杜鹃、金露梅和银露梅、沙棘……高山杜鹃有着奇异浓烈的香味，金露梅和银露梅是用来砌筑寺院鞭麻墙的主要材料。春天，灌木丛开满野花，秋天到来，沙棘果一片金黄。灌木之下，松针和朽叶的堆积使得土壤松软肥沃，裸露的植物根须，色彩绚烂的蘑菇，来往奔忙的小虫，它们组成的依旧是森林静谧却又喧嚣的盛大空间。雪线之上的山峰，裸露着青色山石，悬崖峭壁或者深涧流水，峰顶积雪常年覆盖，偶有风过，刮起碎雪，迷蒙成薄薄烟雾——从山脚到达山顶，这四时之境彼此分明却又相互衔接，它们彰显的依旧是自然的神奇丰饶与跃动不息的生命之力。

我在这里邂逅来转山的祖孙俩。一辆轻捷的红色银钢摩托车停在一边的灌木丛中，车座后捎着的灰色双肩包塞满了东西，我想那里面一定装着转山所需要的糌粑、柏香、青稞、酥油、哈达，或者还有刻好的嘛呢石和一些绿松石以及玛瑙。已经十分健壮成熟的男孩子依着爷爷坐在草地上。老人已经 70 多岁，患有风湿，腿脚不灵便，孙子骑着摩托捎着爷爷转山，已经是第二天了。闲谈中，我得知这简短信息。着皮袍的老人很健谈，但他的孙子十分羞涩。除了高原红的脸蛋和那高高的颧骨，男孩子的打扮再无任何民族特色。当我将胡乱按动的相机对准男孩子的时候，他并没有转过脸去，而是露出一个笑脸，这反而让我感觉到自己的促狭，连忙移开相机。此前，我曾将相机对准一个骑马的红衣女子。那女子原本从山坡上打马而过，见我举起相机来，便勒住马转过头来，露出自然的笑。那一刻，我对自己十分懊恼，仿佛我不是生活在这个高原上，不在他们身旁，仿佛对着他们的憨厚乱拍一气就能显出我多么优越。重新聆听，他俩的方言中夹杂着浓重的藏语语调。此时，十月的阳光从积雪的山顶清凌凌滑下，到达我们脚边的时候，已经十分温暖，仿佛经过了烘烤，而在远处，阳光照耀在一块名叫"万佛崖"的悬崖峭壁上，无数花岗岩和花斑岩组成的石林正显示出它的奇异，据说心有虔诚的人可以看见 108 尊佛像。我打眼望去，便看见无数站立或者盘坐的佛像，或慈悲或威武。同行的 W 君已经和老人谈到兴起。圣山的山峰是天地的汇合点，那里居住着神灵。老人一脸虔诚。神灵无处不在，树木、垭壑、石头、一个塄坎，它们并不是我们所看到或感受到的那样，许多神灵的力量和势力活跃在其中，还有神灵的意志，人要时刻保持对它们的敬畏之心。老人的叙述有些断断续续，我用自己习惯的方式进行转述。W 君明显着有着打破砂锅问到底的决心，开始给老人讲述愚公移山的故事，末了问老人对天帝命令夸娥氏的儿子背走两山怎么看。山脉保存着先祖之神，不能随意搬动，但是有一种魔力可以控制神灵，这是一种邪恶的魔力，它不会来自那个所谓的天帝，只能来源于人，这是一种武断的无限杂乱的力量。老人的解答有些困难，但他依然用自己的宗教方式否定了那个神话传说中威力四射的天帝，并继续保持了他对山脉的敬畏和虔诚。

卓尔山上，夕阳无比金黄。山脚的麦子和青稞早已被收割，成排的麦捆站在那里，宁静、祥和，虽然经过收割，五寸高的麦茬依旧戳着土地，保持着麦秆原先的黄。老成持重的大骆驼卧在地边上，黏稠的涎水垂在嘴角，它依旧穿着土色褴褛的衣服，并不为此感到寒酸。一些勤快人家忙着打碾。木锨扬起，小麦颗粒坚实笃定地洒落下来，细碎的麦芒随风飘扬，到处都是。人在麦芒的风里穿来穿去，早已是麦芒做的人了。往上，山顶草色虽不再染一丝绿意，也不再润泽，但依旧如同前一个季节那样均匀、厚实。在阳光里环顾，土壤、草坡、麦田，蜿蜒向上的小路，青杨树，红砖砌就院墙的庄户，蜀葵枯萎的枝干……别人的故乡，此刻，它们本身的黄融进夕阳里，竟分不出是谁的黄颜色来，仿佛自古存在，此时愈发茁壮。而涂抹一词也在这种黄里显示出它的多余和蹩脚。这种黄还有着一种按捺不住的韵律，或者激情，似乎只要一下雨，它们全都会变成绿色，草绿、墨绿、油绿，仿佛过去的时节，一下子就会湿润起来，清新起来，跳荡起来，摆动起来。这种黄，甚至有一种令人迷失的能量，它拽着拉着，让人走回到曾经熟悉的过去。那也是如此金黄的傍晚，祁连山下一个小小村庄，阳光洒在远处山坡的野花之上，洒在黄土斑驳的土墙之上，洒在陈旧门框的语录之上："前头捉了张辉瓒。二十万军重入赣，风烟滚滚来天半。唤起工农千百万，同心干，不周山下红旗乱。"我独自坐在那种铺天盖地的金黄里，并被那种金黄埋葬，而那红漆草书的字迹，逐渐隐去——置身如此浓重的金黄之中，我再次重温并感受那久已远去的寂静之中的温暖。

坐落在卓尔山下的小镇，八宝镇。"八宝"原系藏语意译，指藏族吉祥八宝，即吉祥结、妙莲、宝伞、宝瓶、海螺、金轮、胜利幢和金鱼，俗称藏八宝；又有物八宝一说，指金、银、铜、铁、麝香、鹿茸、大黄、黄蘑菇。我更喜欢实实在在的物华天宝。傍晚原是一天中极为嘈杂的时刻，日影西去，小贩收摊，行人回归，店铺关门，因为夜晚的即将来到，一切细节都无法耐心地持续下去。我以为这样的时刻会同时降临到任何一个地方，天南或者海北，这让我对即将到达的

金色河谷

小镇保持固有看法，想着不过又是一个令人行色匆匆的日暮时分。等站在暮色之中，发现小镇破例呈现出宁静甚至安然的一面，似乎过去那个白天，以及此前无数个白天，小镇从不曾染就过这个提速时代的匆促和慌张。趁着暮色到来的大型车辆停靠在小饭馆门前，蒙着草绿色塑料布的车厢被某种货物高高绷起，司机坐在饭馆的简易桌凳前进食这一天里的第二顿饭。通常都是些简易的回族和撒拉族饭馆，牛肉面、烩面、炒面片、炮仗、粉汤、退骨牛肉、大盘鸡……蒜苗、葱花、孜然、芫荽、红绿辣椒、煮熟的白萝卜片、牛肉汤，它们一律盛放在白瓷大碗或者描有简单花朵的大瓷盘里，感觉质朴厚实。透过罩着油烟的玻璃，可以看见操作间里健壮的青年正将大团面块娴熟地抻成均匀细长的拉面。窗户外别人家风干的黄蘑菇用白色细线串起来，挂在店铺门口，成为这一扇窗户的装饰。那是来自草原上的特产。肉炒黄蘑菇已成为这里每家饭馆的特色菜肴。其实，我知道黄蘑菇的吃法越简单越有味道。雨后出去，踩着清凉露水采摘回来，洗净，铁锅烧红，倒入菜籽油，烧过，下蘑菇翻炒几下，出锅，是蘑菇天然的味道，纯正。也可以穿在铁丝上直接烤熟。这两种吃法来自我的童年，那时黄蘑菇似乎总是很少，雨后钻进树林，偶尔才能碰到鲜嫩一丛，是珍宝。现在，在渐次暗沉的暮色中，我看见有人直接将黄蘑菇屯在街道角落里兜售，顾客寥寥，卖家并无焦急担忧，只是坐在摩托车后座上看黄昏渐渐浸入街镇。

　　夜晚到来，这依旧是我所熟悉的高原，清冷，寂静。月亮悬挂天际，硕大，仔细看去，依旧能看到童年时所见到的婆娑桂树和玉兔。熠熠月光下的小镇，一如既往地露出它一直拥有而且并不为此惭愧的宁静幽暗。路灯寥落，红绿灯指示着并无车辆往来的宽阔的十字路口。偶尔一阵风，旋过街角，朝着远处飞去。这是十月上旬，暖气早已烧起，热气自窄小房间的角落升腾起来，温暖、干燥，时有木头烘干的"噼啪"之声。这样的夜晚不需要电视。将头从窗口塞出去，于空旷处胡乱探看。许久，一辆卡车驶过来，停在十字路口的红灯前，耐心等待。我原以为它会直驶过去，因为路上再无车辆，但它固执地站在那里等绿灯。街道拐角处，昏暗灯光下，一位女子走过来，挎着包，然后停下来等什么。转个身，卡车已经走远，空荡荡的回声传过来，仿佛时光流转，这依旧是尚未被喧嚣覆盖的古老之地。

刚察

车子一直驶不出青海的刚察草原，这让我暗自愉悦。我甚至希望车子就此出些问题，将我们像爬虫一样抖落在草原上，然后在那里生下根去，茁壮。但是不能。车子不停地扔下大丛淡紫色的蜜罐罐花，又迎来紫色的一大丛，车子的速度其实快过远处白云，风一样。刚察的云像白色的城堡堆在天边，并且腾挪、翻卷。偶尔一两朵蹀躞到中天来，牡丹一样展开丰腴卷曲的花瓣，没有一只手可以伸上去抚摸。这样徐缓又厚重的云压着山脉，终于使山脉成为一条柔韧的暗绿色虚线，任意起伏、延伸。仿佛边际，又不是边际。后来，我想，在草原上思谋边际，其实是一件没有意义的事情。

金黄的油菜田在窗外无止境地铺展。我憋着一口气，等待在田塍出现时呼出，这使我的呼吸极度悠长又慌乱。这些油菜收割吗？我问邻座沉默的人。随即我自己给出答案，肯定要收割。问题的关键是怎样收割，就像怎样舀尽一条河流的水，或者怎样抹干净一天的云。笨重的收割机、锃亮的镰刀、布满老茧的双手？邻座似乎迷失在辉煌的油菜中，并没有给予我满意的答案。于是我发挥惯常的想象：在那油菜荚"噼啪"爆裂之际，神的双手从大地上举起，然后是黑褐色的圆润籽粒沙沙归仓(神在这里并不高高在上，它就在人们身边，一块石头、一眼泉、一个土包，甚至就在男人的腋窝下，这样的神肯定也会参与人们的劳动，并且会居住到任何一粒菜籽的心中)。

其实我熟悉一棵油菜在高原上平庸的一生。春天播种，夏季除草，秋天由农人的双手拔离土壤，深冬打碾，然后在一个清冷的早晨或者傍晚进入昏暗沉闷的油坊，重重挤压，最终成为芬芳奔涌的液体，并且成为农人漫长清贫生活中一个美好瞬间。当然，这是我故乡的油菜。它们不同于我现在所见。我所熟悉的油菜，高秆，充沛有力的菜薹，密集的十字形花朵，纷披的长荚，忙碌的蜜蜂，新娘一样的七星瓢虫，稍带辛辣的芬芳，弥漫紧张。而现在，我看见的油菜，低矮、稀疏，开白花的野草藏在茎叶之下，叶子细小，但是油菜田广阔，随意散漫，并且花色金黄，灼射光芒。

我想象这样的油菜在籽粒饱满绽裂草原时的声响，是否也像我读"刚察"一词一样清脆利落。再后来，我总是习惯像称呼一只钟爱的猫咪那样吐出这样两个字：刚察。这两个字不适合用普通话读："Gāng-Chá"，阴平硬从高处降下来，成为中音，再升上去，仿佛有事物从陡峭的山崖上坠落，沉闷片刻，然后发出尖叫。我用青海方言来读这两个字，"Gang-Cá"，轻音滑上去，顺口多了，仿佛鸟儿在高处一开口一抖翅，又清脆又利落。当然，我用普通话来读的时候，凝着浑身的力量，却只能局限到音调和字体，仿佛喷吐浓雾的茶壶，发挥不出任何具体想象。我用青海话一读，眼前便会"扑啦啦"飞过些绝美的影子：蓝而高远的天，大朵白云，望不见边际金黄的油菜田，羊头骨垒成的高大峨堡，普氏原羚，贵妇人一样的黑牦牛，猎猎作响的五彩经

金色河谷

幡，湖，祭海台，游鱼和展翅的大天鹅……我同时还能感知到高原阳光发散的芬芳，燥裂的夏季风，山顶积雪的清凉。如果往纵深里去，我甚至能看到古老的刚察部落英雄尕科的身姿和辗转迁徙断骨取髓的刚察部族。

是，在藏文里，"刚"是"髓"的意思，"察"则有断骨之意。据说游牧在青藏高原的古代藏族信奉佛教，教义严格规定，婴儿出生后，必在口内放入一些酥油，以示吉祥。当时居住在青海湖畔的"环湖八族"之一的刚察族生活清贫，困于生计，婴儿出生后没有酥油可放，于是毅然断牲畜之骨取其髓，以髓代替酥油，祈求吉祥。刚察由此得名。

火烧云漫过西天，暮色笼来，先前所有曾经明丽在草原上的色彩，现在逐渐褪去，山从远处搬过来，无比高大，仿佛有只手正在那里将山脉揪起来。草原却在沉下去，月亮像纯银的耳钉，成为朦胧间唯一闪烁的光源。我在白天所看见的秀美：草原上的淡蓝、纯白和明黄的花朵，草丛中隐去行迹的虫豸，暗含汁液的经脉，刻着经文的嘛呢石堆，高大峨堡，五彩经幡，黑帐篷，笨重的藏狗，铁丝网围栏，闲散牛羊都融到暮色里去了。神秘和苍茫开始披上它们的黑衣。

我像所有路过哈尔盖的行人一样，扭头张望。我以为会看见铁道兵留下的失去玻璃的旧房子、大仓库、废弃铁轨和二层小楼上红色的"哈尔盖"三个大字，但是不能。随着浓稠夜色围拢过来的，是我先前翻阅及听说过的一些笼统的数字和名词，以及一些记录和说明的句子：

哈尔盖在蒙古语中是黑色大帐篷的意思，这里海拔 3200 米，缺氧量高达 30%~40%……作为有名的风口，八九级大风在这里司空见惯，冬季最低气温可达零下 30 多度，年平均气温不足 10 度……哈尔盖车站因哈尔盖镇得名。哈尔盖镇位于刚察县南部，铁路没有修建前，哈尔盖仅是一个有几十户人家的小村落。1974 年 12 月，青藏铁路一期工程重新上马，哈尔盖至格尔木 653 公里的线路交给铁道兵，铁道兵第七师（现中铁第十七工程局）和十师（现中铁第二十工程局）接到施工命令后，两万多名官兵从四川、贵州等地，紧急向青海集结……"决不辜负祖国人民的重托，宁掉十斤肉，也要把铁路修到格尔木……哈尔盖车站担负着青海省刚察县、青海湖农场、唐渠农场等物资运输，青海省有名的热水煤矿 95%的煤，都是通过铁路运往外地……'吃苦、创业、团结、奉献'的青藏线精神……他们每隔一周左右才能回到西宁和家人团聚……如今，大片农场退耕还草。"当然，最熟悉的，依旧是西川的诗："……在这个远离城市的荒凉的地方，在这青藏高原上的一个蚕豆般大小的火车站旁，我抬起头来眺望星空……"（《在哈尔盖仰望星空》）

　　20 世纪 70 年代中期，作为乡村画匠的父亲骑着自行车，捎着他装满画笔颜料的木箱子，行走在海北一带。今天来看，父亲当年选择的路线多么不合理：门源——祁连——刚察——海晏，画个圈，全是牧业县。那里逐水草而居的人们，一生都不曾见过树木的样子，他们还会将树木打造成并不需要的桌椅板凳，并为其上漆勾图吗？空阔寂静的路途，偶尔遭遇洪水冰雹，父亲常背着笨重的自行车过河，有时晚间看到狼群闪烁的荧荧绿光，白天则遇见狗熊舔舐小兽内脏。在刚察哈尔盖，父亲住在一户定居的牧民家中，为他们的一对藏箱画《五福捧寿》和《吉祥八瑞》。"他们早出晚归，去牧场放牧牛羊。"父亲后来回忆说，"对我总是很放心，常留下他们七岁的小姑娘给我做伴，早晨喝奶茶、吃糌粑，午饭是他们自酿的大罐酸奶子，任我随意取食……我有时画画，有时带小姑娘去火车站闲逛……他们用六张羊皮做工钱，我将羊皮捎回来，再卖出去。"

在父亲的回忆中，我依稀嗅得出那个时期哈尔盖车站曾经浓郁热闹的生活气息：倒班的铁路职工、戴着花头巾卸煤的家属、行人、背风而坐吃糌粑的牧人、形容枯槁的流浪者、站台上拎着热水瓶卖水的女子，一杯水只要五分钱，买炸湟鱼的男孩，湟鱼细小的身子上裹满鲜艳的红辣椒；更多的孩子跑到远处的溪水边、唐渠农场，铁路子弟学校或者热水煤矿所在的草原、十公里外的青海湖边，在那里逮蚂蚱、抓蜜蜂、采野花、捡蘑菇、拾青稞穗，或者掏百灵鸟藏在草丛里的窝；职工家属用石棉瓦、竹帘子、旧席和旧枕木围成的大院子里种着韭菜、萝卜，鸡窝里雄健的公鸡，铁丝晾衣架，悬浮青稞面粉粒的幽暗磨坊，裁缝铺；游荡的黄狗、黑猫、大白鹅；车站附近的商店，出售土产、烟酒、蔬菜、水果、衣服、鞋子、布料……

而现在，它们荡然无存。车窗外依旧星空悬垂，墨色晕染的高大山脊似乎要横穿宇宙，失去色彩的草原没有灯光，也没有声音，甚至没有任何行迹。辽阔、肃穆，寂静像冬日弥漫的雪花那样笼罩着哈尔盖。"这时河汉无声，稀薄的鸟翼坠落"，多年前，西川所遇到的哈尔盖的夜空，现在无所遮蔽地呈现。其实这样的星空夜夜存在，只是很多人无法看见，正如大地上应该到处有神圣的祭坛，但只有西川在哈尔盖成为了一个领圣餐的孩子。

鸟们在清晨尚未到达的时候醒来，它们的出现就是音乐再一次降临，仙女湾重又成为庞大的演艺厅。棕头鸥、赤麻鸭、"贼鸥（鱼鸥有偷吃其他鸟类的蛋和幼仔的不良行为）"、草原鹰、鸬鹚、黑颈鹤、斑头雁……它们从水汽迷蒙的湿地起飞，或者掠过清辉荡漾的湖面，在湿地上空的灰白晨光中打开歌喉。怎样谛听，我都无法分清节奏、曲调、和声、速度、调式、旋律，也辨别不出高低、疏密、强弱、刚柔、起伏、断连，我所熟悉或者陌生的蓝调、灵歌、重金属、嘻哈……它们一齐出现，多么繁复。这些旋转在水面上的灰色河流，现在没有一双做作或粉饰的手，去为它们指挥和引领，也没有一条路可以引领我到达前面的湿地。闪烁清凉露珠的茂盛草丛高过脚踝，裤脚迅速湿透，寒意从小腿向上递送。分开草丛，踩下去，脚底依然是柔软多汁的嫩绿草茎，充满年轻肌肤的弹性。草叶掩映处，大丛粉红、明黄、淡紫的小花朵吐露出来，薄绸的花瓣，精巧对称的古典图案，黑色小虫子爬过来，晕头转向，像参加一场热烈的盛会。水汽依旧浓重，仿佛每一棵草茎和叶脉都在无止境地向外输送看不见

金色河谷

的露珠。停驻，望过去，丢失掉边际的水泽地正耀射出成片光芒，无数个小太阳嬉戏其上，浮光跃金，而大丛生长的草棵子丰茂静谧。远处湖水荡漾，天域辽阔。不需要走，所有的光与影，所有的祥和与宁静，所渴望的，终极的，现在一一呈现。

　　我依然要想起许多年前青海湖泛出晶莹光芒，仙女奏琴吹箫，仙鹤翩然飞舞，仓央嘉措踏浪入海，尽管我知道这只是关于"仙女湾"这个名字来历的一个传说。但对于仓央嘉措，我并不愿接受他在此处羽化成仙的传说，这不是因为我有什么理论根据。"遁去"、"营救"、"放行"、"病逝"、"失踪"、"自杀"、"谋害"，关于一个人消失的可能性，后人用尽了所有的想象和推测，在这种种之间，我只选择"遁去"一说，因为只有这一说极大可能地保障了我对这位极具争议、神秘和个性的人的空茫祝愿。是，我在读到所谓仓央嘉措诗歌的时候，总是持有怀疑，我不知道那流传下来的诗歌中，哪一首才属于他。曾缄的七言本、刘希武的五言本、于道泉的自由体，哪一本更接近于原文。《东山诗》中的"ma_skyes_a_ma"到底是未嫁娘、少女、佳人，还是小资们反复念叨的"玛吉阿米"……在我后来的阅读中，仓央嘉措一步步成为那个出生宗教世家（仓央嘉措家中世代信奉宁玛派即红教），受过严格训练的宗教领袖。我还是依据自己的理解，逐渐明白所谓"耽于酒色，不守清规"的佞言，不过是仓央嘉措不愿受比丘戒，并希望将以前受过的戒解除而已。他有过化解教派纷争的宗教理想，也有过建立一个稳定健全的政治制度的政治理想，而他的作品更多的

刚
察

是反映自己在缺乏人身自由、深受陷害的情况下，对第巴·桑结嘉措的怀念和佛法修行的心得，他的诗歌从密宗的角度出发，全能地作出宗教上的诠释。

我因此想象，1708 年（康熙四十六年）冬，被"诏送京师"的仓央嘉措路过青海湖畔时，刚察草原的寒冷像疯狂的铁骑肆虐，草原一片枯黄，彤云低垂，雪山黯淡，牛羊已经失去踪迹，百灵忘记鸣叫，仙女湾湿地的水泽地已冻结成冰，黄鸭和赤麻鸭也早已逃遁，满目荒寒。哨儿风扑过来，带着雪粒和冰碴，打着尖利的唿哨，钻进每一个微小的缝隙，在那里成为小丑，逃窜。氆氇、毡房、皮帽，没什么可以御寒了，如同没有更多选择的余地了，圈套像雪花落下来，罩着来时的路，梵音和诗歌无法去温暖它们。那曾经的门隅，葱郁的树木，雪线云影，还有开在四月桃枝上的鲜花，依旧比诵经声还安静。而那佛光闪烁的布达拉，人人都在武装。仓央嘉措看一眼远处的大天鹅，这些从遥远北方迁来的冬候鸟，洁白安详，如同世间的尊者，漫步湖岸或者翔于低空。它并不理会这世间的纠结，不理解灰飞烟灭，它也不知道纷争和密谋、权利和陷害，它看到的，永远是水泽之上随风舞动的雪花，是一低头时，那藏在草茎中冬眠的虫豸。佛法藏在天地间，自己却就此别过。仓央嘉措转过身，雪花再一次降落。

人们低下身子，俯在水泥大坝的铁栏杆上，观看，有些人举起相机来，对着哗哗流水，游人模样。他调的是微距吗，我从没有过给一

金色河谷

条滑溜溜的鱼拍裸照的经验，也不曾抓拍它们活蹦乱跳的模样。人们唏嘘惊叹。我知道，此刻，那水面之下，正有无数条湟鱼小鲤鱼一般跃起来，朝着水流的上方，它们正在用渺小和微弱创造它们生命中辉煌的一瞬。我挤过去。我原本是要离开，但我还是又一次俯下身去。我的样子仿佛在给那些小小的鱼们鞠躬。

　　"半河清水半河鱼"，这条河流两岸原本长满了葳蕤的沙柳，因此叫沙柳河，我不曾亲眼见到那些水边植物葱绿旺盛的过去。现在，这条河流两岸除了大大小小的碎石和丛丛野草，再没有高大茂盛的植物将它们的阴影投下来。草原的阳光无遮拦地烤在石头和水面上，也烤在青白色的水泥大坝上。蹲踞的坝面上横砌着许多条水泥台阶，河水从大坝上摔下来，并没有溅起白色浪花。水势浩荡，但不激越。草原上的河，暗含劲道，表面却依然宁静地倒映着亮白天光和散淡白云。大坝之下回旋的清澈河水中，遍布密密麻麻的小湟鱼，它们摆动灰褐色或者黄褐色的小身体，仿佛摇曳着无数面窄小的旗帜，呐喊。一寸，或者两寸，那么小，但是它们的目标那么专一。扭动，回身，再扭动，然后跃起。它们跃过水泥台阶的几率并不高。许多鱼依旧落下来，溅在水面上，甚至被水流冲到更下方。这并不是结束。扭身，游动，跃起，再跃起……我看着一条小湟鱼跳了三次才跃上一个台阶，而整个大坝，有三十多条台阶。隐藏在小湟鱼柔弱身体里的坚韧和倔强，以及河流的坚韧和倔强、弱小与强大，它们对峙、坚持、冲击，像一场旷日持久的战争。我站在它们旁边，想说的每一句话都成了废话。

推开"哗啦"作响的铁皮大门，涌现在眼前的是许多水泥砌就的小小鱼塘。靠近去，看见波动的水面之下，静伏无数湟鱼苗，也只有麦芒大小。小院静谧，铝合金窗框和用来封闭房屋的大块玻璃正折射出耀眼阳光，使得小院如同葵花般灿烂。这是位于沙柳河镇上一户养育湟鱼苗的人家。健壮羞涩的女主人正在拌湟鱼饲料：磕开鸡蛋，剥离蛋白和蛋黄（最好不用蛋白做饲料），磨细黄豆，取出熬熟的猪油，加盐，搅拌。饲料撒下去，小鱼们纷纷争食。"饲料一次不能喂得太多，"女主人说，"湟鱼一年长一两，养一年才能放生。"扭过头，我看到女主人脸上的慈爱和悲悯，如同此刻阳光。"你错过了放生节。"女主人补充。我熟悉那个节日，虽然未曾亲历，将古老的宗教仪式和旅游混在一起，期待一种效益。效益真是这个时代的一种慢性病，它匍匐在水泥路上，扭动隐形的爪牙，一点一点侵吞土壤、根须和水分。而放生，跳坝，淡水河枯竭，偷食，禁捕，生长缓慢，人工受精，淡水养殖，湟鱼所经历的事情，如同我们。

这个傍晚，在县城一户屋顶盖着红色彩钢瓦的农家院里，我遇到大盆种养的花，高原上遇到盆养的花，这让我心存温暖。夹竹桃、天竺葵、倒挂金钟、月季、四季海棠……花开得并不娇艳，偶尔探出一两朵，似乎跋涉许久，满经脉的倦意，那枝叶也蒙着层萎黄，仿佛正在枯去，白蝴蝶却很多，无声息地翩跹。猫咪四仰八叉地睡在花盆下，太阳光转过去，也不知道挪一下窝。黑狗描着黄眼圈，瞭一眼，吠一声。院内大片空地，葳蕤的野草贴着南墙角。想着春来撒几粒菜种，

金色河谷

肯定葱绿。但是这家女孩告诉我，"我妈妈不会种菜"，女孩回答得理直气壮。这让我气馁。厨房里雾气腾腾，人们正在为客人准备全羊系列：开锅肉（水一开就捞出来的羊肋条），血肠（羊血加蒜苗、姜末、花椒末、盐和羊肠灌制而成，煮血肠时需要用一枚大针在鼓胀的血肠上戳个气孔，以免血肠爆裂），羊筏子（瘦肉剁成末，加入少许面粉，放入花椒、老姜等粉末调料，用带皮羊油包卷，煮熟），肚腺皮（羊腹部的软肉），白条（高原上，哪个人点菜时不说来二斤白条呢），煮羊头（羊角已经截去，留下两个眼睛似的黑窟窿）。羊终究是这个世界上最温顺的动物，它生存的意义就是毫不吝啬地献出自己的所有。厨房一侧的红砖墙上，悬挂着白粗线串起的黄蘑菇。蘑菇已经风干，失去色泽，像一串古人遗失的项链。此前，在县城的小街上，我看见这些来自草原的黄蘑菇大堆大堆摊放在水泥地坪上，等待出售。一斤20元，靠摩托而站的长发男人，并没有将黄蘑菇迅速卖出的热情。

这是招待贵客的高原饭食，它体现的依旧是夯实拙朴的高原心情。奶茶、青稞酒、羊系列，中间加几盘菜：黄蘑菇炒肉、蒜泥拌黄瓜、香菜拌萝卜、酸辣土豆丝、虎皮辣子、酿皮子，鲜辣麻香。其间主人进来歉意地微笑，说没有湟鱼。尽管在湖畔吃湟鱼是想象中的最高待遇，但一年长一两肉的小小湟鱼，我们怎能下筷？

后方

　　在我的故乡（我更愿意把我的故乡缩小成青藏高原上一个小而又小的村庄），人们很少给一棵树木以确定的称呼。人们说柳树发芽了，其实指的是青杨或钻天的白杨；人们说松木大门关上了，其实是云杉或者冷杉做成的门板；人们说那棵棉柳死了，其实指的是一棵细弱的山杨。造成这种称呼混乱的现象，并不是因为我的家乡到处是碧波荡漾的林海，这棵树和那棵树为争夺阳光而纠缠成一片，无法分清。在我的故乡，不只是树木，甚至村庄的名字都有些不实。比如我们桦林沟，没有一棵桦树。没有桦树的桦林沟肯定是迷失了根基的村庄。我因此觉得或许在遥远的年代，桦树并不是今天的桦树，青杨也不是今天的青杨。我甚至想象，在我的故乡，许多名字的承袭如同故乡歌谣的传唱，依靠的是漫游歌手古老的记忆，是世界开始时的模样。

　　父亲从山外捎来一棵李子树苗。在此之前，我们的村庄从没出现过果树。果实的色彩、结构、甜美，那只是存在于口头或者书面语言里的抽象物，它们肯定存在，但是我们伸出的手，抓不住一枚属于这块土地的瓜果。母亲捏着细小的李子树苗，在院子里转悠，仿佛抱着个无处安放的宝贝。李子这个名词从此将随这根苗子在我们村庄生根发芽。在此之前，它从不曾在我们村人的歌谣中出现过，因此这个村庄没有它蓊郁的过去。母亲捏着李子树苗，其实是捏着一种开始，全

金色河谷

新的、未经雕饰的、不可预估的开始。现在是清明前后，气温虽然明显升高，但是温差要大到十几度。前山的积雪还在山体巨大的阴影下板结成冰，发散蔚蓝坚硬的寒光；后山的积雪已经融化，雪水流淌，小块黝黑的田地因而显得蓬松柔软。在冬季的大雪覆盖之前，前山和后山曾分别显现出不同色斑。前山密布矮小灌丛：杜鹃、冬青、金露梅、荆条和一些没有名字的灌木，当然人们并不称呼它们的学名。它们挨挨挤挤，没有秩序，仿佛匝地乱蹿的虫豸。后山长满开花的药材：柴胡、苍术、白术、白芨、狼毒……幽暗沉郁，或者花色斑斓。田野只有河谷那般宽窄，那里没有高大茂盛的树木。山风过来，在河谷扭着身子，前进，没有阻挡。河水从东面逶迤高大的青色岩石缝里挤出来，成为"哗哗"的一束，像古代那样清冽、冰凉。灰白色鹅卵石遍布的滩地旁，匍匐矮小的藏式庄廓。这些土木结构的房屋大都面向南方，大板夯筑的院墙彼此连接，乌鸦在这家院墙上啼叫，也在那家院墙上啼叫，花猫和狸猫在两家的墙头上跳下……一个隐没在祁连山中的古老村庄，它有半年时间浸在凛冽的寒冷之中——母亲最终将李子树栽到院子的西北角里，那里靠近院墙，挡风，并有足够的阳光。母亲还给幼小的李子树缠上碎布条——牛啊羊们，你们要知道，这棵树苗它非同寻常。

当然，这并不是我亲眼所见。我所看见的李子树已经将头露到院墙外面，这使我家的院子显得与众不同。人们说，李家的李子花开了，就是说，春天到了。人们说这话的时候，眼睛里含满了羡慕，仿佛我

家的李子树是神在此处转达消息。在高原之外，春天是个多么奢侈的
季节，人们捏着春天就仿佛捏着自己的心脏，怎么动弹都是思绪一片。
但在高原，春天像绝句一样短小精悍。春天到来的时候，这棵李子树
将花开在我家的院墙上，仿佛一朵云蹲在那里歇息。风吹过来，再吹
过去，满拂在村子里的千丝万缕，并不是像南方那样下垂娇嫩的柳枝，
而是李花带给村庄的前所未有的芬芳。我在故乡的院子，那就是秘藏
芳香的罐子。雨打黄昏，花瓣落下来，贴在墙外的沟沿上，羊蹄子在
那里踩过，狗在那里溜达过，花瓣就成为爪子模样。那些潮湿的沟沿，
散发出泥土和花香混合出来的气息，那些大地的气息，天然纯正。有
人传说李花和面涂脸，可以养颜，就有一两个姑娘经常坐到我家院墙
外聊天。那时候，姑娘们的时光像那几瓣翘在阳光里的花瓣，娴静，
闪烁莹洁的光泽，温润如玉。

　　"这是一块罕见的土地"（里尔克《〈沃尔普斯维德〉导言》），除了山，
它别无历史。我这样说，仿佛在套用别人的话以显示我对别人的语言
多么熟悉。如果大地可以用肥硕和瘦硬分类，我的故乡就是皮包骨。
人们在土层相对厚实一点的洼地里用石头、土和木头建造房屋，用来
种植的土地便相对减少。在我的故乡，人们的居住总是和需要种植的
作物进行无声争夺，这种自己跟自己的争夺，并不显得多么残酷。前
山遍布荆棘的山体偶尔会露出红沙和藏青色岩石，一些从远古就滚落
下来的巨石横在山腰上，它们隐秘的褶皱成为鸟雀和小动物永久的藏

金色河谷

身之所。那里无法种植一棵庄稼。人们用犁铧在后山分割出格子一样的小块土地，在那些地方，犁铧甚至能碰到土层下坚硬的山体，这些薄弱贫瘠的田地，仿佛是一只大手在岩石上随便撒下的一些土壤碎屑，一阵大风甚至能揭了去。当然，这些小块的土地并不生长过多的作物，除了土豆、油菜和青稞。矮小的油菜将花开在八月，而在南方，油菜花在春天已经惊慌地叫嚣。青稞在八月结实，但是八月的雨水如同八月的阳光，说泼下就风雨交加地从山头滑下。它们是源自天空的洪水，"轰隆隆"一声卷过青稞地。头部沉重的青稞倒伏下去，水草那样泛着绿色的光泽。这样的青稞再无站起的可能。阳光接着晒下来，泥泞的穗头一半干枯一半糜烂。如果哪一年暴雨没有席卷青稞地，人们并不会在九月之前放下心来，因为东南之上的天空总是风云突变：上午还是高远辽阔的蔚蓝，午后突然浓云翻卷，闪电枝杈一般拧过天际，冰雹瞬间便会改变大地的色彩。一场冰雹过后的大地，褴褛、破败、千疮百孔。植物的茎叶、花瓣、青稞穗头、幼小虫体、豆荚，卷在浑浊的水流里，离开田地、院落、洞穴和草垛，它们还将带走这一年的希望。我的故乡的希望，并不像别人的欲望那样膨胀。它们只是风调雨顺、五谷丰登、六畜兴旺。这希望简单到只成为大地的希望。

土豆将花开在向阳的山坡上，我分不清"深眼窝"和"红洋棒"哪一种开出白花，哪一种开出粉色的花。将脚从土豆地里抽出来，向前迈一步，就是山腰。这座海拔在4000米以上的山峰，它的头顶就是七月也有冰雪覆盖。云雾常从黑青色的山掌里翻出来，"咕嘟咕嘟"

后
方

冒着寒气。十月份的时候，山上的冰雪已经步步下移，挪到土豆地里来。冰冻来临。我们要在短暂的时间内将土豆挖回家来。时令依旧是秋，但是雨已伴着雪粒，冰凉并且刺骨。土豆垄一片泥泞。铁锹挖出的土豆裹着黝黑的湿泥，需要用手一点点剥掉泥土。手指在寒冷中逐渐麻木，感觉不到土豆饱满细腻的皮肤。长久蹲伏，下肢常常酸疼。有时会有邻居来帮忙，带着他们的孩子。大人们躬身在茫茫的雨雾中，大声而又断续地说些话语。我们跑到土豆田的更深处，扒开已经被霜冻过的土豆秸，在秸上找一种类似于青李子的涩果子（那时候，神奇的事物总会出现）。朦胧而又湿漉漉的原野罩着寒气，天地缝合在一起，我们看不穿原野背后的寂静，也不知晓那里存在的未来。我们摘下那些青果子，跑回家将它们戳在李子树的枝条上。那就是一树涩涩的李子啊，它紧绷的青色薄皮下，脆生生的果肉白里透亮。咽下一口涎水，想着秋后是满树的酸甜……那时候，我们的愿望小如一枚李子，真实可触。

今天，我们还会盯着一树李子过一个春秋吗？肯定不会。我们都忘记了对大地和大地上的事物的痴迷。我们忙着改造啊升级啊。这种"轰隆隆"的声响，不分昼夜地滚过我们的脚底，仿佛涌动的巨兽的脊背，使我们颠簸起来，颠沛起来，颠倒起来。这种声响也不放过我在高山上的故乡。它仿佛云里的急雨，迅速地从广阔的地方浇注过来，带来新鲜的气息。这种新鲜不仅仅停留在故乡人的见识里，它更多的力量用于悄无声息而又无止境的渗透，仿佛一些药剂，它最终改变故

金色河谷

乡人的思想。观念还是留在那里，但是思想已经波动。人们仿佛暴雨来临前的鸟雀，慌张起来。这种慌张并不与大地发生直接关系，而是作用于效益。年轻人走了，成为候鸟，留下年迈的老人和寂寞的大地。

那时候，故乡并没有长久的离别，或者瞬息间的喧嚣。八月的阳光金盏菊那样盛开，流淌金黄，并且不留缝隙。夏季风像闲逛的猫咪，没有目标。冰雪的清凉依旧从远处的山顶滑下，伴随着"哗哗"的河水。野花将山坡开成彩色的栽毛毯子，它们的浓烈气味仿佛已经发酵。牛羊在山谷躲避阳光。鸟雀失去踪迹。高高挂起的云朵仿佛天空脱下的几片羽毛。人们走在田野里，戴着草帽。一切都顺着时间的足迹前行。大地的模样就是这样，静声静气，没有慌张。邻家名叫花姐子的大姑娘瘸着一条腿，长辫子搭下来，她像一位母亲那样坐在李子树下，带着恬静慈祥的面容。李子树的枝杈伸开来，浓荫匝地。小虫子晃过来，再晃过去，仿佛在幽暗的城堡里游逛。"月亮月牙儿，妈妈生下的我俩儿；价们吃的白面卷卷儿，我们吃的芹菜秆秆儿；价们住下子好房子，我们住下子草房子；价们养下子好娃娃，我们养下子赖毒瓜，呱呱呱……"花姐子领着我们唱。阳光不经意地挪过去，李子树的影子侧过来，院墙的影子侧过来，我们坐在半明半暗中，棕色的泥地渐渐渗出冰凉。大地并不因为阳光暂时的照耀而改变自己的温度，它总是那样老成持重。花姐子唱着唱着便在那条残疾的腿上拍打出节奏来。我们从不曾嘲笑她那条异于我们的腿，就跟我们从不曾嘲笑花丛里一只折了茎的花朵一样。随着节奏，她的黑辫子微微地跳起来，她的微

后
方

笑在树荫下明亮起来。我们便俯身学着蟾蜍的模样"呱呱呱"地蹦起来，我们并不在乎到底是谁吃的白面卷卷儿。我们知道，昨天，我们是一群啾啾叫的小雏鸡，跟着花姐子逛遍村里的菜园。今天是遍地乱跳的蟾蜍。我不知道明天的我们是一群蝴蝶还是一队屎壳郎。但是我知道花姐子一定是我们的队长，她有足够闲散的时间，凝视我们慢慢长大，而她管理我们的方式不同于多年后我们管理财务，没有私心，像天地那样。当然，花姐子一样的姑娘不止她一个。她们在我的故乡出生，然后长大，仿佛旷野里墨绿油亮的植物。她们挑着水桶在月亮底下去河滩，赶着牛羊在山坡上走过，或者在我家的李子树下轻捷地一闪，她们并不会放声高歌，也不会像麻雀那样将原野扯碎。她们有着高原红的脸颊，箍着色彩艳丽的头巾，眼睛明亮，她们的身体强健而线条圆润。她们最后嫁给故乡的男人，又抱着故乡的外甥回娘家。她们从不曾远离，她们的脚步在故乡的大地上勾勒出繁复细密的图案，并且将起点和终点缝合在一起。那时候，故乡的大地就是她们手中一块等待绣花的布，她们的忧愁是大地的忧愁，是时间的忧愁，而她们的欢乐也是大地的欢乐，她们与大地同在，如同与她们的爱人同在。

羊群从山上下来，背着金色的阳光，小跑着，"咩咩"地叫着，再不顾山道上丰茂的青草。它们离开村子的时间也就是一天，但它们晚归时的样子仿佛离开村子已经很多年。它们从远处飘过来，带着羊毛发散出的油脂味、羊粪味，也带着远山植物的清香。它们在早晨拥

金色河谷

挤着离开村子的时候，又蹦又跳，仿佛苦日子到了尽头，仿佛离开村子就是离开了地狱。现在，它们像投靠光明一样迫不及待地回来，领头羊也低下盘曲高傲的角，径直地奔向家的方向。牧羊人背着牛毛擀制的黑色雨披，在雨水一般泼洒的光线中斜着瘦长的身影。对于羊群来说，牧羊人就是引领它们的神。在这一天，它们并没有违背牧羊人的旨意而胡乱逃窜。它们走完两面山坡，穿过一条峡谷，又头对头挤在一块滩地里歇息。它们完全可以脱离牧羊人的看管而去逍遥自在，但是它们乖乖遵从牧羊人的喝令，早出晚归。这是一群安分守己的羊，是天空的孩子。我的黄昏的故乡，不只是羊群急迫地归来，不只是牛马急迫地归来，不只是玩耍的孩子急迫地归来，鸟雀也都纷纷回归。早晨，裹着羊皮袄一般的麻雀们蹲在李子的树杈上开完那个短暂的例会，一哄而散。谁都不留下口信，说要去哪里。现在，它们突然冲破浓重的炊烟，从村子的四周三三两两地回来，趾高气昂，仿佛在哪里立下了大功。其实人们知道它们不过是在四野的庄稼地里和一枝插在那里的枯树枝捉迷藏，不过是和那枯树枝上的一顶破草帽斗智慧。人们并不忙着揭露。麻雀们趁着天边最后一丝灰色的光亮，找到自家门户，钻进李子树浓密的枝杈或者那盘在房檐下的窝里去。麻雀们住在那里，仿佛架在那里的喇叭，"啾啾啾"地吵着闹着。它们的嬉闹在夜幕降临前达到高潮。它们仿佛分别了一生一世，现在要学会珍惜。但是它们紧接着把窝里的一两根鸟毛或者自己的裸体雏儿给扒拉到窝外边来，然后在暮色里愧疚地争吵，仿佛檐下那户人家的小夫妻。那

后
方

时候，在我的故乡，所有的事物都内含秩序，不慌张，像原先那样拥有自己的归宿。花瓣落在自己的土地上，土豆藏到自己的窖里，旱獭在自己的山坡上打洞，麻雀在自己的李子树上进行演说，春天的犁挂在自己的土墙上，即使大雪罩白了山冈，高山上的雉鸡也会沿着去年的路线来到自己的村庄。

而那时候，我们的故乡曾经一样。

秋天过去，碌碡在碾场上响起来，这"咕噜咕噜"的低沉声响，如同一些缓慢燃起的柔软火焰，温暖着在寒冷中忙碌的人群。粮食们随着这古老的节奏陆续来到我们的庭院，人们放下悬着的心。这些粮食经过了种种劫难，终于像一支顽强不屈的部队，回到根据地。人们将小小的喜悦藏起来，这使得他们的喜悦并不像四季那样分明。土地上的收获才是真正的收获，不像多年后出现的空头支票。仓房经过重新修葺，白土泥墙光滑平整。装着粮食的黑牛毛口袋像汉子那样立在房檐下。粮食们的茎秆在场院里堆成大垛，我们将在这些草垛旁嬉戏，度过又一个冰天雪地的冬天。清冷的风从墙外走过去，阳光将微薄的温暖撒在院墙内，房檐下的木柱上依旧有吃木头的小虫子出没，它们长着小小的莹洁的翅膀，却不飞翔。旧年的红对联已经斑驳，"春临大地百花艳，节至人间万象新"，素朴如同白描的句子依旧能够分辨。雪从远处罩下来，一步步逼近村落。空阔消失了，村子要蜷起来，以抵御寒流的侵袭。牛羊渐渐不上山了，它们卧在朝阳的院墙下，扑闪着眼睛。现在，粮食在这个庭院里的地位高过我们孩子。母亲在院内铺上大块的红绒线毯子或者空麻袋，给它们划分区域。解开口袋绳子，将这些植物的籽粒"啪啦啦"倾倒而出，它们将在阳光下晒上两三天。青稞占去了毯子的大部分，蚕豆和菜籽围在它的边缘。母亲脱了鞋，跪在摊开来的青稞上，一边翻晒，一边捡拾。这些数不清的青稞、蚕豆和圆润的油菜籽，要在母亲的手掌中一粒粒走过去。这仿佛是一场盛大的检阅。麻雀们站在院墙上观看，偶尔发表它们的意见，枯去了的秋菊在它们身边抖动身子，李子树举着枝桠。专注，这是母亲常年的神情，不像多年后我们走在水泥地面上常带着的焦躁或者恍惚。母亲从专注中抬起头来，脸庞因为长时间俯向地面而肿胀，眼睛充血。我并不觉得母亲的面容在此刻有多么难看。母亲起身，回到幽暗的堂屋，揭开油红漆描暗八仙的面柜，伸手下去，摸索——我们所盼望的时刻现在来临。面柜仿佛承载着我们的未来，充满变数，而且奇异。母亲返身，我们看到母亲手掌里的那几枚李子。那些不能在枝杈上慢慢成熟的李子（霜冻总会让它们过早凋落，母亲将它们塞进青稞面里，捂熟），现在青里泛着紫红，那一触便破的绵软的薄皮，它包裹的隐秘内里一定潜藏着大地的秘密，或者它们的记忆。而母亲现在微笑着摩挲着的，一定是一块大地的秘密。

一块，而不是全部。母亲看到的最大的土地，也就是她站在村庄对面的山冈上时所看到的四面环山的一块高山上的洼地。那里有着低矮的草甸、贫瘠的土壤、遍地的牛羊粪，还有常年缭绕着干枯柴禾燃出的炊烟味道，云雾或者冰雪弥漫在山巅。如果那里曾经有过改变，也就是一棵李子树从山外到来，开一树云朵般的花，然后散去，如同那些老去的人，回归尘土。山的外面依旧是层叠的群山，然后是苍茫的天。在那个时候，世界也可以沿着山路蜿蜒到天的那一边去。但对母亲来说，不需要。四季变化着，春天李花开，夏天布谷来，秋天草染霜，冬天雪飞扬。这已经够了。我的故乡的大地上盛开一树李花，或者隐藏许多东西，这是别人不知道的。母亲决意要像熟悉她的儿女那样熟悉这块大地。这不是一两年的事情，这需要一辈子。

湖·旧时光

站在日月山顶，我忍不住扭头东望。我看见青色山峰扯成屏障，河谷农田匍匐平展，小麦、青稞、油菜、蚕豆……此刻，它们如同青春年少。河水汤汤，墨绿的青杨高大蓊郁，大板夯筑的庄廓院墙，红墙庙宇，青白炊烟，我甚至看见蜀葵和丁香，以及叶片上跳跃的金色光芒。我想着传说中公主十六岁的面庞，她的泪光，断然摔碎的日月宝镜，以及那传说中白色兔子的矫健，那黑色巨鸟飞向天空的翅膀。而当我扭头向西，我的目光再无遮挡。草原没有边际，牛羊闲散，山峰隐去弧线，长云，黑牛毛帐篷静静绽放。

抚摸冰凉的青色石碑，我隐约看见公元734年刻下的汉藏碑文："甥舅修其旧好，同为一家。……不以兵强而害义，不以为利而弃言，则我无尔诈，尔无我虞，信也。"在此之前，我曾经听见日月山顶风过华盖的声响，犹如那段埋在岁月里的零星文字："唐太宗即将一切利益安乐之源——释迦牟尼佛像，众多珍宝仓库、宝库、金玉所制之告身文书……赠与文成公主。"(《贤者喜宴》)

我想着这风改变方向的地方，公主只是其中一个词语。古道、唐蕃古道、青藏东道、青藏西道、丝绸之路南路；茶马互市、木柴、布匹、瓷器、黄烟、茶（"蕃人嗜乳酪，不得茶则因以为病，故唐宋以来，以茶易马法，用制羌、戎。"——《明史·食货志》）、丝绢、皮张、

湖·旧时光

牛马；争战：大非川、哈拉库图、石堡城、薛仁贵、哥舒翰（"君不能学哥舒横行青海夜带刀，西屠石堡取紫袍。"）、阿史那道；汉藏交融：语言、宗教、民族、手工制艺、天文历算、思想。商旅、僧人、凡夫、传教士。沙石、疾病、烟尘、野花、风雨……此刻，我如此钟情这些平静的词语，以及它们横撇竖捺下的凄凉和沧桑。

赤岭，日月山曾经的名字，土石皆赤，或赤土不毛。我无意追究它的色彩，如同我无意追究这个名字的过去和现在。我总是无法忘却它石破天惊的某个时刻，撕裂，隆起，绵延，斩断湖泊与海洋的联系。如同拱起的脊柱，流向不同的水系，最终成为它脊背上奔涌的亲密肋骨。

青海湖之夜的记忆属于时光回溯。十几年前的八月，青海湖畔依旧寒冷，气温低下。天空浓云翻滚，却没有降下雨水的意思。远处连绵的青海南山蹲踞云雾之中，面容模糊，偶尔一截绿色身形闪现，姿影流畅。低矮的油菜和青稞正在山下漫卷。帐篷如同虫豸静伏。无际的绿草之间偶尔闪现藏狗的脸孔，警觉，庞大的身躯如同黑色的山石。野草（羊茅、黑苔草、矮蒿）的清芬，花（龙胆、天山报春、西藏点地梅）香，牛粪烟，湖水的咸涩，它们混合出乳汁一般浓稠的气息。这浸在清凉之中的草原，茁壮的肌肤包裹一个有着旺盛活力的肺脏，透明，旷古森凉。扭头，青海湖在草原背后，高起，仿佛一块蓝色桑蚕丝堆叠在那里，看过去，感觉并不遥远，似乎一跃便可到达。这让我想起湖畔的青稞和油菜，此刻，它们的浓郁如同黑夜星空覆盖，而

金色河谷

它们的历史，散布在土粒之间幽微的光芒，正越过千年，溯流而上。远古。海洋。巨变。沧——海——桑——田。

转个背，傍晚的雨线飘拂。水色亮白。鸟岛宾馆已经客满。我们找到一家私人小旅店。一排旧年红砖瓦房，墙体潮湿，阶前荒草隐藏逼仄小道。推开门，白灰墙斑驳，少有人住的阴凉，昏暗灯泡，印有大红牡丹的铝皮热水瓶，笨重木头床，天花板布满黄色水渍。走过去，木格玻璃窗对着一座孤单寺庙。透过水影，寺前经幡上的黑色经文隐约可辨。轻掩的寺门已被雨水打湿，磨损的石阶，绿草蔓延，并无人影。察看，有着毛茸茸肥腿的蜘蛛沿墙而下。我们将靠墙的床挪移到屋子中央。冒雨去寻找吃食。白天的湖畔草原在此刻浓缩成一滴漆黑水珠，伸手，四壁却依旧空阔，无所遮拦。听不见湖水动荡的声音，也听不见草尖滚落雨珠的声音，我想象它们已经闭上眼睛，酣睡，它们的呼吸轻微仿佛女童。沉寂。雨水兀自冰凉。一声犬吠，牧人的香甜梦境。零星灯火来自旅馆附近几家店铺。摸索着沿草丛小路行走，脚底湿滑，裤脚迅速湿透，有人打个趔趄，低声咕哝。依次叩问，几家小饭馆已经打烊。继续寻找，在草原深处，我们寻到一家牛肉面馆。要几碗韭叶牛肉面。浓重的牛肉汤，新鲜，剁碎的青蒜苗，肥牛肉片，厚萝卜片，几滴辣椒油，香菜（"自从公主和亲后，一半胡俗似汉家"）。热气冒出来。我们迅速沉浸到水声食味的真实中。

蓝色夜晚，月光厚重而又纷披。铁卜加草原笼罩着面纱。它的边

湖
旧
时
光

际混同天空，缥缈无以抵达。环顾，依稀可见一些零散片断：低矮毡房、经幡、草场围栏、离散的牛羊。它们裹着月光，如同裹着自身拔除不尽的清寂。再听不到任何声息，包括草茎中隐秘流动的清香体液。露水未曾凝结。虫豸遁去。天空不见翅膀和流星。我甚至听不到自己的心跳。沉睡的草原，此刻，正显露出它的无比幽静。

陶片。残存花纹。朽木碎屑。三米高的城墙。豁口。土堆。野草。狐兔。旱獭。风。月光。无比茁壮的草茎。这是这个夏季夜晚的伏俟古城（王者之城，吐谷浑语），它方形的城池，已经失去规模，如同草原上所有的城廓，一旦衰落便被永久遗弃，它终究无法与中原代代繁华的城池相比，草原上迁徙的频繁，胜过四季。靠近，然后我想着城堡细如烟尘的往昔。公元 420—660 年间的风声雨水。青海骢(《隋书》：吐谷浑有青海，中有小山。其俗至动辄方牝马与其上，言其龙种。尝得波斯草马放入海，因生骢驹，日行千里，故世称青海骢)。干打垒的高大城墙。土木结构的殿宇威严而不可侵犯。兽皮宝座上的可汗。后宫佳丽。激烈鼓乐。斟满酒水的陶器闪烁微光。剖开肠肚的牛羊，来不及闭上的忧郁眼睛。舞袖中的手势和密语。草丛深处，马背上的交欢。动荡。月光一样的动荡。将军骁勇……荒草覆盖的城墙上，那野兔踏出的小径，那瞬息闪过的机警目光，总让我想起坎坷征途，那个名叫吐谷浑的首领，以及那个从辽东启程，沿着阴山一路向西的鲜卑民族，他们在鼠疫肆虐的黑色草原上，怎样歌唱，然后建造，城堡、荣耀、辉煌……我想起那些不曾谋面的过去，就想起一首流淌在书中

金色河谷

的歌谣："老熊坐在山顶眺望天边的金黄，坐了千万年那金黄才变作太阳；露水做的黎明啊丝绸做的黄昏，哪儿有太阳哪儿就是我的牧场。"（杨志军《圣雄》）

我想记录下这里许多名叫卓玛的姑娘（或者她们作为主妇）一天的静谧时光，以记住她们曾经笃实而气定神闲的草原生活：缕缕灰白色晨光最先从草原东边浮起，金露梅和银露梅的花瓣已经在褪尽黑色的草丛中闪闪发亮，水汽充沛的草叶，小虫子碰碎清凉露珠，第一缕乳白色牛粪烟从帐篷顶上升起，古老的羊皮口袋吹醒这个早晨的烟火，卓玛煮好新鲜的奶茶，擎三碗清水敬献给佛祖，家人享用滚烫的奶茶和香甜的糌粑，起得最早的人最后吃下她的早餐。挤奶，饱满的牛奶膀在手中沉坠，小牛犊等待的清澈眼神如同饥饿孩童，温热的白色乳汁越过十指汩汩流进木桶，溅落在袍襟上的奶渍一如黎明的星星。马儿喷鼻，牛羊离去，百灵鸟带路，草原晕染金色阳光。帐篷前的平地上早已撒满灶灰。粗糙牛粪，卓玛将它平抹在灶灰之上，等待晒干，帐篷旁垒起的黑色牛粪饼将是漫长冬季唯一的燃料和温暖。打酥油，这富有音乐节拍的传统劳作，将占去整个上午，坚持木桶搅拌，搅拌日月、星辰、草原上的子女、羊羔咪咪。晒曲拉，捂酸奶，捻毛线，象征女性的纺锤（父母的陪嫁），敬献给神灵的第一勺香醇酸奶，这属于悠闲的午间时光，草原无限宽展柔软，天空深蓝高远，虫吟暂息，静谧，湖水闪烁细碎银光。炒青稞，河滩捡来的白色碎石，反复清洗，

湖·旧时光

在黑铁锅中炒热，加入青稞、鞭麻枝搅动，青稞"哔哔剥剥"地蹦跳，晾冷，用筛子仔细筛去石子。小小的石磨，磨碎青稞和浑圆的汗珠。背水，这钤在牧场上一页又一页的经典卷轴，属于姑娘私密的交谈时光。姑娘们背着山泉，隐入日光弥漫的山湾。草原在黄昏的金色光线中沉入更深的幽静，牛粪烟再一次升起，它在寥廓的草地上浮游，如此逼近宁静真实。卓玛熄灭帐篷左侧的灶火。火光沉寂前的瞬间，闪现卓玛如瀑的黑辫，自由垂落。朴素、清丽的姑娘远离尘世大张的奢望之口，我们缘何不爱她？

在瑰丽的《山海经·海内北经》中，我首先看见它们："西王母梯几而戴胜杖，其南有三青鸟，为西王母取食。"赤首黑目、三足、体健力猛的神鸟，我认定它最先生活在中国西部："忽见有青鸟从西方来。"（《汉武故事》）它们藏在隐秘的古籍中，如同藏在幽深的丛林中，它们的吟唱孤绝，并没有更多同类附和。

后来，我看见更多的鸟。在黎明的微光中，青海湖平静如初，仿佛它并不曾经历夜晚的酣睡，海心山也不曾揭去遮挡面庞的蓝纱，湖畔草原包裹在清凉的露水中央。寂静，如此安详。黎明仿佛牧歌吟唱。旺盛鸟鸣最先抵达，如同许多丝竹或者金属的乐器，同时从蓝薄的天光中开始演奏。我依稀可以想象出爱尔兰风笛，名叫石上清泉的古琴，筝和琵琶，还有僧人手中清寂的木鱼……清脆、丁零作响的鸟的语言，秘密、欢呼、交谈，我在瞬间的诧异中，找不出破译它们的生命密码。

金色河谷

而鸟羽，盛载天光的柔软锦缎、舞袖，突然浮现。玄秘，我辨不清它们的色彩，但我明白天空的颜色。这一刻，天空被灰色羽翼遮盖。庞大旋转的河流，激越震荡的生之气息。它们在我的头顶，仍旧让我想起光怪陆离的《山海经》，庞杂的内容，诡秘的事件，丰富的想象，灵异的草木发散的青郁之光——让我仰望，并任凭我去想象。站在这灰色河流的中心，我明白什么叫做序曲。是，序曲，它不仅仅是开始，不仅仅是慢板——快板——慢板的简单结合，也不仅仅是引导和暗示，不是独立的标题性乐曲。它是诞生，是新鲜的，喷吐洁净之气的，独一无二。

我看着他们一一走过。羊，上百只羊，它们刚刚剪去羊毛的身子看起来有些滑稽，但它们的尾巴是旧的，黑色脸面的山羊，高擎起桀骜不驯的角，仿佛标榜着一些横空出世的文字；牛群，它们的大眼睛互相躲藏(除了羊，它们依旧是造物序列的最低一级)，我总是看见牛的泪水在那里汪洋；衣着褴褛的牦牛（黑色、白色、花白色），它们健壮的身躯驮着主人所有的生活用品：填充羊毛的柔软被褥，牛羊毛擀制的毡毯，黑铁锅，描有盘龙的粗碗，底部快要磨穿的薄皮铝盆，挤奶的木桶（它的把手褪去色彩，但光滑细腻），背水桶，未曾潮湿的青稞炒面，酥油，尚未风干的羊肉，一捆牛毛绳，姑娘的首饰（玛瑙、珊瑚、绿松石、藏银、贝壳……），茶壶，纺锤……简陋的物品和用具，依然承载着牧人四时的温暖和欢欣；蹦跳的羊羔和牛犊，它们的生气，仿佛天地从不曾老去；护羊犬奔走，热衷于自己的职责；男人和女人，

湖
·
旧
时
光

还有孩子，他们跟在畜群后面，目光中再无其他奢求……庞杂的转场队伍，他们从冬窝子来到湖畔草原，但他们在此处停留的时间并不长，也许只有八九天，然后他们依旧要回到深山牧场。他们这次转场目的明确，让牛羊踩踏青草，好让草丛坚实，这样狂风便不会吹走草棵，等到冬季，它们再回来。他们的忙碌，简单，有着专一的目标。

我知晓他们即将到达的家园，将是一顶黑帐篷，或者一座小土房。十多平方米的平房，土墙低矮，搭几根椽子，上面铺一层碎木板，再抹一层泥，这简单的构筑材料，区别于我们水泥钢筋的灰色楼层。土炕占去屋内的大部分地方，连炕的灶台，除此，再无其他家具。门窗洞开，那是鸟雀和鼠兔进出的自由通道。屋顶和四周的野草疯长，鸟粪堆积——这是一个人和动物共眠的家园，它具备遮风挡雨的功能。但是我知道，在随后的几天，这座小房子会在牛粪烟的熏烤下，弥漫出最浓厚的生活气息。牧人最终是这片草原上的星火。

记忆的岁暮故乡，我们可以吃到这一年当中唯一的一次鱼——裸鲤，我们叫它湟鱼。它来自波光粼粼的青海湖，但是现在，它浑身包裹厚厚冰块——这天然的水晶棺，分明显现小小鱼体最后一次挣扎的痕迹。在温水中慢慢消解，扒去内脏（留下母鱼体内大串晶莹的卵，以及白色鱼鳔），摘除绛红色鱼鳃，剁成四块（小小的鱼，除了头和尾，身躯只有两寸过一些），黑铁锅中的菜籽油要烧到冒烟才可驱除异味，鱼块在热油中"哔哔剥剥"，灰色鱼皮迅速变黄，翻炒，加入盐、姜

金色河谷

粉、酱油、辣椒粉、胡椒（如果有的话），注入几勺清水，焖到水干，撒上葱花和蒜末，有时会有一勺青稞酒（如果是父亲烧鱼），出锅。现在我知道这种做鱼的方法近似红烧。干燥寒冷的青藏高原，鱼仍旧是一道奢侈的菜。昏黄灯光下的八仙桌，油亮，房间里腥气的味道，浓郁厚重。大人们拣吃头和尾，我吃鱼身仍旧心有余悸：细嫩白肉中密密麻麻的鱼刺，它们戳疼我柔嫩的粉红上颚，并塞在我的齿缝和食道中，我不得不用大人们传授的错误方法——一碟醋或半个馒头，挟裹鱼刺顺利穿过窄小通道，于是我宁可不吃——年幼的孩子不知道这种鱼需要保护。

到达西海镇正是光线直射的中午（之前，在路上一直想象着当年二二一厂低矮的灰色厂房和一句镂刻在那些与世隔绝的建设者心上的话：不该问的不问，不该说的不说）。走出汽车站，一个出乎想象的清寂小镇，在熟悉的高原阳光中令人耳清目明。蓝天覆盖（如此巨大的伞盖），它的边线轻轻流入草色（在哪一座小镇我能够看见蓝天和大地的亲密结合），阳光沿街流淌。清爽、洁净，远离尘世繁琐热闹的小镇，我甚至不敢胡乱走动。站立原地，等待，我希望逢着一个穿街而过的行人，看看小镇带给他们的日常表情，竟然遇不到。但是我逢着大块的色团。粉刷橘黄色、浅褐色、白色涂料的三层临街小楼，倾斜的红色楼顶，灰白色栏杆内墨绿的青杨枝叶，草坪。宽阔马路上的交通线。王洛宾纪念馆旁边的大丛波斯菊。简洁、随意、淡然，我觉得没有什么花能如波斯菊一样远离蛊惑人心的繁复。波斯菊的本质是高原，

湖·旧时光

贫瘠的土壤，广袤的天宇，强烈的阳光。翠菊。低矮的纷披的绿叶之上的盏形花朵，浓烈的紫、蓝，它的本质仍旧是高原和明亮光线，看不到水分浸洇。围护草坪的灰色石头小狮子。树叶间跳跃的金色阳光将小镇来回丈量，它们仍旧是这小街上唯一喧嚣又宁静的主人。

渴望，交谈。人们都去了哪里？海北国税的门紧闭。叫不出名称的小院的黑色铁栅栏门半掩。一辆红色摩托车停在日用百货小店墙角的阴影处。人呢？我仿佛回到寂寞童年的夏日午后，在浓荫与光线中寻找虫子的洞穴。终于在原子城门口遇见一个卖饰品的中年人。牛角梳子、项链、手镯、佛珠。斑斓。辨不出是玛瑙、珊瑚、绿松石还是普通石头。我拿起一个老式笨重的银镯，看上面镶嵌的玛瑙和绿松石，又拿起一只刻有经文的藏银镯，掂量。中年人介绍："都是从上海批发来的，很便宜。"憨直的汉子，他怎么不说是从尼泊尔或印度进过来的呢？心存感激。买一把牛角（牛骨粉加工而成）梳子揣在包里（我包里带的梳子，它当年的卖主说是羚羊角的，可能吗），一口价，五块钱购得明媚心情。

是千年前的岩刻——钝器（我想象那依然是一块可以握在手中的石头）在花岗岩上反复磨划。目光专注。腕底遒劲的力量来自内心丰富的想象。石头的粉末落下来，多么像时光的碎屑。高大马鹿，鹿角枝杈夸张。犄角锐利、身形健壮、前胛耸起的牦牛有着对决的模样。笨重的骆驼，永远都在负重，无法获得片刻轻松。即将受伤的豹（野

金色河谷

性的力量依旧"呼呼"作响)。野猪嚎叫。温顺的羊。捕鱼、放牧和狩猎的人。漫长岁月给予它们天然色彩——暗淡的红褐色。构图精简，寥寥数笔，仿佛那个简单的年代。却因为繁复时光，若隐若现，给人以神秘感。

我想象高大山脉连绵耸立，山顶隐隐白雪在清晨发散幽微蓝光。阳光流泻。抬头，澄澈天空划满鸟儿翅膀的痕迹。空气清凉。宽阔谷底，草色碧莹，河水汤汤，水面闪烁泠泠银光，水气弥漫青草气息。人们长发飞扬，呼啸。一场狩猎正在进行。抛掷的石器，射出的弓箭。它们飞过的弧线带着嗖嗖冷气。一些病残的动物即将成为俘虏。而另一些动物，它们惊恐的眼睛已经看到死神冲过来的模样。倏忽，另一个年代（草色依旧，阳光依旧），牧人神情喜悦，他们不再恐惧，羊群如同儿女。千年之后，我的想象依然走不出这口小腹大的哈龙山沟，吉尔孟河穿沟而过。

攀爬，仰望，顺着阳光的轨迹，我看见千年之前的日子在岩石上寂静豁然。有人说，岩刻出自曾经生活在此的羌人、吐谷浑和吐蕃民族之手。我在一个午后看见这些岩刻，仿佛看见它们出自一个孩童最纯真的对自然的描摹。恰如其分的研究，感知最真实的意义。他们从不曾将自身凌驾于动物之上，就仿佛自己是一只山羊或者一只飞鸟。任意随心的年代，静美的图案如同自然的歌谣，它们来自蓬勃的生命：河流、山峦、森林、野兽，以及人与它们的真诚交往。

瞬息。庞大的时间之水最终凝聚而成，它们在后来的岩石上"刷

湖·旧时光

刷"流过，而那些忠贞不渝的日子却永久停留。在冰冷的岩石里保持世界的体温。曾经的愉悦、呐喊，那些粗糙而高蹈的灵魂，强大持久的想象力，以及在夜晚茁壮生长的智慧……很久以后，这些岩刻成为牧人的崇拜之物。他们对着岩画祈祷祭奠，置经幡，献哈达，刻六字真言。放弃语言，用一种重于语言的虔诚姿态表达，我想这一定是已经有一种静谧语言，将先民与他的后人紧密相连。

我看见金棕色的马，那么蓬勃的一匹，燃烧，并驰骋。它在我的面前，然而它的疆域无限延伸，我甚至看不穿它的界限。硕大的花朵，没有人告诉我这是格桑花。但我分明记得它们就是那些陌生又熟悉的花朵。它们盛开，匝地而行。金黄的花瓣耀射光芒（数不清的细碎太阳同时光芒万丈）。蓝天之下的湖畔草原。我看不见一棵摇曳的碧绿青草。蔓生，蔓生。只有花朵，这恢宏的国度。我也看不见自己微茫的身影，我只看见金棕色的马，在无数热烈呐喊的花之唇齿上驰骋。我想着我也在奔驰，我一定在火焰一般蹿起的马尾上跳跃。但是微茫，我把眼睛挪到远处，依然看不见那个跟着马尾行进的人。

或者，我想着我就是那一匹金棕色的马。它的鬃毛如此光滑柔顺，根根在握。它的四蹄腾挪迅急，却又优雅地迈着侧步（马踏飞燕）。它的鼻息，我听不到鼻翼翕动的声音，但是温热的气息之浪挟裹面颊。它的眼神（那是谁的熟悉的眼神），专注，只容纳天空和花香……它的蹄下闪现时光，以及连缀成片的花之光芒。

金色河谷

　　然后，我看见孤绝的青海南山。耸立，覆盖冰雪，仿佛披挂莹洁铠甲。凉寒的风，还有凉寒的光。山顶之上，盛开大丛头花杜鹃。蓝紫的花瓣，荡漾水色，伸出手，我握不住它庞大如柱的金黄花蕊（当年"噼啪"作响的柴禾，我曾经嗅着它摊晒的芬芳进入年少想象）。回溯。我看见腾跃直上的马，越过山峰，隐入花丛。那火红鬃尾飞扬的一瞬，马的背影如同蛟龙。

　　龙马精神。

　　一个清晨醒来，我依然记得梦中突然闪现的那个词：龙马精神（消失在我们停滞或者膨胀生活中的清矍精神）。梦境如此绚烂。闭上眼，汹涌燃烧的花之草原茫无涯际。金棕色的马——我在梦境之中认定的青海骢逼真再现。于是我整天都陷在梦所给予的幻象（过滤时空，澄澈无碍）之中，那一定是1500多年前吐谷浑（这个养马、育马以至于在简单法律中规定"杀人及盗马者死"的民族）的黄金牧场。

回声

我以为一点灯，夜晚就会像一块黑斜纹布那样绷在外面，让我无法呼吸，但是没有。暗旧的青杨木板门"吱吱呀呀"地关上后，众多夜晚的声音依旧穿越四周的板壁抵达木屋。我听出它们来自森林、草场、河流、星空、清风、山顶积雪和岩体内部。它们最初是高大的青海云杉和祁连圆柏枝叶间的絮语，从年轮紧密细致的白色机体间萌发，攀爬到伸向四野的遒劲枝条，然后从一枚绿色的针尖射出——这如同一粒种子的弹跳，话语的种子，带着清简的思想。这些细小的种子同时从白桦、黑桦的枝叶，从青杨、棉柳的枝叶，从杜鹃、沙棘的枝叶，从贝母、山丹的枝叶间，弹跳而出。我想象这些种子在无际夜空崩裂，溅在河流的粼光上，溅在堆积的朽叶上，溅在黑蓝的山冈上，溅在低矮的羊圈和啼叫的夜鸟身上……最终，它们像神灵一样带动这个庞大夜晚的众多声部，并分出自然的章节，漫过屋内清醒的耳朵。于是我知道，我所见过的敖包、经幡、牛羊、草场、青稞田、庄廓、帐篷、山顶薄蓝的积雪、清凉的夏季风、翻卷的云，以及一切散发芬芳的肌体，它们在白天的模样只是它们的睡眠或者冥想，它们远离节奏和鼓点，并且使自己静伏在尘嚣之上，又沉默着贴近土壤。它们在白天缄默，凝着它们的眸，但在夜晚，它们打开封存的歌喉，并热烈狂欢。渺远、朦胧、激越却又雄浑，仿佛它们曾经的过去。

金色河谷

有一天，当我离开又希望重新回到那些山林的时候，我发现已经找不到那样喧嚣又寂静的夜晚。多年后的夜晚带着相似的面容，仿佛一个模子里倒出的器物，新鲜又冰冷，那些逝去的夜晚却显示出它的温暖和趣味。咀嚼那个夜晚的记忆成为我的嗜好。在那之后的众多时候，我都在键盘上说：我站在教学楼上，看着远处覆盖着白雪的山峰……是，多年后，我依旧可以天天看见那些逶迤在天边的山脉，那些在七月的阳光下依旧罩着淡蓝积雪的山脉，云堆叠在山脉的上空，仿佛城堡，清冷的夏季风吹过来，又吹过去，像一些大鸟的翅膀。那就是祁连山脉啊，我这样偷偷喟叹，因为我曾经整夜徜徉在它的山洼，像蜷在母亲的臂弯那样。但在课堂上，我不敢肆意地对孩子们说：这就是曾经为中国拉过来一个新疆的祁连山脉。课堂上的讲述终归过于单薄，因为在地图上，它只是西北——东南走向的一条虚线，仿佛轻轻一抹，便可擦去，再不留些微痕迹。而在史册中，它也只是偶尔出现，仿佛它的过往只是那么短暂的一两天。但是我知道，在我抬头看见驾着风飞来飞去的云，在我像回忆童年那样回忆起"青海长云暗雪山""明月出天山，苍茫云海间"这些诗句的时候，祁连山并没有像一缕烟那样飘过去。是，它是飘不过去的，也流不走，它不是结在历史树上的一枚叶子，秋天一到就丢了，它是绵延的、厚重的，纵横如山脉的时间之流中伫立着的青铜：胡、羌……这些古老的部族；汉武帝、法显、霍去病、隋炀帝……这些显赫的人物；冲突、谈和、夺取、退让……这些谋略和方式；丝绸、美玉、骏马、黄羊

回
声

角……这些持续存在的精美事物；沙漠、荒原、草甸、绿洲……
这些线条圆润的斑斑块块；雪线的上升和下降，冰川的堆积和消
融，植被的丰茂和稀疏……这些旷日持久的运动和变化，它们在青铜
之上。"失我祁连山，使我六畜不蕃息；失我焉支山，使我嫁妇无颜
色"，我在后来明白这声悲叹，相信它不仅仅是来自匈奴这一个民族。
我相信悲歌的传唱者一直在这块大地上迁徙，像羊群和驼队那样，也
像那个夜晚的絮语一样。

　　山鸟通常在清晨尚未到达的时候醒来，打开喉咙。它们懂得如何在
时间之流中逆行，它们因此抓紧在这清新之时进行演说、唱歌或者练声
活动，它们从不在乎别人的看法和评判。夜在鸟声中飒飒地朝远处走
去，并没有留恋。现在，这个世界上的一切又都聚拢过来，停驻在它们
原来的位置上。墨绿的云杉挺拔，没有醉酒似的东倒西歪，红桦没有在
昨晚的黑暗中蹿跳到另一面山坡上去。灌丛铺展着，没有脱去它黑魆魆
的厚衣服，野樱桃没有少一颗，羊群依旧染着前天的红犄角……太阳像
昨天早晨那样蹲在山尖，从怀里掏出一把一把的金色光线，撒在大地
上。我相信太阳是这世界上最能干的纺织娘，她织出活生生的万物。
我们像昨天那样生起火来，给熏黑的铝皮茶壶灌满泉水，放进茯茶、
盐、花椒、草果和老姜，然后坐在木屋前的桦木凳子上，等待水
开——我并不是模仿梭罗在瓦尔登湖畔的生活，在那些岁月，有那么
一些日子，我确乎离开父母的村子，和守林的祖父住在山上——日子
总是这样开始它新的一天，仿佛一枚慢慢打开的叶片，脉络清晰，却

金色河谷

很少有明显突兀的变化，也不急躁。在山里，急躁是件多么无意义的事情。头花杜鹃不会因为急躁而早开，草莓不会因为急躁而提前红了脸蛋，白桦也不会因为急躁而在夏天将叶子变成金色，阴雨天，没有一只急躁的手从山林里伸出去揭开云雾……急什么，太阳不会在夜晚出现，但在白天，它也从未丢失过。傍晚的事情我不急着要在早晨做完。在山中，早晨从来不会拖延成晌午，它从晨雾中诞生，带着露水和清新，有条不紊，这区别于水泥世界中的晨昏颠倒。不止是早晨，在山中，生长和周期，四季和规律，它们也像太阳一样，稳健而从容，从未出错。

　　白天，如果我向林子深处走去——太阳虽然在绸布一样的蓝天上燃烧，但是森林深处依旧幽暗清凉，布满丰富的细节。黑色的林子，我想它并不是大地的私密之处，而是大地的抽屉，它储藏零碎，也储藏记忆。多年后的一些时候，我常在水泥的森林里失去幻想，那时我便会听见远处的山脉说，来吧，亲爱的，这里有所有的想象。然后我带了单纯的眼：草茎的粗细，树根的盘曲，种子的结构，野果的造型，花朵的对称……古典和现代，流派、理论、思维、解构、反叛、忠实；线条、色彩、肌理、笔触、质感——女儿摹本学画给予我的简单常识，使我常想起我曾经终日漫游的山林。那时候，我躺在林地的高处，阳光恰好穿透云杉的树梢洒进来，像一些金色的丝线，挂在褐色的松球上，并勾勒出松球金色的轮廓。松球像一只只毛茸茸的眼睛那样与我对视，直到内里，但保持沉默。我们如此平等，它的物质结构和我的物质结构原本没什么区别，我们在大地的身上为所欲为。因此我始终没有采摘它们的想法，一点儿也没有。我觉得它应该一直在那里，优雅，并不为某一人而设。如果松鼠过来，或者鸟雀来，那是它自己的未来。它的存在从不参照教条，不依据数字和工具，它的平静来自它真实可触的生命，它的想象来自它的自由。它也不讲述或者分辩，它只是在风中轻微颤动，独自呢喃。我听不懂它的语言，但是我知道，它正在伸出它粗糙的手，牵引我，慢慢走，慢慢老。它最终会让我拥有一颗和它一样丰富童真的心。这过程也区别于我们积累或者塑造的艺术之心，区别于我们僵硬的思维和想象。

那时候，在山里，总有一些相遇没有任何准备。一粒飞翔的种子，一枚成熟的野果，一次雨打叶尖的颤抖……藏狐根本没想到会有两颗吓人的脑袋突然钻出来，这让藏狐在一瞬间失去惯常的机警。我和爷爷也一样，当我们鼓足最后一把劲登上山顶时，我们以为出现在眼前的将继续是漫天草色和蔚蓝天际，但是藏狐正转过脸来看我们。这不是我们所熟悉的人类的脸，它的眼睛带着比我们更纯粹的神情：黯然、忧伤、惶恐、惊异。藏狐站在山顶就仿佛站在天上。我以为是只棕黄色的大狗。故事中的狐狸绝不是眼前的这一只。故事的夸张手法在狐狸的大尾巴和尖嘴上得到充分展示。但我们面前的这只藏狐不一样，它的耳朵又短又小，尾巴短到几乎没有，仿佛不是狐狸。爷爷正在慢条斯理地讲另一些故事，说这山里的棕熊看着笨拙，性子却急得要命，有时它悠悠地走着，有树挡在眼前，也不知道绕个圈，迎面就提巴掌。

金色河谷

一个年轻猎人决定和棕熊比高低，棕熊走过来，遇到大柏树，"啪"一掌，连皮带瓤挖去柏树一大片，猎人见了，将手朝另一棵树拍过去，也是"啪"一声，树没动，手关节震得"咯吱咯吱"响，于是猎人放弃决斗，仓皇逃遁……藏狐打断爷爷的叙述，爷爷还没讲到藏狐。故事外的藏狐在一个愣怔后惊慌起来，眼睛里漫过绝望——没有谁的绝望如同一只藏狐看到人类时的绝望。藏狐仓皇地举起两只前爪来，像人类在淳朴的年代作揖那样。我并没有将它的行为想象成哀求，或者狡狯，我像看村子里坚守古老礼节的老汉一样看它，我甚至等待着它跪下来磕头，然后我走过去，摸顶。但是它转身而逃。它迅速朝山的另一边跳去，我看到它扭过脖颈时的眼神，如此怨怼，长大后我再没有看见过那样可以忧伤到我们心里去的眼神。它的小尾巴像一丛稀疏的枯草，在林间一闪。它一秒钟都不肯留下来和我们共处，它逃去的样子仿佛我们在逃避灾难和瘟神。

是，灾难和瘟神，我们并不屈服于它，但我们也不妄自尊大。在山里，我们早已知道，我们和大地从来没有对立过，我们因此要在每一个特殊的时期表示出我们的弱小和虔诚。七月初一，我和爷爷要到龙王山顶上去煨桑，这是一件大事情，从不忘记。龙王山是这连绵群山里的最高峰，常年戴着云雾或者白雪的帽子。那时，我们黎明即起，朝高山上走去，我们可以看见满山坡白色的花朵。那些陡峭厚实的山坡，被浓密灌丛覆盖：金露梅、银露梅、锦鸡儿、小叶杜鹃、头花杜鹃、忍冬、瑞香……在葱郁茂盛的绿叶之中，那些白色的花朵长时间静止，我想着它们本来的样子或者就是静止，但是偶尔一动，白色的花朵便轻捷地跃到另一道毛茸茸的绿色沟坎之上，原来是满坡的白山羊。扭过头，换一面山坡，大牦牛却都是黑的了。我想找一头象征神灵的白牦牛，没有，满坡都是贵妇人一般的黑牦牛，抬着头，偶尔迈一步。牦牛的骨子里就是骄矜的，一步都不肯多走。半山坡上蹲一两顶黑牛毛帐篷，一两只黑色的藏獒，飘忽散漫的青烟，不见人影，我知道那里住着谁。谷底涼涼的清泉，浸泡着鹅卵石，声音都叫草木过滤了，明秀清纯。再往上，一些灌丛和草甸带逐渐稀疏，渐渐遮不住山体的肌肤。其间，我们遇见黑色毛虫，卧在草叶下，仿佛哪位高士遗失的眉毛；又遇见雪莲，冰清玉洁的花朵。我们其实是不经意地看见雪莲从石间冰缝里冒出来，静悄悄的，带着深褐的茎，矮小，墨绿的革质叶。都是花苞，隐约见到淡黄的膜质苞叶，仿佛蝉翼，从深远的岁月里飞来，蒙着古旧的气息。再往上，困难重重。我们的右侧是悬崖峭壁、流沙滚石，左侧是万丈深渊，我们的脚下怪石与冰雪共生，芜杂斑驳。停下来喘息，薄弱的氧气矜持而又吝啬。八点整，于群峰之上，看到八点整的太阳。但是太冷。这是高原上气温最高的季节。如同笋尖的山却积雪覆盖，有些地方是经年的薄冰。望过去，林子一般的山峰绵延。山外有山原就是这样，山可以匍匐成山的海洋，丢失边际。不敢肆意走动，并不知道积雪之下的岩石是否牢靠，如果一个趔趄，我们便会以倒栽葱的模样扑向深深谷底。风像冷箭。但是群山之上的太阳光芒万丈。这是真正的王。我看见我与太阳位于同样的高度，它在我的面前，仿佛是我踢出去的红皮球。我觉得如果召唤，太阳便会顺从地滚过来，如同我自己也是王一样……我很快看见脚底的白云，它们铺展开去，无限广阔。移动，悬浮，带着韧劲。我想着这就是佛陀的莲花，充满想象。山顶信徒用木头和石块垒起的敖包上，系着哈达和五彩经幡。现在，神灵就居住在这里，护佑天、地、人、畜的和谐吉祥。爷爷燃起桑烟，向着天空放鹿马。长大以后，我一直都不认为爷爷是个迷信的人。在爷爷看来，神灵无处不在，他们居住在天域、大地深处和中界世界里，他们甚至在男子的肩头上和腋窝里。是，在这块土地上，时间像雪一样大片大片地消融在春季，但是大地原封不动地保留着先祖之神，他们护佑和救度着来往在这大地上的每一个个体。在这里，我们也不能像想象那样想怎样就怎样对待大地上的事物。神灵看着人们，并让我们保持谦卑的生活。

在山里，我们的谦卑生活首先在于我们简单素朴的食物（只是多年后，我无法再继续那样的生活，仿佛素朴清贫是件让人羞愧的事）。青稞面、豌豆、土豆、菜籽油，从山下带来的几样蔬菜：菠菜、白菜、萝卜和葱，山泉熬煮出的深红色茯茶，即便发挥想象，也没有其他食物。如果是冬天，田野藏去绿色，我们的蔬菜就只有腌白菜。这使得整个秋季，我和爷爷都俯身在小木屋前的一小块空地上晒我们的干菜：菠菜、萝卜、甜菜根。在后来的白雪覆盖的漫长冬日里，这些失去水分的干青菜呈现碗底，浸出水色，成为这个季节的温润和碧绿。木屋建在林中一块高地上，阳光越过树梢，能撒到地面上来。此前，在夏

回
声

天的时候，我们决定在木屋前的一小块空地上种些蔬菜。深紫色的白菜种子又小又圆，袖珍，长大后我想象一个人的灵魂，总会想到小时候的白菜种子，萝卜的种子倒像一粒正儿八经的种子，菠菜种子长着两只飞扬跋扈的角。棕褐色的土壤密布植物根茎，这让我们的圆头铁锹不能长驱直入，也不能翻松深处的土。种子的诱惑在于它还没有破土而出的那段沉闷时间，我们等待。林间并不都是湿地，高原上的降水量总是很少，裸露在阳光下的这块小地时常处于干燥状态，有时我们省出从山下接来的泉水，在清晨或者薄暮进行灌溉，中午则不宜浇水。在这块小地上，并不是所有的努力都会结果。菠菜种子并没有发芽；萝卜种子在冒出两片小勺子似的嫩黄叶子后，拒绝长高；白菜给予我们的安慰并不殷实，但给予我们念想。我们也没有寄予这几棵白菜以果腹的希望。很多时候，我们看着暮色从山顶罩下来，漫过树梢，一步一步降临到白菜叶子上，直至黑色。晚风吹过，我们起身，回到油灯的昏黄中。我们无法将白菜也带入灯光的黄晕之中，它的自由并不让我们左右。隔着一扇青杨木门板，我们偶尔倾听白菜地里的"沙沙"声，风、雨或者灰兔，这些声音牵惹出的挂念清简寂哑，如同多年后我们对时光的留恋。

日子如此"沙沙"地过去，冬天的林子彻底清瘦下来，天空像离开了一样，只留下一片单薄朦胧的影子，这样的天空再也藏不住任何变化，雪花总是突然地飘落下来，并不与人们打招呼，它们降落在悬崖和岩石上的姿势犹如电影中的马兰花朵。哈熊匿了脚掌，旱獭进了

金色河谷

洞，牛羊下山了，雉鸡也跑到山下的平地上去剪着苍茫。寂静大片大片笼罩着山野。如果雪积得太厚，出行便格外困难，于是我们整日都在屋子里烧火取暖。我们的柴禾大部分是挖来的老树根。刨树根是件费力气的事，爷爷总是要花几天工夫才能将一个朽去的树根刨出来。拖回，劈开，晒干，这些树结突兀的木柴如同煤块能长时间燃烧，并且散发出特有的清芬。云杉的芬芳挟带辛辣，白桦稍带甘甜，青杨酸涩，刺柏的芬芳浓郁而经久不散，头花杜鹃的香气淡雅清纯。我喜欢的还是头花杜鹃在火盆中燃烧时的"噼啪"之声，如同小小手掌击节而出，满含喜悦。木屋在这些柴禾的烟熏火燎下已经失去自己的色彩，甚至屋子里的小小物件（木桌子、原木凳子、桦树皮箍成的罐子、木勺子）也都和屋子一统色调，凝重的褐色，除此，再无其他色彩可以点缀逼仄狭小的屋子。爷爷穿着翻毛羊皮袄，像童话中的老人那样就着昏黄的火光捻毛线，在此之前，爷爷将羊毛用烫水焯去油脂，洗净，用指尖一点点撕匀，压实。自制的纺锤、线杆，平时我总以它作为玩具。爷爷的手并不灵巧，但是捻出来的毛线匀细而有弹性。我缠线团渐渐得出技巧，如果线团绕得过紧，毛线会失去弹性，我便以手做轴心，给线团留下空隙，这样绕出来的毛线团又柔软又蓬松。晚上，我们偶尔外出，找到某棵老桦树，割开一条口子，将搪瓷缸接到下面，早晨去看，搪瓷缸里一层淡黄的桦树汁结成的冰砖，掰着吃，淡淡香甜。如果大雪飘落，弥漫的雪花卷起白色漩涡，在林间扑打，并且迅速将云杉的枝子堆积成某种小兽的爪子，让白桦顺从地弯下腰去，我

回
声

们的小屋也成为白色的一团。那时，山野再没有多余的想法，甚至仿佛没有过去，它的存在只是现在。我们无所事事，整个冬季，寂静像时间的声音，我们日夜谛听。长大后，我明白时间是流过指尖的细沙时，我开始只争朝夕，但失去了凝视时间的乐趣。

巨罄响过的地方

这是 2011 年的清凉夏季。清凉。青藏高原的夏季风一直带着远山冰雪的寒意，沿着宽广河谷漂移。旷野的幽香，防风、柴胡、薄荷、蕲艾，还有荆芥，这些中草药发散出的凉薄芬芳，以及馥郁气息，与风一起缓缓流淌。站在一个名叫喇家的村子里，我看见一株桃树掩映在庄廓暗旧的大门内，绿叶在风中轻微颤动，叶脉上的阳光细碎跳跃，仿佛小兽，它们的阴影投射到墙根浓郁碧绿的苔藓上，仿佛一些遗失的时光碎片，沉静幽凉。

我揣想那棵桃树开花时的模样。

"桃花能红李能白"，那当是极为纯正的红色，有着引领群芳的能事。比起南方，它们在高原的绽放显然迟了许久。这是一件无法追究的事情，如同无法追究高原的寒冷和氧气稀薄。桃花开放在朗阔的天空下，灿然柔媚，那一树淡然和悦，衬着远山青影，仿佛从不曾带有杂念，却又豁然。

但是我知道，这不是一株未经嫁接的桃树，它所开出的花朵暗藏斑驳。真正花色极娇的美人之面出自天然之桃。

天然之桃。我在这个村子里瞬间愣怔，然后想象 4000 多年前的桃树。

4000 多年前的一天。我想象那也是一个夏季。天气晴朗。夏季风

巨磬响过的地方

依旧清凉如同薄荷发散的辛辣气息。阳光纯净，如同流水。这是青海省民和县官亭盆地黄河岸边的喇家村。4000多年前的这一天，这个地方并没有一个确切的名字让我们称呼。黄河水静静流淌（尽管说这个时候是地球上洪水盛行的时期）。这是碧绿的黄河，柔顺的黄河。流淌，但是看不到水流的痕迹。天空有鸟的翅膀，它们背负金色阳光。黄土松散丰厚。绿色植物葳蕤茂盛。蝇虫嗡嗡。花香弥漫。万物寂静，繁衍生息。

这一天，庞大的氏族成员在首领的分工下忙碌自己的事情。女人们戴着骨制项链，捧着陶罐去黄河汲水。她们的长发纷披下来，搭在健壮腰部，随着步伐左右跳荡。她们的手臂带着荆棘和动物牙齿的划痕。她们目光专注，却又热情洋溢。窑洞在她们身后半张着黑黝黝的嘴屏息以待。德高望重的人在窑内壁炉烧烤食物，并准备分配。那该是大块大块猩红的肉。血水和油脂滴落下来，在火中燃烧，发出"噼啪"之声。熟肉散发出的诱人香气在窑顶缭绕。光着脊背的孩子嬉戏叫嚷，发出山泉一般清冽的笑声。窑外，一些工匠在明丽的光线下制作彩陶。他们选料，制坯，彩绘，然后烧制。他们技艺娴熟，心里装着万物，装着男女欢娱。他们把想象捏成模型。他们描绘，纹样、图案和符号是他们爽朗率直的生活表情。

远处高地上，一场祭祀的准备活动正在进行。由12根高大支柱搭起的正方形屋内，人们搬来陶器和石器，摆放在高处，有人用粗糙的手掌拭去玉器上的尘土，使之透澈晶莹，并将小米做成的面条（4000

年后的面条只留下蝉翼一般透明的表皮）盛在箍有蓝纹的红陶大碗内。大堆的火焰即将跳荡，祭祀的歌谣已在喉部升腾。人们来去匆匆，并不喧嚣。他们满怀对神灵的崇敬，因而忘却彼此交流。

　　高悬的石磬，它的颜色黑青，石头的纹路清晰可见，明亮阳光穿过石孔，映出诡异。现在，石磬即将敲响。它的声音清纯悦耳，音律和谐完整。它的敲响预示着这将是暗藏变革的一天。生动活泼、自由舒畅的时期正在慢慢消失，敬畏和神秘开始攫取人们的心。然而这一切都不曾明显发生。如同这一天的风、阳光和流水，以及这一天的某一株桃树（我想着4000多年前的这一天，一定有一株桃树在黄河边上妖娆）。宁静，但暗藏秘密。

　　这一定是种相似的宁静。如同此刻，我站在这个有500多人口的土族村庄，注视脚下曾经发生灾难的这块有"东方庞贝"之称的土地。半地穴白灰面房址，东倒西歪的遗骸，地震裂缝，木棺，4000多年前的细沙，红胶泥，带有纹样的破碎陶片，大块玉器，一些不知名的杂物。阳光透过塑料布，覆盖在它们之上，使它们发出细微光芒。缓慢沉滞，在这些事物身上，我的目光成为移动的一块云影。我能觉察到自己目光里的惊叹和忧伤，但是它们不曾感知。静静搁置。它们躺在旷野的姿态寂寞又拒人千里，仿佛长久孤独以致自闭，再无自信昂扬的可能。但它们的每一种姿势分明都在讲述一些事情。曾经存在却又消散了的，或者发现又遭误解的庞杂事情。这些事情细节饱满而富有色泽，如同雨水滋润的春季万物。停驻，然后从一处遗骸移步到另一处遗骸，我看见时光的冷漠无情以及灾难扭曲变形的面孔。灾难原是这样一幅面孔，假惺惺地笑，牙齿里潜藏丝丝剧毒，仿佛一条游动在草底的五步蛇。

揭开帐篷，我看见房址西南部集中死在一起的 5 个人，一位年长者用双手护卫身下的 4 个孩儿，他们拥抱着坐在那里，5 颗头颅紧紧依靠。中心灶址处一人双手举过头顶，仿佛高擎什么，双腿呈弓步，死亡时他的身体还未完全着地。在东墙壁下，是一对相依的母子，母亲倚墙跪坐在地上，右手撑地，左手将婴儿搂抱在怀中，她的脸颊紧贴着婴儿头顶；婴儿双手紧搂着母亲的腰部。她的身边是东倒西歪的陶罐。我想象灾难之前，这是一个多么温馨的欢聚场面：茁壮火焰升起，发散令人惬意的光和热量。他们说笑、嬉戏，互相传递食物，母亲露出洁白饱满的乳房，将滚圆的乳头塞进婴儿的红唇中去。婴儿的双眼明亮，娇嫩的小手在母亲的乳房和腰间轻轻抚摸。

我离开这些曾经幸福的人们，走到相距不过两米的另一处房址中，看见另外一对相依相偎的母子。年轻的母亲双膝跪地，臀部坐落在脚跟上，她的双手紧紧搂抱着幼儿；幼儿依偎在母亲怀里，双手抱着她的腰部。母亲面孔向上，颌部前伸，正在祈求什么。

祈求神灵还是氏族首领？或者，她朦朦胧胧所感觉到的自然存在的强大力量？

无法言语。我感觉到我眼眶里的冰凉暗自汹涌。抬头，我看见温

金色河谷

暖的阳光披着一袭黄衫在晴空里走过，它的步态多么安详，仿佛母亲慈爱的手掌。我在这对母子的遗骸前想起我的女儿。想起她在年幼的那一个雨天。我搂抱着发着高烧的她，坐在一辆破旧的农用三轮车里，向着十公里外的医院颠簸。那一天的冰冷雨水打在车顶的塑料布上，淅淅沥沥，我用身体堵着塑料布的裂口，试图挡住不断刮进来的冷风。风是多么冷硬，不断抽打，但它在我的后背上逐渐消解。

那么，在我回想女儿的时刻，我和遗址里这两位年轻母亲是一样的。如果能够逆着时光走去，我们会盘腿坐在一起，在碧绿的草地上，交流我们养育孩子的艰难以及孩子给我们的幸福。而我们伸出的手，必定能够穿透阳光，握在一起。我们会感知到彼此皮肤的温度，以及血液的静静流动。

灾难怎样来临，它的来临曾经以怎样的方式预示出来，人们是否感知到世界将在瞬间发生天翻地覆的变化。我一直想知道当时的真相，但没有任何确切记载，只有考古学家的判断和推测，以及我所看到的 4000 多年后的遗留之物和它们的残缺苍凉。

这是鲜为人知的一些资料片断，与 4000 多年前的那场灾难相隔甚远。

2001 年 11 月 14 日，立冬刚刚过去，还是离这片土地不远的青海可可西里。这一天，沱沱河帐房保护站负责人木玛扎西正带领巡山队在西金乌兰湖一带开展反盗猎活动。盗猎分子的猎獭使藏羚羊的尸骨横陈大地，本已荒寒的土地现在越加显得凋敝。他们顶着寒风，艰难行走，追踪盗猎分子的足迹。天空一如往日，凝着脸，谁也不知道下一刻会发生什么。这一天之前，他们曾看见成群结队的藏羚羊、藏野驴和藏原羚争先恐后地沿青藏公路向东迁徙，情状惊恐烦躁，毫无秩序。库赛湖以南、五道梁西北地区野牦牛大量密集，以至于形成上千头的野牦牛群。109 国道沿线的电线杆上往日蹲满的红隼突然无影无踪。就在这一天的 17 点 26 分，他们突然听到一阵猛烈震耳的轰鸣声由远而近，横贯而来，大地瞬间抖动起来，远处山峰如同旗帜飘摇，西金乌兰湖涌起层层巨浪，浪头高达两米，浪花拍向湖岸，溅起团团白雾。

地动山摇。这是昆仑山口西 8.1 级大地震。

这一年，青藏铁路刚刚开始修建。地震发生时，工人们正冒着严寒铺铁轨。大地剧烈的颤动将工人们颠起来、抛出去，如同抛出去的弹丸。而刚刚铺好的铁轨平移出几米开外，职工的帐篷被撕成碎片。

震后有人说，地震来时，人仿佛骑在疯牛背上，冰冻的大地筛糠一般抖动不已。地面瞬间张开口子，不断撕裂、拉长、变深。来不及逃跑的动物连同山石犹如碎屑，被大地之口吞没。仿佛噩梦，5 分钟后，大地的容貌彻底改变。

引用这段资料，是因为我觉得 4000 多年前，这样的噩梦同样发生，而且这些灾难之间有着必然的联系以及诸多相似处。我总是想象 4000 多年前的那场灾难发生在一个漆黑的晚上。平静的一天伴随西天

金色河谷

的红云渐渐散去，山峰的轮廓黝黑而流畅，幽凉和寂静连同晚风徐徐拂过河谷。黄河的水声在夜晚显得多么磅礴，700多平方米的氏族聚集地仿佛只是河心里的一块石子。鸟雀已经隐去翅膀。远处是小兽不安分的叫嚷。窑洞里烧烤食物的灰烬渐渐冷去。夜的寒凉沿着地面袭来。幼儿瞌睡，哭闹着要母亲的乳汁哄他进入甜蜜梦乡。未曾入睡的人们还在谈论发生在昨天或前天的杀祭活动，那个为祭祀献身的外族人就在窑洞旁边的杀祭坑里，鲜血尚未凝固。而另一些窑洞里，人们点燃木柴。干燥木柴发出"噼啪"之声，火星四溅，如同黑蓝天空的繁星。有人在火苗前低头擦拭玉器和卜骨。那是一块巨大的玉刀，象征着无上权力的玉刀在幽暗灯火下发散森然的神秘气息，如同擦拭者投射在墙壁上的阴影。

在那一刻，他们一定和后世的我们一样，过着烟火腾腾的世俗生活，喜欢食物、游戏，并带着淡淡倦意为睡眠做准备。那是一种满足香甜的倦意，如同氏族里那一对对欢愉后的男女。或者他们也担忧外族部落的突然侵扰，因为他们刚刚杀祭了那个部落的人。

也许他们的话语刚刚说了一半，灾难突然来临。

天崩地裂的瞬间。大地先是一阵轻微抖动，然后加剧，频率越来越高。地面之下是无数利爪，不断撕扯、拧搅。地面破碎，如同裂开的牛皮鼓面，显出狰狞缝隙。黄土浪潮一般翻卷。大风刮起浓雾。黑水仿佛喷泉，从裂缝中迸出。黄河水掀起浪花。树木拦腰折断。窑洞纷纷垮塌。

巨醫响过的地方

灰尘堵在他们的口腔，使他们无法呼叫。奔跑，脚下已经失去重量。血水在黄土中渗透，土壤越来越潮湿泥泞。多么相似的惊恐。他们没来得及说完最后一句话，眼泪在黑暗中滚落，但是没有一个人能够看见。那墙角幼儿眨巴着无知好奇的眼睛。他的母亲在那一刻弓下腰去，用柔弱的身体挡住垮塌下来的墙体和窑土。母亲的心在她弯腰的那刻纠结起来，疼痛难忍。

我在一本书里看见过这样一句话，说：有些印度人认为世界的更新每七万哈宰尔宛年发生一次；当这一时代消逝之后，各代人将重新诞生，水将重新流动，牲畜重新开始行走，绿色装饰地面，一种微风穿过大气层……

这是一本无法轻松去读的书。断章取义的阅读过程中，我独对"更新"一词耿耿于怀。我知道我有强烈的怀旧情结，不喜欢事物以及光阴轮番更新，更何况要付出这惨重代价。那么，他们，在毫无预告的情况下集体毁灭的人类群体，世界的更新对他们多么不公，他们又何其不幸。

4000多年后，我在他们的尸骨旁边抬头，用患有飞蚊症和近视的眼睛看天空。这片反复更新后的天空多么美丽，一伸手，它们似乎就能在我的手掌中湖水一般流淌。那微风，含着草药芬芳的微风，正穿透大气层，拂过我的身体。我怀揣珍惜之情，看身边事物。我觉得我爱这所有细碎的事物——

金色河谷

那是个幻象，人类对黑暗的一致恐惧

把它强加在空间之上

它突然间停止

在我们觉察到它的虚假之时

就像一个梦破灭

在做梦者得知他正在做梦之时

博尔赫斯这样说的时候，恐惧其实一直没有过去。那些黑暗躲藏在明亮日光之上，夜夜离去，又日日来临。这个往复的过程如此绵延漫长，以至于伴随时光越过几千年。

第二天，那是4000多年前的第二天，或许更早一些，天并没有放亮。地震掀起的迷雾和灰尘依然弥漫整个河谷地区。一些幸存者（遗址中的遗骸以妇女、儿童为多）睁开眼睛，看见倾斜颠覆的大地。树木在黄土中横斜，小米的根须倒戳天空，窑洞不复存在，房屋的木柱孤零零插在最后一片平整的土地上。陶器破碎。幽魂一般飘荡的人，已经失去声音。

而在坍塌的窑洞内，薄弱的呼吸依旧存在，挣扎的手臂还在无力地摸索。但是没人来拯救他们。他们在灾难之中祈求生命再一次亮起绿灯，载着他们在阳光和微风中游走，在动物的皮毛上穿行，在水中嬉戏，让他们欢笑，让他们交谈，让他们香甜咀嚼，让他们的肌肤相互摩擦出温度。但是，另一场灾难即将来临。

巨醫响过的地方

山洪暴发，黄河水泛滥。

在地震前夕，这些流动的水多么清澈，它们有着泥土无法攀比的高贵。它们穿越于盆地的身姿多么优美，仿佛树枝在月光下袅娜。它们欢快，清凌凌的歌声纯真透明。如同在 2010 年这个夏季，我在贵德所看见的黄河。这是黄河在上游的模样，宽广、静美、莹澈，不见沧桑。我靠近她，掠起冰冷水花，我从晶莹水花中看见自己掌纹的细密走向。水纹和掌纹那么相似，我却永远看不懂其间的寓意，就如同我看不懂 4000 多年前地震后的那场水灾。

不给你预示，但是变化在瞬间发生，甚至那些发生变化的东西仿佛就不是它自己本身。暴涨，变浊，怒吼，叫嚣。黄河冲出河谷，冲破二级台地，冲向人们的聚集地。翻滚腾越的浪头拍碎所有残存的墙体和窑洞，跨越而过，腾起的脚步粗暴蛮横，仿佛它们并不是昔日那个随着河道缓缓前行的水流。一群魔兽。是。它们原来有着虚假的一面。善良的人们往往只看到它们向善的一面。上善若水，这是多么自欺欺人的一句话。

所有生息在洪水漫过的地方停止。灰白细沙和棕红黏土塞满每一个缝隙。

我小时候经常把玩一种棕红色黏土，我们叫它另一个亲切的名字：红胶泥。捏一张扁平脸，点上眼睛；捏一条哈巴狗，接上尾巴。有时候，我们把捏出的坯子放到灶火中烧，烧出玩家家用的盆盆罐罐。这

金色河谷

是些结实的泥土，烧出的物具掰不开摔不碎。人们要在有红胶泥的地方下葬，火药都炸不开一条裂缝。

4000多年后的这一天，我再次看见这些棕红色黏土，它们埋藏在地层深处，有着醒目的断面。我隐约觉得4000年前的光阴在我身边缓慢打开，栩栩如生。这些躺在遗址上的尸骨，他们在金黄的光线中站起来，瞬间长满匀称的肌肉，他们的血脉流畅，黑发笔直。他们用石刀挖一块红胶泥出来，和水，调匀，然后坐在那里捏娃娃。那个红泥娃娃如同我小时候捏过的那一个，扁平的脸上有着小小的眉眼和浅浅的笑。我蹲下来，抚摸这些红土，仿佛听见一串串的欢笑和一声声的哭叫。也就在这个瞬间，我突然想，我为什么只听见他们的声音，而听不出他们声音里暗含的警示？

"我将毁灭你们的城。让房屋塌了。让河水倒流。让山走。……"2010年5月的一天，当我重读这句话的时候，我习惯性地扭头看窗外，我看见一排屋脊，暗红，瓦楞间的草、墨绿苔藓，它们刚刚经过雨水洗濯，清新一如当初。在这之前，一场灾难刚刚在离我不远的玉树发生。灾难的来临，如同4000多年前的那一瞬间，无法预知。

沿着遗址转一个圈，我发现四号房址和附近的一座房址上搭起了布满污泥的帆布帐篷，表现地震灾难的十号房址上只蒙着一层塑料布，漏洞百出。而更多房址只能做保护性回填。透过帐篷的窗户，我看见这座曾经震惊全国的史前灾难遗址已经面目全非，原因是农民浇地时不小心让水冲出田埂，淹没了房址。

巨醾响过的地方

松散的黄土地带，土遗址的保护显然是个难题。有人说，如果不能解决保护技术难题，喇家遗址在发掘后只得回填。

多么寒凉的事情，水淹后还要让水淹，土填后还要让土填。

仿佛沉寂之后还要沉寂，破灭之后还要破灭。仿佛发现之后还需要发现，明白之后还需要明白。仿佛毁灭是一朵黑色的花，要不断开放，不断之后，才可以让人嗅到那浓郁腐败的芳香。

2011 年的一天，我从网络上浏览到一种说法，说青海民和喇家遗址就是治水英雄大禹的故里。分析其原因有四：其一，《史记·六国年表》说"禹出于西羌"，西羌最活跃的地区是如今的甘青地区；其二，喇家遗址出土的巨型玉刀和黄河磬王都不是生活、生产用具，它们是礼器、乐器。在远古时代，这些都是至高无上的权力象征，大禹也是华夏始祖，拥有与炎、黄二帝相同的至高权力；其三，喇家遗址和大禹时代都距今 4000 年左右；其四，《史记·夏本纪》中有大禹"导河积石，至于龙门"的记载，积石即为喇家遗址附近的积石峡。

这则报道促使我及早去看望那些永久停留在那一刻的人。我觉得去看望他们不仅仅是一种礼节。因为我相信他们在那里等待，这种等待以至于成为他们长久埋藏在地下的坚实基础。还有一些埋藏在地下的话语。那是他们未曾启口便被封存的事情。那些话语在遗址里以凝固的方式存在，已经长久冷硬。但它们需要遇见、相识，需要倾诉，不管光阴在我们身边怎样逝去，也不管我们心智的花是否能够发芽，它们需要解冻，需要飞翔，带着闪光的翅膀，在我们头顶，祥云一般，成为一种启示。

2011 年的这个清凉夏季，在喇家村的黄土地上，这块巨磬曾经敲响的地方，这块依旧有许多聚落埋藏在地下的地方，我抚摸一枚桃树的绿叶，揉捏叶片上纤细的经脉，然后抬头，拿掉遮挡我视野的黑框眼镜，看到天际无比广大，云影近乎完美。在那一刻，想念占据我的思绪。我不知道那些从灾难中逃生的人成了谁的祖先。我莫名地思念那些无形之人。在这样思念的时候，我觉得自己不再有自己熟悉的过往和简单记忆，我甚至不是我自己，我只是一缕清凉夏季风，裹挟芬芳，正从梦者身旁缓缓穿过。

喀纳斯，喀纳斯

两天来，喀纳斯湖附近一直下雨。这是盛夏八月时节，雨已经带了秋的寒意。仿佛远处友谊峰一带山脉上的积雪并不是融化到湖水中，而是消解在空气中，凝结成冰凉雨珠。不知道淅淅沥沥的雨到底是昨天的还是今天的。湖畔葱郁树木在雨水中发散亮光，饱满，透着油绿。湖水也已打湿（晴天的喀纳斯湖面从不给人以湿的感觉，只有明净），湿漉漉的湖面轻浮一层雾气。仿佛秋凉。面对湖面，转个背，我相信秋天就潜藏在喀纳斯湖畔的植物中。

我背对着的是欧亚大陆深处，海拔1300多米的高山湖泊。

其实在山下，气温已经升到38℃。我所生长的青藏高原，最高气温偶尔达到35℃，也是多年才能一遇的罕事。这对过惯了冷日子的我是种惊喜。那天从乌鲁木齐出发，横穿古尔班通古特沙漠，并不曾热烈想象喀纳斯湖的奇异，也没料到不足千里的路上气温会有如此大的差别。破旧的大巴仿佛一头犟牛，梗着脖子，向北，再向北。我在茫茫中奔向陌生的喀纳斯，和许多游山玩水的人一样，只为蜻蜓点水式的匆匆一瞥，然后在记忆里添加上"喀纳斯"这三个字的片断。在沙漠里，我只知道我的左前方是克拉玛依大戈壁，我的右南角是个叫齐台的小县城。粗糙狂暴的西北风在这条线上由西向东推沙子，来回戏耍，一年又一年，从不疲惫。沿着一粒细沙行走的方向望去，甚至能

金色河谷

看到我蜗居的那座高原小城正瑟缩成一个没有寓意的黑点，挂在纵横交错的线路网里，渺小而自卑。实际上，许多沙子并没有继续前行，它们在古尔班通古特沙漠叫嚣、旋转、飞升、沉坠、死亡。沙漠是一粒沙子的战场。青山处处埋忠骨，何须马革裹尸还。我相信沙漠的前生是苍茫青山。

沙漠上空是一个泛着白光的浅蓝色迷宫，燥烈的日光四散弥漫。沙漠肌体枯黄，嶙峋骨架搭到远处，结构松散又不着边际。坚硬沙石散发出灼人的沉闷气息，沉寂一如亘古。一座座沙丘纵横交错。间或一两簇梭梭、骆驼刺，它们的色彩如同沙丘，并不具备植物的柔韧和光泽，也不散发植物特有的清芬。无所遮拦，所有事物裸呈在天空之下，仿佛从不包裹阴暗或者明媚的心事。沙丘上风蚀的刻痕，沙砾的走向，草丛的羸弱，车辙的斑驳印迹，偶尔一两座机井和大片蒸腾的热气，是如此逼迫人心的敞阔。却又稀缺：水，绿色生机，事物横陈的嘈杂、拥塞，生命的足迹，食物气息。敞阔和稀缺，沙漠的主题如此自相矛盾，又是如此天衣无缝。人向沙漠深处走去，如同朝着一个沉默忧郁的人的内心走去，看到他褪去芜杂的欢欣庞大繁盛，又看到他的清寂兀自开花。

持续高温。大巴空调不失时机地坏掉。车内热浪滚滚，无法呼吸。一个铁皮做成的蒸笼，在沙漠里如同一个爬虫移动。我担心藏在包裹里的从吐鲁番带的粒大饱满的葡萄，怕它们沉闷，然后暗自发酵，不得不时刻打开袋口，让一车厢的浑浊气息去围困它们。那一刻，我和

喀纳斯，喀纳斯

它们一样，我柔软多汁的内里，沙漠的窒息和熏热张牙舞爪。我只有不断萎缩下去，淹没在残存的清凉记忆中。

如果有什么可以让我在到达喀纳斯湖之前欢呼雀跃，那便是走动在沙漠里的生命：一对骆驼，驼峰耷拉，散漫走过，消失在沙漠一边。半天，几只黄羊，皮毛稀疏，走走停停，消失在沙漠另一边。又是两三个钟头，见两只野驴，四肢矫健，敏感机警，在沙漠的边缘奔跑。在一成不变的车窗外，它们的出现如此珍贵，一如昙花，给人瞬间惊喜。而长久持续的，是沙漠的单调和枯寂。枯寂使简单生命凸现出存在的宝贵。我们在沙漠以外所忽略的，以及所欺凌过的生命：草木、虫豸、飞鸟、河流。只希望它们在沙漠存在。跳跃、摇摆、飞翔、流动、呼吸，有姿有态，散发气息，贴近沙漠，触摸，诉述。

看到一只雄鹰盘旋低空，平稳从容，仿佛一粒悬挂的黑色眼睛，凝视荒漠，并不带些许倦意。那是我在高原熟视无睹的鸟类，它们曾经背负金色阳光，停驻在天葬台上。它们也俯冲，翱翔，抓走村落里的雏鸡和草原上的兔子。现在，在远离青藏高原的沙漠地带，它出现，并迷惑我的眼睛。它伸出利爪拧住我的呼吸，它弯曲坚硬的喙揪起我的心脏，它的羽翼流畅光滑，拂过来，轻触我眼角绽放出的几滴冰凉。我是如此喜爱它。而在此前，我只是把它看作经幡飘动的家园象征。

在喀纳斯湖畔的雨水中，我想象一件事情：喀纳斯湖的冰雪融水流进布尔津河，布尔津河融进额尔齐斯河，而额尔齐斯河并没有一路向着西北。她在北疆的版图上来个大转弯，如同山南的雅鲁藏布江，

金色河谷

然后像一头浓密的头发披散开来，覆盖整个古尔班通古特大沙漠。美丽的想象使人热泪盈眶：在喀纳斯湖水的滋润下，北疆的大片沙漠瞬间成为沃野，良田千亩，树叶婆娑……

　　凝视一条河流向太阳掉落的地方走去，在此之前，我以为只有青藏高原上的倒淌河破了陈规自东向西流动。额尔齐斯河静静流淌，不动声色，仿佛她自身的存在与我们无关。她贴着大地，宽畅柔美。她是静谧自持的女子，清澈、玲珑，洞察一切却又缄默无声。她又是气势磅礴的女子，一意朝西北方向走去，骨子里是谁都无法拒绝的果断和凛然。

　　河一侧阿尔泰山的青色岩石连绵无际，山间雪松翠绿浓郁。宽广河谷芦苇荡漾，水鸟飞溅，船，大片白杨和青松，沼泽，村舍，苞米地，青椒，弥漫水汽，茁壮的河滩是葱茏馥郁的水乡风光。扭头，彼岸雅丹地貌千奇百怪，依旧戈壁荒漠，五彩沙丘此起彼伏。地貌如此丰富迥异，互不搅扰，彼此存在，共享一天。据说当年诗人李白便是溯额尔齐斯河而上，从碎叶城进入祖国内地。又说在上世纪 50 年代，这条水道还和苏联通航，货船来往，一派繁忙景象。物是人非，今日只有此水向西北奔腾，出境，到遥远的北冰洋。

　　黄昏来临，巨大的夕阳眼睁睁掉到额尔齐斯河和布尔津河交融的地方，没有造作和矫柔，仿佛一篇天衣无缝的文章。这是真正的陨落，壮美，带着风云变幻后的豁达，还有果断。浓墨重彩的天空和云。沉

喀纳斯，喀纳斯

坠的血红太阳。渐次朦胧的地平线。深浅层次，静美却又雄浑磅礴。消亡如此美丽。据说在那个金戈铁马的年代，成吉思汗西征时伫立在这中亚细亚的栗色土地上，看落日辉煌，仿佛空中自有万千兵士，沙场血战，顿觉精神倍增，倏忽间落日融进水中，一切瞬间黯淡，万物化为乌有。强烈的失落感袭击成吉思汗，他的马鞭悄然坠地，从此一病不起。一枚落日击溃一代枭雄，听着如同神话。而面对这样的落日，只有长久沉默，内心波澜业已化作笃定淡然。

夜晚的布尔津县城简洁又清阔。楼层低矮，街道宽阔，树木娇弱，绿化带单薄，零散花朵偶尔开放，并不娇羞。是新建不久的县城。规划整齐，居民稀少，店铺寥落，街上以游客居多。夜风袭来，清冷，隐含水分，已经带了远山的冰雪气息。夜市烟火缭绕，人声嘈杂。灯光和烟雾纠结成一层厚重的灰色雾气，生鱼和孜然的味道弥漫于空间的每个角落。炭火，铁丝，啤酒，塑料口杯，调料盒，简易桌凳，大筐待烧的鱼：红鱼、黑鱼、梭罗鱼、狗鱼，都是冷水鱼。剖开肠肚的鱼儿码在砧板上，大张着眼睛和嘴，露出白嫩肌肤和细弱脊柱。想着鱼儿游动在冰凉的额尔齐斯河或者布尔津河里，是多么愉悦的事情。现在鱼儿都串到铁丝上，架在炉子上，睁着眼睛，一动不能动。我看到烤焦皮肤的鱼儿身形依然优美，线条流畅，仿佛在水中央。

炭烟熏烤，吃鱼人在夜晚流出辛辣眼泪。我不知道炉火上的鱼儿会不会流泪。而在喀纳斯湖畔，我看着一群群游客拥挤在观鱼亭上，拿着照相机和摄像机一动不动地等待湖怪出现的神色时，心中忐忑：

金色河谷

我在山下布尔津夜市上吃过的烤鱼，是否便是这喀纳斯湖里的一种？我一直相信一种说法，说喀纳斯湖怪其实是湖里的一种大红鱼。鱼儿是有生老病死的规律，那么，我从铁丝一头咬下的烤鱼片，是否便是顺喀纳斯河逃逸出来的大红鱼幼崽的一侧肚腹？如若是，此刻，神秘的大红鱼、悲伤的大红鱼，是否就在喀纳斯湖水底下忧伤、愤怒并等待一个跃出湖面、吞没牛羊和游人的报复机会？

和一位来自青海循化的烤鱼人闲谈。方言瞬间拉近我们彼此的距离。闲谈中得知，他的生意兴隆，全仗着河中之鱼。如果鱼儿捞完了，会怎样？我开玩笑。他的脸色在灯火中并不凝重，依旧兴奋。不会，这边的鱼完了，还有那边。他说这话时顺便递给我一瓶"格瓦斯"，他说这种带酒精的饮料也是从那边来的。我喝了一口带有酸味的"格瓦斯"，明白他所指的那边是哪里。我仿佛看见一条在北冰洋受完精的巨大狗鱼，带着母亲的温柔，穿过鄂毕河，溯额尔齐斯河而上，在一条僻静的河汊里未及产卵便落进渔网中。瞭一眼黑色天空中的北方，我的担忧如同春草萌发。我总觉得鱼儿的精神有一天会崩溃，它们会在清凉河水中集体自杀，或者互相残杀，实施复仇计划，它们无法容忍自己柔软的躯体在炭火中变黑、僵硬，而且我觉得这将不是谶语。

凌晨两点的布尔津小镇还灯火通明，多数游人已经散去。算算时差，却只是关里的晚上十二点。买羊毛混纺披肩和木雕鱼骨小挂件的移动摊贩开始隐去。空气里依旧是烤鱼和烟火的味道。在拱形的葡萄架下坐着，听小镇的声息。想象着不久之后，这小镇的寂静也将消失。

喀纳斯，喀纳斯

它将和其他被旅游带动起来的小镇一样，塞满旅馆、酒吧、购物街，人们将会继续纷至沓来，吃烧烤，在简易旅馆洗澡，挑选纪念品，拍照，作短暂停留，然后离开。人们并不关心他曾停留的这个地方的长久状态，而只是自己的足迹。

向往是如此美好，令无数人牵念不已。喀纳斯湖藏在山上，山下河水清澈蜿蜒，大片针叶阔叶林铺展起伏。绿浪凝重。鸟语啁啾。空气清冷。月亮湾，神仙湾，众仙客来往的脚印踏在河谷之中。仙风道骨遗留在脚印上，翩然若飞。说是人间仙境。只是区间车匆忙来往，湿了衣衫的游客追撵、拥挤，急躁的尘世之风扬在林荫道上，生硬突起，仿佛一块恶性病灶。

清、秀、凛、冽。空气，湖水，微波，红松，白桦，山花，野草，已经都在这四字之内。我相信这是自然最纯真的状态，是自然最原始的呼吸。这四字其实是我所渴望的另一个彼岸。站在微波荡漾的湖边，沐浴清凉山风，我便不是我自己。我是湖面上飘渺的歌声，是头顶悄悄移动的云，是河水里晶莹的浪花。我想着人们如此前仆后继，来看山，来观水，他们爱慕的不过是山水中的自己。如同站在湖边的我。语言失去能力。这便很好。暂时迷失自己，也很好。我们在某个时刻需要摆脱自己，使自己成为另一个优美的自己，听松，听涛，听清新朗阔之风涤荡五脏六腑。如此喜爱，是因为我们的心中有一个植物的自己，还有一个流水和行云的自己。

金色河谷

似曾相识。仿佛是个居住很久的地方，遗失后重新找到。在喀纳斯湖西边的观鱼亭上，我和脚底的一朵野花对视。两天，两天足够我们相识相知。而另一个词渐渐淡忘：湖怪。人们因为看不到湖怪而叹息，而前往。我从不曾想要看湖怪。我相信神秘事件的存在，如同我相信在很久以后，或者很久以前，我就是这湖畔的一朵花一样，因为我持久相信世间自有美好存在，那湖怪或许真是只美丽的大红鱼。是，美丽，或者善良，海的女儿一样，肯在刀尖上舞蹈。放弃湖怪的神秘，我只凝视一朵半开放在雨中的小花。它的丝质花瓣卷成筒形，绯红，黄色花蕊如同巧舌，弹一弹便是无数小故事。小小花朵密集在修长纤弱的花茎上，是一串一串玲珑心事。我想起在一个地方，我曾与这样的花朵长相厮守。青藏高原，海拔 3000～4000 多米的山峰上。那是在七月也要飘雪的地方，这花儿漫山遍野，红过一坡又一坡。故乡的人总叫它映山红。但我知道，它并不是那个真名叫杜鹃的映山红。嬉戏，拔扫帚草，挖防风，我跟着清凉夏季风穿越花丛，然后在花丛中熟睡、醒来，又在花丛中迷茫、恍惚。花香总是清淡。花期却总是很长，仿佛一烧就是一个夏季。那个在冰雪中留恋花香的童年，纯真明快，却倏忽远去。今日此处相逢，便觉所有陌生瞬间熟识，往日回身，旋转，微笑。分布在广袤时空中的迥异地域，一座高原和一片冷水湖泊之间的距离，缩短，模糊，只幻化成一枚简单花朵。花朵的力量。低身，抚摸，我看见我手指间的柔软，在接踵摩肩的游客后面水般荡漾。而在后来很长的时间内，我都相信这被誉为人间仙境的喀纳斯其实在我

喀纳斯，喀纳斯

的童年，在青藏高原已经存在，它就是那么一片单薄并透着寒凉的花瓣，它适宜独自开放，暗藏幽香。

一直相信一个传说。当年成吉思汗西征，他军队里的老弱病残留在喀纳斯湖附近，并定居下来，成为今天的图瓦人。但图瓦人自己说他们是从西伯利亚迁徙而来。是一个古老部族，坚守湖畔简单的传统生活，狩猎，打鱼。爱雪、马和音乐。房屋建筑简洁优美，纯原木结构，尖顶利于积雪消融。在远离湖畔的一个村寨，我们相视，听不懂彼此的语言。我早先便已知道他们用自己的图瓦语交流，在学校学习蒙古语，并经常与哈萨克人用哈萨克语交流。但我们无法交谈。微笑。我相信流露在我脸上的笑容一定和他们一样满含谦卑。因为我相信我的远古族人也和他们一样，谦卑，满含对神灵的崇敬。我始终无法以一个游客的身份走进他们的木屋，喝一杯茶，唏嘘，探寻，拍照。如果可以，我想成为一株原木，搭建在他们身边葱茏的土地上，夏季生长苔藓，冬季载满白雪。但是不能。我也知道有许多与喀纳斯湖擦肩而过的人想成为图瓦人木屋前的一缕阳光，或者是一个骑马而过吹奏苏尔的图瓦人，从而远离匆促和急迫，远离喧嚣和浮躁，但也不能。我们只能独自揣想，然后怀念这个如此熟悉的地方。

在喀纳斯湖畔，我并没有见到图瓦人。就仿佛在田间地头没看见唧唧喳喳的麻雀一般，这是件伤感的事情。喀纳斯开辟成旅游区后，图瓦人便搬离湖畔，到新的村寨去生活。他们的旧日村寨成为旅游服务设施。看着是原木小屋，里面却被木板隔成小间，安置床铺，收费

金色河谷

住宿，价格并不便宜。所欣慰的是，营业者均不是图瓦人。实际上，在喀纳斯湖的日夜里，我也没见到湖中之怪。我甚至没能看见湖水变换过沉静的容颜。那个传说中一跃而起、吞噬牛羊的庞然大物，是否不堪游客惊扰，深藏到喀纳斯湖底，再也不肯露面？如若真是这样，那可怜的生物，将怀着怎样的不安全感，怎样担惊受怕，努力躲避摄影机等现代仪器的紧密追踪与威胁？它是否还能回到数百年或数千年以前那个不受骚扰的静谧时光中去？

炊烟四起。空气中弥漫牛粪、木柴、酸奶子和马奶酒的气息。牛羊归来，背着装满水和草的鼓胀肚子。哈萨克男子骑着骏马，朦胧光影中显得高大威武。他们的孩子，幼小童真，跟在他们身后，骑着马驹归来，神气活现，安闲自在，却又警醒自觉，我感觉到一个游牧民族颠沛流离后的沉淀集中在纷沓的马蹄声中。忙碌很快过去，夜晚来临。雨后夜空如此丰美。奔涌、流泻，天空仿佛一条黑色大河，盛满粼粼波光。图案精美的星座盛开在夏夜头顶，熊、天琴、巨蟹、织女，还有银河。凝视，布满星辰的天空是一个花瓣次第打开的缓慢过程。更多隐秘的花瓣藏在图案后面，等待某一瞬间的灿烂闪现。而更多无法探寻的秘密和行程蛰伏在星光背后，无尽延伸。长久仰视，能看见我自身水般流逝的生命如此柔弱，竟不如一粒星在西天的坠落。

星空照耀下的哈萨克女人，健壮。辨不清色彩的头巾，黑色长裙，高筒皮靴。她提着奶桶去挤奶。她的步伐坚毅。而牛的大眼睛藏着小

喀纳斯，喀纳斯

小狡黠。奶牛故意扭动身子、摇尾巴，不让她挤奶。女人盯了几眼，牛眼也不躲闪，坚持到底的模样。女人就转了心思。走过去拉了小牛来。小牛一顶牛肚子，大牛就幸福地安静下来。女人摸过去，移走小牛。大牛不安静都不行，奶水已经在奔涌。我在远处微笑。

哈萨克毡房搭建在贾登峪转换中心的半山坡上，他们保持了先民"穹庐为室兮旃为墙"和"逐水草而居"的传统。帐篷易于搭建，也易于拆除。除了水草，他们并不留恋过多东西。隐隐有些灯光自穹庐中传过来，明灭不定。狗叫零星。偶有羊羔"咩咩"。寂静。山中岁月。松在远处，是一片片化不开的浓墨。无风，自有轻微松涛。仿佛儿时，睡在深山中的小木屋里，枕着松香，听老人讲鬼怪，柏木门板传来干燥后木纹爆裂的"噼啪"之声，如此恐怖，我把头缩进单薄冰凉的被子里，夜的寂静漫山遍野，洪水般涌过。瞬间恍惚，仿佛时空倒转，此时哈萨克的帐篷便是儿时的小木屋，我自悦然。

但我并不能为眼前几座哈萨克帐篷庆幸，为它拥有丰盛的夜空和松林。我眼前的这些哈萨克族，他们的生存并不像图瓦人那样依赖喀纳斯湖的存在。他们仅仅是生活在靠近去喀纳斯湖的路途上而已。他们放牧，转场，酿制马奶酒，他们吹拉弹唱，信奉自然和传统，他们享受安谧宁静的山中岁月，如同喀纳斯湖怪在很久以前的自由自在。但是，他们的山脚下是密密麻麻石子般随处搭建的旅游帐篷。前去喀纳斯的游人往来穿梭。每到夜晚，山脚下人影绰绰。就着灯光做笔记的游人，宰杀羊羔的小贩，帐篷柜台上的方便面，泼溅的刷牙水，一

金色河谷

次性塑料袋，自用发电机的"轰隆"声，土头灰脸的大巴，牛羊的粪便，人的大小便。我踮着脚走很远，想找一处僻静之地，没有。我其实是想找一处不见游人大小便的僻静之处，没有。如此大的一个山谷，竟然到处是游人粪便。我不知那些来去的牛羊是否作呕，那些生长的草木是否彻底遗失馨香。我找不到一小块干净的地方，只好再次上山，来到半山腰，来到哈萨克人的帐篷跟前。黯淡山路上，我看见我成为一群游客的缩影。带着混乱和嘈杂，还有浮光掠影的心神，靠近他们的帐篷，做短暂的深呼吸，然后在那里留下我们的垃圾，抽身离去。

盖着从邻床掠来的被褥，我哆嗦在一家帐篷旅社里。喀纳斯的冰凉雨水让我外感内伤。我吞服下九味羌活丸和藿香正气水，浑身依然吸冷打冷战。哈萨克圆顶帐篷在我眼前旋转，再旋转，然后慢慢远去，仿佛我是那个坐在院内秋千上急速旋转的孩子，时光的碎片在院外纷纷凋落。我看见昏暗灯光下围着一群喝啤酒的男人。喝空了的酒瓶跌倒在地面上，杂乱无章。他们刚刚宰杀了一头小羊羔，现在等着厨房将羊羔肉煮熟。此前不久，薄暮里，我看见那只小羊羔拴在帐篷外，柔弱的身子，大尾巴，小耳朵，黑色的小蹄子，它的眼睛一眨不眨，蒙着一层灰色水雾般的暗光。我听说羊是能够听懂人的语言的。我因此在那只羊羔跟前紧闭嘴唇，只怕一张嘴便暴露了内心的怜悯和黑暗。

半夜被莫名的叫声惊醒。寂静中，那声音如同闷雷，低沉，又满含某种不为人知的忧伤。支了耳朵听，听出牛蹄走动的声音。原是牛在帐篷外面，一边绕着帐篷转圈一边哞叫。仿佛牛是受了某种惊扰或

喀纳斯，喀纳斯

者预感到什么，蹄声里隐含种种不安。暗自思谋，竟是一身冷汗。有人显然也被牛哞惊醒，在黑暗里大声叫唤同伴的名字。片刻的惊慌，人声簌簌。但人声并没有惊走帐篷外的牛。牛依旧哞着，绕着帐篷，悠远又逼近。我听出一声声的焦灼，还有一声声的愤怒。

今天，我才突然想，喀纳斯湖的水怪会不会也如那夜的牛一样不安地哞叫？

在黄河上游的几个片断

　　我小时候便知道贵德的长把梨好吃，但不知道贵德在何处，想着那是一个遥远的地方，因为有大人从贵德回来，总是说黄河。黄河我知道得也早，浑浊的水总是咆哮，因此我想着贵德也是天幕下大块大块的干燥，是黄土的泛滥。那时候，一到晚秋，村子里就有手扶拖拉机"哐哐哐"地拉着贵德长把梨来卖，有时用粮食换，如果粮食还没打碾，还可以赊。我和母亲背回两大背篼梨，卖梨的人说好一个月后来取粮食。结果两三个月过去了，那人再没出现。我们继续等。没吃完的长把梨越存越绵软，糖分也越发多起来。吃时不用咬，一吮吸，梨肉就化了，带着酒香。梨也大，母亲从地里回来，不喝水，一只梨就一块干粮，又去劳作。等到冬天，梨冻成冰疙瘩，有孩子咳嗽的人家，过来找，说治病。父亲有时喝醉酒，第二天就用凉水泡冻梨吃，说解酒。这样，两背篼长把梨吃完，卖梨的人还是没来收粮食。我们就猜测，或者那人出了意外，或者他根本就丢了账本。这样的猜测总让人惘然。

　　待看到梨花，已经是后来的事。这其间，我看诗词叹梨花，总说千堆雪，又说静女，白妆素袖碧纱裙。这样看得多了，就觉得梨花已经不是梨花。赞一种事物，说它美，为什么要用其他的事物来比，难道它本身不够美？

在
黄
河
上
游
的
几
个
片
断

　　这是五月份的青海贵德，在这里，我看到海拔的落差那样突兀。才是拉脊山上雪花伴着经幡纷扬，低几步又是高寒草甸一片冬天的荒凉，再低些，田地和寺院，青杨叶子开始变绿，等到黄河河谷全出现，已是大片的湿地水草。那是多么丰饶的河谷，芦苇丛，香蒲，青杨林，鱼池，路旁果树掩映下的庄廓人家。有人将大堆的毛蜡枕芯放到路边叫卖。香蒲花序似蜡烛，这里便叫毛蜡，也好听。香蒲和芦苇出现在青藏高原，是件令人惊喜的事，仿佛不真实。望过去，远处丹霞地貌的山脊，嵯峨，又逶迤。而在近处，大板夯筑的院墙内，开花的枝杈探出来，都是繁密的白色花朵。说繁密，又不尽然，花朵单看着也是清爽雅洁、不染纤尘的超凡模样。说，贵德的梨花。

　　然后是，梨树成林。

　　高原上的白花，我惯常见过的李子花一开就是一座小山丘，但是花朵太碎，给人瞬息倾颓的不安全感。现在，成堆的梨花盛放在阳光下，再无法用山丘去形容它。高原的风，带着远山的凌厉，也带着河谷的清凉，拂过来，花瓣些微地颤动，一动就是白色的微波一阵。树影婆娑，花下的木门紧闭，没有人影，都去了哪里？偶尔一两枝杏和桃枝伸出院墙来，淡粉衬着娇艳。几只羊在湿地边缘，看不清的水鸟，头顶盘旋的鹰，寥廓蓝天。天地这样大，粗犷的线条无限延伸，草木不生的山，燥烈空气，闪烁白光的路面，这本身的西北模样，我早已熟悉。现在，河谷又育出一派水乡的树木葱茏、烟气氤氲。瞬间的困惑，无法从一处向另一处从容转换，一种矛盾。但慢慢地走下去，山

金色河谷

向两边退却，河谷越来越宽阔。清澈的黄河从东边逶迤着过来，又过去，悄无声息。在这里，黄河的出现就是这样，一点儿不突兀，仿佛它并不是流经这里，而是它一直就在这山谷间沉静回环。看得久了，发现这山的凌厉与水的柔美相融合的过程，也是那般不露声色、自然而然。就这样，我最终看到黄河在它一滴一滴汇集成辽阔的时候，在上游，它和它的河谷，风容不同一般。

站在黄河大桥上，我想起的唯一一个词是：静水流深。我们运用的词语那样多，一个词就是一个故事。但由此形成信手拈来的习惯，想想，也是对词见惯不怪的轻视。在大桥上，我再无法想起更多词语去形容黄河此时的样子，也许黄河在这瞬间的表象，反而直抵它的内部。清澈、碧绿的黄河水就在脚底，它们如同万千柳丝，在春风里起舞，画出波纹，漾着明媚天光，但是没有声息。想一想，什么样的磅礴没有声息呢，如同此刻。看不清模样的水鸟贴着水面飞翔，敏捷的身形，倒有了"燕度春柳枝，年年此时归"的好。倚着桥栏，俯下身，瞬间的眩晕过后，我看见黄河石，它们搁在河底，静止不动。它们是否随水从更远的上游来到此处，或者一直就这样，沉静水底。对不言语的石头，我们的猜测终究虚妄。越过这细节，黄河其实依旧存有它的气势。它的宽阔平稳，它两岸倒伏过来的青杨和红柳，河谷的一川浓绿，它远处寸草不生的丹霞地貌的山脊。谁说气势就是汹涌，就是澎湃？人在河中央，水不动，桥前行，不动为动，动为不动，何尝不是威势。

　　一个普通人，试图亲近一条河，看它在惯常之前的另一种模样，除了如此浅切的接近，感受眩晕，还能做什么？黄河大桥上的五色经幡垂下去，经文在水面漂浮，注视它，也算是一个普通人的祈愿吧：黄河之水天上来，奔流到海不复回。唯愿，唯愿。然后我们一头钻进黄河边的茶园去。

　　高原上的茶园，自然不是用来种茶树，也不光用来喝茶。一座院落，点些花草，五六间房子，再置些桌椅、麻将，或者烧一蹲土炕。也有凉亭或者蒙古包，极尽模仿。四五个人进去，杯盘碗盏一摆，酒瓶一开，家长里短，半天如此过去。也就这样。普通人的闲散，带着烟火琐碎，是俗世的好。

　　我们选择的是玻璃围起来的亭子，隐在灌丛中，紧挨黄河。这些灌丛，我多么熟悉。沙棘、红柳、小蘗……春天，红柳的穗子可以掐来吃，小蘗的叶子到了秋天如红霞，沙棘果酸甜。芦苇并没长出新叶来，或者已死去，枯枝摇曳，不时遮去黄河。亭子旁边就是接近黄河的台阶，旁边的石头上写着：小心靠近。都有台阶通向黄河了，还小心什么？来玩的孩子们就跳过台阶去黄河里洗手脚。跳进黄河洗不清，这话在这里有常识上的错误。八宝盖碗茶、清炒蕨麻、凉拌菠菜、荨麻饼、羊肉盖被、酿皮、黄河鱼、烤土豆……土生土长的食物，早已熟悉它们的脾性，知道怎样吃。吃是暴殄天物，还是物尽其用，如果认真考虑，也矛盾。矛盾的事情其实到处充斥，普通人的生活就是要

金色河谷

将它们忽略。黄河水那样安静地流着，下一刻的存在已不是上一刻的旧模样，一条大河都这样，我们还要怎样深刻。只是蕨麻没有泡透，也没什么，菠菜显然来自露天菜园，羊肉肥而新鲜，酿皮是土豆粉做的，这已足够。女伴们喝白酒。漂着金粉末的酒水倒在酒盅里，女伴仰着头，拼命吮吸贴附在盅底的金粉，有时吸不出来，就用指头剜，孩子一样顽皮。我不能喝酒，偷空看黄河。现在我和黄河同一水平面。望过去，黄河的宽展，一直向对面延伸，并且若无其事。对面是否也有人如此望过来，不得而知。如若有，他一定也看见黄河像一面素幔，在绿树掩映中，迎风招展。

我们去看望一位老人，她已将大部分时光留在黄河边上。黄河如果有性格，老人的性格也就是它的了吧。"吱呀"作响的松木门推开，一个花木如梦的庭院出现在眼前。这是典型的高原庄廓，云杉木的大房坐北朝南，梁柱都已漆成橘红，上面又刷过一层清漆，这使得梁柱光亮又免遭虫蛀，廊檐由铝合金和大块玻璃封闭，又有土木结构的旧房子，倚着东墙不语。除去房子和檐前过道，余下的地方属于花木，也属于小虫。我们走近，看见樱桃已经结出青色小粒，杏的枝头缀满墨绿珍珠，梨树和桃树开花显然要晚，一树凉雪掩映一树娇艳。树下几丛金银花正在攀爬，我说我没见过金银花的模样，老太太赶紧介绍，说金银花懂得戏法，花瓣一会儿白一会儿黄，不能确定到底是白花还是黄花。我听了也觉得好玩，想着这花也有"黄狗身上白，白狗身上肿"的纠缠不清。荷包牡丹是我童年便已熟悉的花朵，正在玲珑。那时候，我们从不叫它的学名，只唤它石榴儿。它开出的花朵是石榴暴胀的模样。一朵花开成一种果实的样子，又无关是非错乱，这是怎样的任性。

老太太其实不老，六十多岁，我们进门时，她刚从街上洗澡回来，黑发还浸着水色。说给果树喷点儿农药，倒弄得自己一身药味。东摸摸，西看看，又拔出几个绯红的小萝卜，也就拇指粗，用水一冲就咬着吃。叽喳过后，我们又在廊下小几前继续吃酒。三个女伴已经将一斤贵德清金美人倒腾一干，又拿出第二瓶。都是大酒量，二、四、六双杯喝酒，喝两杯唱一支歌，脸色一点儿不变。又有伴舞。我捏着酒瓶找人灌酒，偷空出神。老太太也喝，五六杯下去，两颊泛起红晕，院里的桃骨朵一样。我们鼓励老太太起身在阳光下站定，唱一曲《北京的金山上》。终究是20世纪四五十年代的人，稍兼风雨的声音又有一丝梦后甜美。

小庭院后面其实有更大的果园，这样的黄河人家，让我羡慕。穿过小门走进去，仿佛回到草幽木青的过去。苹果、梨、核桃，这些果树姿态娴雅，并没有这个时代的莫名惊慌。沿墙根栽些花椒树，花椒开花一般，结出果子串串小巧、串串殷红。树下畦畦菜地，种些小葱小蒜。俯身掐根葱叶送进嘴里，瞬间让我重温起童年时光。那时一院阳光总是明媚，母亲侍弄过的菜畦整齐又干净。其实都是些高原常见的蔬菜，无非萝卜、韭菜、蔓菁、葱。头韭才割，一层草木灰已经撒

金色河谷

在断茬上，萝卜顶出点儿腮红，蔓菁藏着它笨拙的球茎，猫咪喜欢跑来大小便，蜗牛在正午也要爬到菜叶上，不怕燥。我掐一根葱叶卷成圈送进嘴里，一抬头看见山脉一派葱绿又一派迷蒙，河谷飘来夏季风，依旧是远处冰雪的清凉。那时山野总是漫过草药芬芳，村庄清寂，青杨成林，早晚潇潇。

想一想，昔日重来无非就是这个模样，青稞换成麦田，一树梨花变成一树铁线莲，山溪叮咚替代黄河静流……老人逝去，孩童蹒跚，不可遏止，也无须阻挡。时光迁延，最好的事情是不要破了旧时模样。离去时女伴已经有些踉跄，高原的女子，偶尔梨花春影总抵不住天空地阔、分明简练，总是爽直的好。在麦田和青杨环绕的小路上，女伴说秋天我们再来，不怕杏子、李子、桃子没处去，然后和老太太拥抱。我看一眼庄廓，又看一眼天空，一扭头瞅见黄河边的夕阳挂在树梢上，它的背影染着远山，染着天空，一片浓艳又一片祥和。

跟着黄河向下，在尖扎，又一个黄昏来临。如果黄昏原本给人的感觉是浓重的话，现在，这个丹霞地貌上的黄昏更加绚丽，以至于使人相信，方外仙山、天上悬圃也无非这样。2005 年夏，我在坎布拉第一次看见丹霞地貌，那是正午，强烈的阳光照下来，又从路面和岩体散射出去，热气蒸腾，瞬间有海市蜃楼的玄秘。那些赤红的山脊压过来，那颜色，并不像人们说的那样：色如渥丹、灿如明霞，倒像极了红处方。那时候母亲离去的阴影并没有消减，母亲去

在黄河上游的几个片断

世前一直靠药物止疼，我依稀记得，药物的毒性越大，颜色就越深。一路上，我再看不到丹霞地貌的神奇，只想象红处方、红药片连缀在路旁，迫使人逃离。

现在，七年过去。七年不长也不短，足够让见山不是山的人，回归成看山是山、看水是水的人。车子在这些高大的山脊下行驶。公路逼仄，另一旁黄河在静静流淌。河谷几乎不存在。望过去，看见黄河挨着那边的陡崖，也许连这样的路都不存在。

努力探出头，这些赤红的山峰，仿佛长在中天，让人无言。我对词语的理解，有着自己的偏执和挑剔，总觉得一些信手拈来的形容词华而不实。但现在，一些形容词就高悬在头顶，我不得不相信，这几个词语，也许只能用来形容这一种情景、这一种事物："雄奇险峻"、"鬼斧神工"、"风刀霜剑"。普通的词，形容不普通的事物，要在真正的事物面前，才能看出词语的好与恰当。岩石的城堡，岩石的森林，岩石的佛，岩石的古国，岩石的黑夜与白昼……我怎样想象、描述，才能说出它们的奇特，又怎样才能将它们给予我的震动一一传达。

想着这不毛的红色岩石之上，是否有生命迹象，又见它们连缀出些带植被的山峰。也是简单的茇茇草，一丛一丛孤立着，草色带着枯黄，缺水的模样。拼命仰头才看见山顶一两棵云杉，也许油松。树长在天上，原来就是这番模样。偶尔几只山羊，白色和黑色，在倾斜过来的岩体上奔跑。鹰从远处飘过来，在蓝天里不动，倏忽又远去。天空深邃成它原本的模样。偶尔一缕风，送过些许幽凉。

金色河谷

　　如果我不知道黄河是流动的，那么我相信，此刻的黄河，它就在静止。我甚至想象，那就是一面冰雪融成的湖泊。没有源头，没有去处，只在此处停留。走近，依然看不到水流过的痕迹。河心碧绿，清新又柔和。靠近岸边的水面却是色彩丰富。细看了，全是荡漾着的山峰倒影。那些红色的影子，在水面斜倚着，彼此靠拢。山顶的树影像一条鱼。傍晚的阳光从峰顶滑下，一束金黄敷在水面的赤红上，绚丽多姿，像一首巴洛克的舞曲。

　　简直不敢相信眼前的这一面娴静优雅就是黄河。它的中下游那横贯下去的咆哮和浑浊，竟会来自如此细腻温婉的水面，来自这样一种足以忽略的缓慢。靠近黄河，蹲下来，伸手触摸。手底滑过的冰凉，那么柔软，仿佛触在一条小鱼的肚腹上。一瞬间感动，以致在后来长久持续。黄河在那一刻成为实在的母亲，她缓缓而过的水面，一如母亲抚摸儿女的手。

　　向西，黄河岸边的循化，夜已深。大禹治水的传说，在这里长盛不衰。《禹贡》中"大禹治水始于积石，至于龙门"的记载，说积石便是这里的积石山，积石峡也由此而来。想着传说总有根由，哪怕微茫如同星火。清代诗人吴镇一首《积石歌》有着极尽夸饰的赞叹，说："圣子疏黄起积石，神工鬼斧惊千秋。天门屹立云根断，灵光闪烁飞雷电。"当年的禹王庙在战乱中早已成为几根残柱，如今留下的一些吟咏，偶尔传诵。只是，令人疑惑的是，我早已听说，而且曾见过黄河

在黄河上游的几个片断

在循化的模样，它依旧清澈和安稳，只有经过了暴雨的夜晚，才变换一下色彩。大禹治水缘何从积石开始，莫非早时的黄河，在它的上游，也曾放荡不羁。

夜色罩着积水镇，高原的夜晚，总是熟悉又陌生。夜雨才过去，小小的广场上，积水未散。人们跳锅庄，圆圈外，更多的人站在那里欣赏。这些节奏铿锵的锅庄舞曲，有些我已熟记，有些虽然第一次听见，但它的旋律却仿佛来自记忆。事物如果在仓皇中还有传承，不着痕迹，也许就是这样简单容易。转个角，当街的烤羊肉摊一字摆开，食客并不喧嚣，几缕烟火罩出些宁静，也罩出些飘渺。我们找出一家，两张小方桌一拼，点些羊肉串、烤腰子和白斩鸡，又叫小盘的二节面。茶水自然免费，连着走路的人，一杯一杯牛饮，也不怕有人耻笑。路旁不知名的高树正在开花，一树月白。偶尔有红衣僧人飘着袈裟走过，拂过几缕暗香，辨不清是近处高树，还是远处丁香。

后来拣有大树的街道慢慢走，又向树下独坐的人询问大树的名字，说：桐树。我们这些高原上的人，都没见过花草的世面，刚才已惊讶于这树的高大、花的繁密，正在暗自揣摩，一听桐树，更兴奋。高原见惯的几种花树无非是丁香、碧桃，丁香体柔弱，碧桃枝杈细碎也高大不到哪里去。玉兰啊、木棉啊，一开花就一树锦绣，不过是高原的奢望。循化的海拔低是低，但依旧在高原，怎么可能长出桐树呢？这样一兴奋，人就仿佛不在高原了。梧桐是能引来凤凰的，至于"梧桐一叶落，天下皆知秋"，或者更兼风雨之类，次要得多了。栽油桐听说

金色河谷

是致富的捷径。珙桐更不一般，说是冰川遗老。又听说泡桐花能消肿生发……这样猜测着，高个女伴跳一跳，拽一枝开在低处的花下来，让我们摘一朵回去上网研究。几个人围着看着，终究没下手。想着是有落花的，低着头走，果真有几朵，香消云散的样子，显然被行人的脚踩踏过。也不计较，捡一朵起来，就着灯光细瞧，便看见白色的长喇叭漾着点紫斑。

　我们原本是要看黄河在夜晚的模样，听黄河的声音是否来自天上。结果和路旁的花纠缠起来，当初的意思也忘得干净。半夜醒来，在简陋的旅店，听得窗外"噼啪"的雨滴打在玻璃和墙壁上，隔一阵，又听见远处杜鹃啼叫。我知道杜鹃喜欢隐在青杨林中，两声两声地叫，尤其在浓烟细雨中。夜半听到杜鹃叫，还是第一次。莫非杜鹃果真要夜以继日地感伤，非啼出血来不可。在高原，看惯了一个冬天雪花漫卷的清寂，现在蓦然听到夜半淅沥，竟十分亲切，仿佛久已生疏的故园声息。只是黄河的声音依旧听不到，虽然旅店就在黄河边上。黄河在夜晚是什么模样，是否有变幻，无法得知。我想黄河也许正在这夜晚的安谧中隐去身形，蜷伏着，敛着声息。天地这样大，它只是孩童般地好奇着，没想奔腾。想一想黄河的源头，何尝不如此。

这个坚硬又柔软的地方

这个坚硬又柔软的地方

七月的午后，我坐在青海湖北岸的大通山上，看云来云往。这是一个晴朗明净的午后，舒卷在高海拔的云团，在蓝天的背景上，仿佛盛开的花朵，是牡丹抑或芍药。花瓣层叠、繁复，包裹朗朗清气。云在天上，一如鱼在水中。无端想起王昌龄的诗："青海长云暗雪山，孤城遥望玉门关。黄沙百战穿金甲，不破楼兰终不还。"想着诗里的云是另一种云，现在不曾见到。也许在冬季，它们出现，泼墨一般，向西，皴染河西走廊，如同滚滚雷声，直到那个陨落了的古楼兰。诗里的青海湖却依然在眼前。悬起的高地，丰富，蔚蓝，没有边际。湖上是岛，岛上是鸟，鹰的翅膀盛满阳光。湖中银鳞闪烁，湖畔水草碧绿。牛羊的影子如同帐篷宁静。天地呼吸强壮盛大。再无声息。七月的夏季风送来幽凉，送来似有还无的草的芬芳，送来牧人简短的说唱。而在云影流淌的天上，盛开另一面碧波荡漾的湖光。湖在天上地下，彼此相望。

环顾明净的再无庞杂斑驳的时空交错。如同一具澄澈的精神个体，自由奔放。妄念消失，无挂无碍。自然的面孔宁静安详。坐着的人是尘上的一星花草，连同吃草的牛羊。

只是，在闭上眼睛的瞬间，人仿佛依旧坐在古人的诗里。彤云密布，雪山连绵，将士征战，黄沙弥漫，白骨遍野，衰草卷着哀叹。

金色河谷

仿佛苍凉沉郁的调子从没有变换，仿佛冬天从没有跨过，仿佛征战依旧绵延，仿佛金甲依旧裹着黄沙，仿佛马蹄依旧杂沓。多年前的一首诗丰盈成一种持久坚强的植物，葳蕤在湖的四周，再无枯萎的想法。

然而总想解释诗歌的另一种可能，仿佛孩童手下绘出简单纯真的梦想。譬如云是大朵大朵的莲花，洁白，次第开放，一如眼前。譬如雪山，便是在七月份也有白雪覆盖一如华发滋生的雪山。譬如云朵遮住灿烂阳光，庞大云影移动在山腰暗了草色。譬如七月。譬如长风浩荡。譬如湖水泛着远古气象。譬如湖畔油菜花铺展金黄。

如此坐在诗歌的另一种可能里，是因为眼前展开着这种可能。想象这种可能其实在很久以前便已经存在。如同在衰败的季节想着季节曾经的繁茂。也如同在人的盛年不肯回忆前尘旧事。

不肯承认。

而实际上，一句诗酿造了一个文化时空，一种思维习惯，一种记录在纸上的地理概念。置身其中，想象改变，又不忍改变。于是在不见长云黯淡的时间，依然仿佛呼吸着寂寥和苍凉。走不出去的，永远的青海长云暗淡着雪山。

这是湟水河畔一个名叫柳湾的村子。高大青杨织着绿色云烟，沙枣花儿星星点点，湟水汤汤。红瓦砖墙的庄廓静穆无声。人们偶尔出没，脸上是强烈紫外线灼出的伤斑。空气干燥，风带着远处冰雪的清凉。波斯菊盛开，清秀淡雅。也有蜀葵，有大理菊，有庭院深处的丁香。它们的芬芳裹在太阳的光里。热烈又寂静。依旧是夏季的青藏高原，蓝天飘荡，白云悠闲，黄土路泛着耀眼白光。

没有牛马的足迹，也没有鸟儿轻捷的翅膀，只有风在树冠扫出"沙沙"的声响。

想着3000年以前，那个新石器时代晚期以及青铜时代的柳湾，也是这样静默的一个夏天，树木在阳光下葱郁茂盛，发散清芬，蜂蝶往来，翅膀带着轻盈。河水流淌。庞大的氏族成员在首领的分工下忙着自己的事情。他们的头发一定浓密，四肢健壮，皮肤粗糙，他们的手背上一定有荆棘和动物牙齿的划痕。他们的交流简单纯真，神情专注。他们亲近黄土，尊崇临盆的女人。这样的一个午后，一定有一些工匠在明丽的光线下制作彩陶。他们选料，制坯，彩绘，然后烧制。他们技艺娴熟，心里装着万物，装着男女欢娱。他们把希望抟成模型，他们描绘，纹样、图案和符号是他们爽朗的表情。

很多年以后的阳光依旧耀眼，在柳湾，我面对一具人像彩陶壶长久沉默。一个身着紫红色衣服的女子坐在时光深处沉默不语，她的鼻梁高直，耳垂丰盈，她的手宽大厚实，双腿短粗，她的眉骨清秀，眼睛正眯成一条细缝。她的乳房，她的肚脐，她的生殖器裸露在外，带着夸张又童真的手法。她的周身绘着黑色的圆圈纹和蛙纹。她坐在斑斓中开口呼叫，她的肚腹高高隆起，那里一定有她的孩儿在踢着小腿小脚。

金色河谷

　　她的阵痛传过来，一阵紧似一阵，攥着时间，逼迫人心，我感到自己的腹部在强烈痉挛。

　　但是死亡，死亡随后来到。

　　1700 多座墓葬，长方形墓坑，叠在一起的尸骨，墓室口用来封门的木棍、木板、木棺，残损的陶器和装饰品，消失了的呼吸，黯淡了的声音。最早的墓葬和最晚的墓葬相隔 1000 多年。2000 多具尸骨。柳湾这一个氏族公共墓地，记载了死亡的多少类型，又记录了多少种悲痛。怎样的丧葬仪式曾经举行，怎样的权威曾被首领施展。站在柳湾的黄土上，再找不到确切的回答。柳湾先民早已远远地走过。

　　他们带走气息，带走温润。文明埋在地下，无声无息。他们一定不是现在柳湾人的先祖，但他们留下陶器和石制工具，留下谜一样的符号、纹样和图案，留下海贝，以及白骨。

　　他们还留下茁壮的日子，以及从无改变的高原夜色。

　　2007 年夏，我从西宁出发，乘坐大巴前往贵德。"贵德的梨儿民和的瓜，名声大，亮过了黄铜的唢呐。"这是青海花儿里的贵德。去贵德看梨花在春天是件愉快的事情。夏天，梨花是谢了，念想里的梨花却依旧开着，这也是件愉快的事情。

　　终年与雾相伴的拉脊山其实也是个频繁出现在花儿里的地方。在海拔 3816 米的拉脊山上，我看见倒伏的青稞，白色野花和黄色油菜花夹杂各半的油菜田，还有正在抽穗的燕麦。看见牦牛像黑色的甲虫趴在山腰，散落的羊群和散落的白色石头点缀着连绵的山峰。山阴是茂密松林，向阳的地方青草碧绿，漠漠铺展。云雀的歌喉锦缎一般。雄鹰盘旋。山口有翻飞的五彩经幡。静谧，透着清凉。简单植被，悠闲牛羊，以及无处不在的豁然，这是典型的青海夏季。

翻山过去，绿色陡然减少。山凌厉起来，是丹霞地貌。路旁的山峰高大陡峭，刀削斧劈一般，造型奇特，是山的城堡、山的森林、山的人群。山体赭红，不着一星草木，风雨的痕迹深刻又新鲜如初。山下人家的庄廓墙泛着淡粉，阳光下看去，仿佛瓣瓣桃花飞落。

在山谷，看见黄河。

仿佛一块冰雪融成的湖泊，又仿佛一块温润的碧玉，独自生烟。宽广的、宁静的、清澈的黄河，在此处柔美悠闲。风的翅膀掠过来，再掠过去，却总也掠不到黄河的微波上去。俯身下去，只见得河底枚枚卵石，纹路清晰。贴近耳朵，听不到丝毫纤细的声音。黄河仿佛是静止的。

简直不敢相信她就是黄河。那横贯下去的咆哮、怒吼，那挥之不去的浑浊、粗放，竟会来自如此细腻温婉的水面。

靠近黄河，蹲下来，伸手触摸水面。手底滑过的清幽，一如眼眶里涌动的冰凉。是一瞬间的感动，并长久持续。黄河在这里成为真正的母亲。她缓缓而过的身影，一如母亲抚摸儿女的手掌。

"天下黄河贵德清。"

站在黄河大桥上，眼前是青杨、芦苇、钓者、小儿。仿佛错步靠

金色河谷

近多雨的南方湖岸，满眼的柔媚隐隐浮动。

而环顾四周，山刚水柔，和风温煦，瓜果飘香，人心沉静。严寒、粗糙、沉滞、广袤，青海的另一面，我看见一方一如处子的大地，仿佛是静卧在地图上的那一只真正的兔子。

一个从青海玉树牧区出来的孩子见到路边的青杨，吃惊道：怎么这么大的草啊！一天，我把这个故事讲给南方的一位朋友听。我讲故事的时候，原是怀着些悲伤的情怀。但是朋友并没有理解这个故事里的残酷。他说：孩子的想象力真丰富。我不责怪朋友的曲解，因为他并不了解一个没有树木的地方，而且是一个平均海拔在 4000 米以上的高寒地区。

这是个孕育了长江、黄河和澜沧江的广漠之地，是个有着 26 万多平方公里，却只居住着 25 万人的土地。这里是高山冰川，是湖泊沼泽，是戈壁荒漠，是狂风大雪。这里的花无法用姹紫嫣红形容，这里的鸟无法用百鸟朝凤描述。植被以及人烟的稀缺，仿佛头顶上那一层薄薄的氧气。

在一个名叫新寨的村里，我站立，并长久沉默。

屹立（没有一个更确切的词来形容）在我面前的，是被誉为"世界第一石刻图书馆"的嘛呢石堆，我甚至不想说它仅仅是一个石堆，它是嘛呢石砌起来的城堡。石墙巍峨，寂静的石门洞开，旷野的风携着冰雪的清凉来去自如。神塔高耸，经幡彩布兀自拍打，发出"啪啪"

的声响。偶尔走来的人，捧着嘛呢石，前倾上身（那永远是一种虔诚的姿态），绕着嘛呢堆转经，或者走进石门去，拿出青稞和柏枝，煨桑祭祀。青稞酒、糌粑、酥油和柏枝的味道混合起来，是一种奇异的芬芳，缭绕，并长久持续。

我看着他们把小小的嘛呢石添到庞大的石堆间隙里去，看他们在嘛呢堆前诵读经文，他们的虔诚使他们神思专一。我知道他们翻山越岭、长途跋涉而来，他们有时会从远处将嘛呢石驮运过来。刻着六字真言的嘛呢石，刻着佛像的嘛呢石，色彩斑斓的嘛呢石，一层一层垒着，一圈一圈扩大，直达 25 亿颗之多。

站着，仿佛听到这 25 亿颗石头在窃窃私语。这些形状各异、附着灵魂的石头，这些承载情感和希望的石头，伫立此处，凝然不动，这分明是六道轮回里芸芸众生的呼唤。

我同时听到沧桑老者的祈福之声。万物有灵，雪山、湖泊、牦牛、雄鹰，即便是一块小小的石头，也有着高贵的灵魂。他们守护万物，救赎众生。他们值得歌颂，值得崇拜。而自身的力量又是怎样气势磅礴。600 年的岁月，数亿人的搬运和雕刻。没有君王的命令，只凭着一颗虔诚的心。这是青藏高原之上的另一高度，擎起它的，是一个崇尚精神的民族。

2008 年 5 月，我并不知道 5 月 12 日这个午后会有什么不同，因为这实在是个普通的午后。我坐在孟达天池岸边的青石上，晒着并不灿

金色河谷

烂的阳光。

五月的高原，其实是平原的四月天。池边的原始森林还未褪尽冬天的萧索，地面朽叶斑驳。我仰起头，看见云杉撑起的天空薄而脆弱。不知名的鸟儿在红桦的枝叶深处偶尔鸣啭，带着寒气。灌丛里有杜鹃盛开。紫杜鹃。丝质花瓣，细薄，不忍碰触。也有一两株白杜鹃，孤寂，骨子里潜藏一种清冷。我的脚下是葳蕤的马蔺。这是一种强壮坚韧的花朵，花瓣只有四片，片片是贵妃醉酒的模样。蓝紫的花，仿佛盛开在水中。马蔺的叶带着泼辣的劲道，仿佛磨砺后的剑，纷纷戳向四野。

这是昆仑山支脉的西倾山北坡，黄河在它的北边蜿蜒东流。我的眼前是一个 266400 平方米的高山湖泊。湖水清冽，湖边云雾缭绕。行人稀疏。偶尔有游人骑着马匹从山下上来。马儿喷着响鼻。我看着清寒的水面，心里却想着博格达雪峰下的天池。那个"瑶池阿母绮窗开，黄竹歌声动地哀。八骏日行三万里，穆王何事不重来"的天池，那个"一泓碧流成龙潭，青松白雪镶翠盘。金秋桂月沉璧底，疑是嫦娥出广寒"的天池，那个有着"定海神针"大榆树的天山天池，不过是面积比这里大些，文化意味多些罢了，它的水波与我眼前的水波并无区别，甚至它的森林也并不比我眼前的森林清奇古怪。那一年在那里停驻，我并没有享受到天籁一般的静寂。

湖水微波荡漾。波上云影天光。

我察觉到我也在荡漾。仿佛在水面上，带着些眩晕。我把抱在胸

这个坚硬又柔软的地方

前的双手放下来，撑在地面上。地面也在荡漾。仿佛水上的竹排。没有依靠，没有支撑点。然后我将眼睛移到一棵松树的枝干，没有风，树干却在摆动，摇下几枚枯黄的松果。那是个瞬间，树冠里的斑鸠忽然"扑棱棱"拍了翅膀涌出来，冲向高空，撒下滴滴尖叫。我突然明白大地上发生了什么。惊恐，来不及站起。波纹已经从我身上离去。

再去看，湖水依旧摇着碎碎的涟漪。我并没有想到太多。虽然在前段时间我刚刚看过一篇关于1920年海原地震的文章。"突见大风黑雾，并见红光。……状如车惊马奔，轰声震耳，屋倒墙塌，土雾弥天，屋物如人乱抛桌动地旋，人晕难立……"我没有想到这样的事情又一次发生，也没有想到，这一瞬以后，我的心会向一个地方攥紧而眼泪放松。

这是一个故事。故事总是虚妄的，却带着真实的情感。说一个老猎人背着杈子枪走在路上，老远看见一只肥壮的藏羚羊。四目相对的瞬间，藏羚羊突然朝着老猎人跪下来，眼眶里流出晶莹的泪水。老猎人早已看惯了死亡，一枪射过去，藏羚羊倒下。而藏羚羊倒下时依旧保持着跪姿，凝滞的眼睛里充满哀求。疑惑的老猎人剖开藏羚羊的腹腔，发现藏羚羊的子宫里静静卧着一只死去的小藏羚羊。

应该说这只小藏羚羊是幸运的，它的幸运是它能够完整地蜷伏在母亲的子宫里死去，它尚未看见人类的残酷。而更多的藏羚羊，死后连具完整的尸骨都没有。

金色河谷

带着精灵的身材，雄性藏羚羊头上架着竖琴，音符一般奔跑在海拔 4000 米以上的高寒地带，这优美的藏羚羊，闪电般划过高原的藏羚羊，温顺又时时惊怯的藏羚羊，数量只有 5 万多只的藏羚羊，它们的命运仿佛就是成为盗猎分子枪下的财宝。

一条收集来的数据。在中国境外，1 公斤藏羚羊生绒价格可达 1000~2000 美元，一条用 300~400 克藏羚羊羊绒织成的沙图什围巾价格可高达 5000~30000 美元。而一条可穿过指环的沙图什围巾包一颗鸽子蛋，据说能孵出小鸽子来。

是什么样的谎言让那些贵妇们安然享受藏羚羊细致柔软的绒毛？说法是，藏羚羊在灌丛里跑过，身上的绒毛脱下来，挂在树枝上，人们收集加工而成。

哄小孩儿一样的谎言。

这是真实的场景，依旧发生在无人的可可西里。正在繁殖期的藏羚羊成群结队地迁徙，雄性藏羚羊要护送雌性藏羚羊到更高寒的深山峡谷去生下它们的孩儿。途中遇到盗猎分子的扫射，甚至来不及哀鸣，一千多只藏羚羊片刻间失去生命。它们的幼儿在它们的子宫里蠕动，它们的皮毛却已经被剥了下来。

尸横遍野的惨状。无辜的藏羚羊和更加无辜的幼儿。它们的血流出来，渗透草丛，染红湖泊。

保护它们的志愿者在艰苦奋战，盗猎团伙却乌鸦一般赶过来、扑进去。藏羚羊有着在高海拔植被稀疏地区生活的坚强品质，却始终逃脱不了人们的围追堵截。这个苦难的物种，或者已经失去了与人类共同生存的信心，所以它们在繁殖的时候要到更高寒的地方去，在那里，它们的孩儿或许能得到片刻安宁。

我看到一张照片。一名志愿者蹲下来，他的眼睛里漾满幸福的泪水，一只小藏羚羊仰起头来，他们相互凝视，他们的鼻头轻轻相触。仿佛在呢喃，在撒娇，在倾诉。小小的藏羚羊，它冰凉的鼻头，它尚未被破坏的信任，它对家园的热爱，它的纯真透明。一遍遍看过去，手指反复触摸的，是小小藏羚羊满含期盼的眼睛。

头花杜鹃

覆盖白雪的高山顶上（积雪厚密均匀，发散耀眼白光，山顶巍峨高耸），头花杜鹃如同栽毛地毯，平铺，宽展：革质小叶翠绿重叠，繁密不见孔隙，淡紫色花瓣盛开期间，花瓣素朴淡雅，有着柔滑的丝绸质地，抚过去冷然作响，仿佛月光凝结。花香新鲜，持久。手指始终不曾折一枝花朵下来(我看见花瓣里无辜的眼睛)。脚步穿梭其间，牵牵绊绊，不能大步流星……总是走不出繁花似锦的断续梦境。梦中内心，缠绕恐惧、担忧，如同缠绕渐次勒紧的藤蔓。原来便是梦中，也识得高山孤绝，四周布满深渊，并无坦途，而人一心想着的，是要平安走下山去，离开冰雪。午夜醒来的寂静中，常会发觉梦之荒诞：头花杜鹃原是不会在白雪中粲然绽放的。只是梦中情形，极其逼真，仿佛头花杜鹃深植在大脑的褶皱处，丛丛茂盛，那一片一片花瓣盛开，遮去诸多细胞及其他东西的过程，缓慢而清晰，仿佛脑壳在那瞬息简化成肥沃土壤，只供花开。

资料说头花杜鹃只生长在甘青两地海拔 2500~3600 米的高山草原或灌丛中，是香精油植物和药用植物，目前只用于中药，作为香精油尚未开发。看后让人存些期望。只是资料中的头花杜鹃如同失去体液的蝴蝶标本。而它在细碎黏稠的高原民间，有着烟火青草味的名字：香柴。

头花杜鹃

　　突兀耸立的青藏高原，它的山峰之上，冰雪长久覆盖，四季并不分明。南方已是溽热夏日的六七月间，山花（并非姹紫嫣红，总是简单的那几种）才可开放。高原的夏季风始终带着冰雪的清凉，以及草药气息。夏季风沿着山脉走向吹拂，所到之处，枝叶花朵依旧静谧，并不喧嚣。我们常在这个季节到高山上去，跟随大人，砍柴或者放牧。柴通常是些冬青、鞭麻和香柴。冬青有着柔韧的革质叶子，叶子宽大，花朵洁白，有着奇异清香。鞭麻会开出两种颜色的花朵，金色和银色（青海湖畔的金银滩由此得名），那时我们并不知道鞭麻有着调节气温的功能，也不曾知道，塔尔寺绛红色的墙壁主要由鞭麻砌成。冬青柔韧，不易砍断。鞭麻矮小，需要连根拔起。香柴青绿色的细茎碰着镰刀便会"咔嚓"一声断去，仿佛娇嫩的脖颈。香柴长在灌丛里，植株不高不矮，光滑脆弱。有时香柴花满坡开放。大手笔。仿佛紫气缭绕的湖泊。将香柴背回家，摊放在空地上暴晒。厚重的高原阳光，金黄，燥烈。水灵的花朵在阳光下逐渐失去香气，干燥，枯萎，褪去颜色，仿佛一个玉人在尘埃中逐渐遁去身形。大把大把的香柴在灶内燃烧，"噼啪"作响，火焰热烈，香气弥漫。于烟熏火燎的厨间偶一回头，看见门外的细碎花朵，散落一地，仿佛小小的花之遗骸，极尽幽怨。

　　我总是要记起那个时刻。残灯如豆，母亲在昏黄的光晕中幽幽回忆，她的叙述如同屋外高寒夜空，跌落，继续跌落，没有斤数的沉重，说："天不亮起身，要赶在日出前翻过山去。香柴从不在低处生长。"我如此熟悉那座海拔4000米的山峰，青色山石陡峭光滑，不生长任何

金色河谷

植被，上山下山只有一条窄小沟槽，是砍柴人用身体蹭出的唯一道路。煤油灯的光晕打在报纸裱糊的屋顶，在那里晕染出乌黑有着毛边的图案。屋里流淌浓重的煤油气息，它们在母亲的鼻孔上描出黑圈。"在山顶，绑好香柴捆，我转过身，把绳子套到肩上，试图背起来，但是一鼓劲，眼前金星乱冒，于是靠着香柴坐下，停一会儿，再试，总是无法挣扎着站起来。"停顿。我看见沉重柴捆下一个瘦弱身影的挣扎与饥饿。我甚至看见柴捆下痉挛的胃部纠结成黑色硬团，不断胀大，横亘天日。

"天黑得很慢，星星总是不出来。……下山时人和香柴捆一起贴着石头往下蹭，柴捆滚动起来有危险，不能放到人前面，也不能拉到人后面。"叙述停顿，我的身体被绳索吊起，吊起，所有的脏器沉重下垂。"一整天没吃东西，饿极了，只好将香柴花摘下来吃。"母亲接着说。

多年后的一个下午，我用花朵泡茶喝。在这之前，我曾经用玫瑰花瓣做馅饼。将新鲜的玫瑰花瓣晒干，用红糖拌匀，放进玻璃容器中腌上一段时间即可。出锅时掰开馅饼，玫瑰花瓣仿佛刚刚凋落，咬上去如同咬在带着清芬的肌体上，有着疼痛的叫嚷。那个时候我并没有想起母亲。在后来，当我将玫瑰花苞、茉莉、金银花和白菊一起放进玻璃杯，续上热水的时候，我依然没有想起母亲。那一刻，我只是被一些词语诱惑（那些精致、优雅，需要与这个时代以及女人有所关联的词语），那么慌张地需要摆脱过去的简单、粗糙，如同想要摆脱我植

头
花
杜
鹃

物一样拙朴的年少记忆，如同一条来自森林的根系要摆脱山涧。

多年前的回忆在那个夜晚就那样戛然而止。灯火熄灭。漆黑。我记起那晚屋外星空，三星、启明，它们拴在一根根黝黑的细线上，悬垂。还有群山，它们围绕，如同黑色牛毛绳编织的栅栏。我感觉到夜间河水溅起的微小水滴，如同流星，坠落脸颊。我知道它们来自大地深处，我想着母亲也来自大地深处，而且我想着大地在那个年代并没有多么残酷。它到处张大的幽暗、凄厉的饥饿之口，如同那个年代的林木，它们没有过错，而只是一种过程，它们也许会引渡我们学会用尊重细致的态度珍爱这大地上的事物，但我们只学会了害怕和慌张。如同母亲咀嚼的香柴花和我做馅饼用的玫瑰，它们有着同样沁人的芬芳，但我已经和母亲不同。

悬钩子

在我熟悉的这片山林中，我认为没有一种野果像悬钩子那样只在中秋成熟。

这个时节几乎听不到风声，也听不到大雁南飞的声音。在以往，风声总是要闹腾点儿事情出来，譬如鸟叫、云飞、骤雨、草木摇落，或者一层一层的秋凉。因为风声绝迹，这个时节显得慈祥安定。云朵大片盛开，但从不到中天来，远处山尖尽管罩着积雪，太阳光还是漫山遍野。太阳光照在渐次黄去的树叶上，然后进入到叶脉中去，它们也照在流动的水上，照在经幡上，照在山下人家的屋檐上，并且深入、渗透，直到将所有的事物染上阳光的色彩，并且给予它们阳光的温度。这是一个依靠阳光的时节，大地再不像当初那样渴望水分和嫩绿。

人们正在山下收割田里的青稞。青稞穗子垂下来，茎秆也总是朝着土壤的方向。不过青稞的茎秆早已由先前的青绿变成淡黄，这表明青稞这种植物早已熟透。青稞捆子成排地站在地里，裸露的茬地上静默着荆芥和薄荷，偶尔也有棘豆，它们淡黄的花朵早已萎败，成串的黑色豆荚饱满欲滴。而荆芥和薄荷有着辛辣的芳香，它们在阳光中流动，并成为阳光的芬芳。青稞也是种只在中秋成熟的农作物，从不性急，也不推脱。

杂乱低矮的灌木从林子里蔓延出来，顺着山脉的走向，一路横穿。

悬钩子

在山里，林子总有着边际，灌木丛不一样。林子有着戛然而止的停顿，灌木丛一脉悠长。悬钩子也和草莓不一样。草莓匍匐在叶子下，有时候在七月成熟，也会在八月成熟，一部分会成熟在九月。悬钩子将果实吊在枝子上，七月份的时候，悬钩子毛瑟瑟地绿着；八月头上，悬钩子还是毛瑟瑟地绿着；八月下旬，那些熟透的悬钩子突然失去踪迹。谁都不知道那些果子去了哪里，鸟雀的嗉囊、昆虫的巢穴，还是灌丛下那黝黑松软的土壤。去年中秋，我在这片灌丛中寻找鸡爪柳，与悬钩子碰个正着。那样柔软的小果子，一粒一粒挂在遍布荆棘的灌丛中，鲜艳、孤绝，像另一些刚刚开放的花朵。俯下身子采摘，娇嫩的小果子一碰就破，满手的红色汁液，无法带回储存。这让我一时无措，因为在悬钩子之前，我从来没想到面对一枚野果会感到无奈。无法将它们带回，因此放弃，这种被迫竟然来自一枚野果，于是采摘一阵后快快离去。悬钩子无知无觉，依旧那样浅红地挂在灌丛里，鸟儿飞来又离去，蚂蚁爬上去又跑下来。后来我猜测悬钩子的性情有些刚烈，还有些清绝，是种有尊严的果子，这也不同于草莓。当然，如果不想将它采回去据为己有，只看着它在风中颤动，便觉得它与其他野果一样。

悬钩子的植株浑身披毛刺，时常像一只发怒的小兽，蹲伏在林边的灌丛中。前段时间我去拔扫帚草，那时即将中午，草丛中露水依旧过重，绾起裤脚，结果两条小腿被悬钩子的刺戳得又痒又疼。我觉得应该吸取教训，起码应该像悬钩子那样骄傲，以后再不靠近它。但是不行。快到中秋的时候，我看到一块块青稞田裸露出黝黑土壤，泥土

用春天的方式散发出芬芳，于是我又想起悬钩子浅红色的浆果，以及
它酸甜的汁液。我知道它不让储存，瞬息遗失，也不求一期一会，但
我还是忍不住迈步朝它走去。

草莓

这片草丛中，再没有比草莓更普通的野果。

五月时节，草莓花开。那时春天其实才到高原。高原总是如此，漫长冬季，冰雪覆盖，西风在河谷吹起积雪碎屑，当人间四月一树一树花开，高原冰雪才能消融。春天接着秋天，高原没有夏季。十月到来，青杨早将树叶褪尽。草莓花只有指甲盖大小，星星点点地从大叶子下面钻出来，白色的五个单瓣，围一撮淡黄花蕊。单薄、柔弱，甚至无法想象会有果实将在那里诞生。花期漫长，七月，草莓渐次结出。起初只是浅绿，然后变白。七月几乎没有成熟的草莓藏在叶子底下，有时跑去摘起一枚，用牙尖试探，也只是酸涩。

当然我会知道哪一天它们开始成熟，因为它们的芳香总会在一个晴朗早晨沿着太阳的光线传到山上的小木屋中来。那时，我们也已经喝完早茶。我依旧将凳子搬到屋子旁的空地上，等着太阳将林子一寸一寸地照亮。昨晚的雨点并没有带走防风和柴胡的味道，也没有带走泥土和沙棘果的味道，但是我依旧感知到草莓正在林子边的草地上鲜艳起来。我熟知哪一块草坡上的草莓味道甘甜，我也熟知哪一片草丛中的草莓味道还带着酸涩。那些向阳地方，光线充足，植被矮小，温暖、干燥，草莓匍匐在地面上，可以长到拇指大小，颜色深红，糖分高。而在那些背阴的沟壑和丛林深处，光线阴暗，地气潮湿，草莓叶片纷披，葳蕤，如果掠起一撮草叶，可见长茎挑着的草莓，颜色浅红。尽管已经成熟，挨着土壤的一面，依旧泛白。这些草莓汁液少，味道酸涩，因此并不十分好吃。如果刚刚成熟，我总是喜欢将它们从根部掐下来，并扯来草茎，扎起，一束花的模样，妖娆在掌心，可以把玩许久。有些熟过头的草莓摘下来却已经成为汁液，夹杂绿色小籽的汁液通常会招引蚂蚁光顾，不得不迅速洗掉。

　　山后的阿尼昨天刚刚送来一铁罐酸奶，她家圈里的白牦牛总比黑牦牛多，山羊也是白色居多。酸奶因为没有兑水，早晨吃一碗，一上午都不饿。晚上，将采回的草莓拣去碎叶，洗净粘附的土粒，倒进酸奶罐子，搅拌，很快就成为草莓酸奶。其实我们从不将酸奶当正餐吃。晚饭依旧是青稞面擀成的面条，炝着石葱花。饭后的时间静谧安闲，我们又可以像早晨那样坐在木屋前的空地上。我知道在山的一边，一些林子正沐着朝阳，也有一些林子，正裹着烟雾，它们有些正在茁壮，也有些正在倒去枯萎。但在我的眼前，这片林子正在暗下来，云杉高挺着身子，白桦和红桦穿插起来，光线暗淡，黑、白、红不同树干的色彩依稀可辨。几株黑桦躲在远处，成为阴影的一部分。鸟雀渐次失去声息。河水的流淌之声再次喧腾。这是八月，早晚已经凉去。我糊弄出的草莓酸奶就搁置在木屋的阴影里，不出声地吃几口，草莓还是草莓的味道，酸奶还是酸奶的味道，但又觉得酸奶不是酸奶的味道，草莓不是草莓的味道。这样咂摸一阵，天便彻底黑下来。

沙棘

　　青稞还没收割的时候，村里不断有人走上山来，背着柳条背篼，拿着大剪刀，有时也戴着厚手套。他们钻进沙棘林，剪下那些结满沙棘果的枝条，装进身后的背篼之中。人们兴致勃勃，说沙棘籽开始涨价，一斤可以卖到三元。因为目标明确，人们蜂拥而至，致使这种活动显得过于匆促急迫，甚至再无法运用采摘一词。

　　山野凹处，或者河岸滩地，沙棘成片生长。它们的枝干遍布细密小刺，对生的小小叶子披覆白色绒毛。这些小刺极易穿进皮肤，并往深处钻去，挑刺因此成为一种惯常的活动，对着光源，用针尖将戳进肌肤的小刺一点一点拨出来，小刺会顺着肌肉的纹理向深处窜去，如果太深，无法及时挑出，常常化脓。秋天，沙棘果成熟，米粒大小的金黄果实繁盛密集，果实常常缠住整个枝条。这些果实累累叠加，无法估量，我对它们的采摘也仅限于一两个倒完青稞酒的玻璃瓶：洗净沙棘，装入玻璃瓶中，搅碎，加入白糖，密封，搁置。有时倒一勺沙棘汁出来，酸甜可口，是山中难得的饮品。我知道村里大人常用它们治疗孩童咳嗽，有时一家会密封很多这样的沙棘汁，一溜玻璃瓶摆放在孩童够不着的高处，同时成为摆设。

　　跟随那些拿着剪刀的人，看他们剪下大段大段的沙棘枝条，背回家，摊晒在院中平台上，找来木棒捶碎沙棘果，拣去枝条碎叶，反复

金色河谷

晾晒，直至沙棘汁干透，褪出黑色籽粒，再用簸箕簸去果皮，一大背篼沙棘果最终只剩下一小捧晶亮黝黑的籽粒。有人走村收购，也有人背着沙棘籽去林业站，然后用换回的钱交付电费，或者购买一些简单的生活用品。我关注的并非沙棘籽的去向，因为它们最终都会消失掉，像阳光的影子一样。我关注的只是当沙棘果晾晒在院中平地上，木棒一声声捶下去，鲜黄汁液溅起的那一瞬间。那一瞬间，除了血肉模糊，再无法形容。在山林的这些年中，我已习惯细致耐心地剥开果实，探看它们多汁的内部，然后吞下它们。这已经成为一种习惯，失掉想象。其实想象丰富也无济于事，那些果子最终都不是我们的，它自己存在，自给自足。

在此之后，更多收购沙棘的人涌进村子，在某家大院支起机器。人们将大剪刀剪来的沙棘果倒进锈迹斑驳的机器中搅拌，"轰隆"之后沙棘汁被挤压出来，盛进铁桶。那是混同着籽粒、枝叶的浑浊汁液，人们围在四周，忙着过秤，喧嚣。空气中到处是沙棘汁的酸涩。那些沙棘汁将被运走包装，然后出售。

我并没有参与进来，尽管我整天都在沙棘果的金黄之中，甚至拒绝随便吞食，沙棘果的酸涩不是一般果子所能替代的。倒是有一种小虫子喜欢在结满沙棘果的枝条上做窝，在那里扯起白色细网，撒下大颗黑色粪便。也有鸟雀来啄食。沙棘因此四处繁盛，林子从不稀疏。人们砍去做篱笆，雉鸡躲进来筑巢下蛋，冬天的时候，也有藏在深山的马鹿钻进来，挑着一对大角穿过沙棘林，仿佛一些移动的美丽树木。

山刺玫

夏天，山刺玫开出白色和粉色两种小花，这些精巧的单瓣花朵，整个夏天我只采撷过一两次，更多时间，我从它们身旁走过，只是扭头瞅一眼。它们娉婷在枝叶间，对我不理不睬，但我已经习惯它们寂静存在。摘一枝花朵繁密的白色山刺玫下来，配几株长茎红山丹，盛水，插进玻璃瓶中。但是木屋里的光线始终昏暗，阳光很难从板壁上的小方窗照进来，山刺玫摆放在桦木隔板上，会迅速萎谢，红山丹也是。原来都是极喜阳光的花朵，一次尝试足够明白。倒是新发的山刺玫嫩条剥去红色外皮就可以吞食，也是偶尔为之。

秋天，山刺玫会结出两种果实：一种果皮深红，无毛；另一种果皮石榴红，白色短毛。它们的果子是不是与花朵的颜色有关，我一直没看清楚。它们的花朵除了颜色不同，再无区别。但两种果子的外形差异很大，因此具有不同的名字：鸭子嘴和牦牛肚儿。

大红色的鸭子嘴果子小，果皮薄，肚里的籽大，长相鸭子头一样，将不多的一点儿果肉长到嘴巴部分。它们到处悬挂，走过顺手可摘。有时一摘一大把，坐在阳光下的草坡上，可以专心咀嚼。石榴红的牦牛肚儿翘在晴空中，又大又好看。它的外果皮蒙一层细毛不说，厚实的果肉内壁也有一层细密的软毛。这种长法令人恼火，因为牦牛肚儿比鸭子嘴好吃，为此需要付出极大耐心，须一点一点

金色河谷

刮去细毛才可吞咽。

前一年，村里的孩子来山上采摘野果，吞食牦牛肚儿时未曾刮去细毛，结果嗓子发痒，干咳，后来大人烧了食醋灌下去，才吐出一团白色细毛来，孩子大惊。我想起我曾经养过的花猫也会这样，白天它将舔舐身体时的碎毛吞咽下去，夜半躲到角落里呕吐出来，不厌其烦。

鸭子嘴并不会因为孩子们的采摘而少去，牦牛肚儿结出的果子却总是少之又少，有时走过一面山坡，才会碰到一两株，也只是结着四五枚果子，原是一种矜持的果子。在这面背阴的山林里，还有一种叫茶叶蛋的黑色小果子，豌豆大小，果肉带些沙枣的味道，水分少，它的长相实在跟越橘相似，叶子也类似，只是到了秋季不发红。咀嚼茶叶蛋的果实之后，嘴唇和牙尖通常会染成黑紫色，当然这并不影响采摘它的兴致，它总归是好吃的。秋季的很多个下午，阳光总是温煦，这样的天气适合到灌丛里去。林子阴森寂静，有时令人心惊，但是灌丛不一样。高原气候寒冷，虽然灌丛植被茂盛，蕨类、苔藓、荆棘遍布，但虫子极少。蚂蚁、长腿蜘蛛、黑毛虫……这些虫子自身胆小，偶尔蹿到人身上来，也带些迷途的惶恐，不知所归的模样，因此在灌丛中的行走可以任意而为。荆棘扯住衣角，藤蔓缠在脚腕，都不必计较，因为没有一件事情逼迫脚步匆促。山中的时间如同植物繁茂，一味袒露它的宽广无际，尽管日头会一寸一寸挪出阴影。缓慢走过，我想着总有山刺玫将果子挂在前方，遇到遇不到也无关紧要，时间在它们身边，也在我身边，我们早已被时间联接，只是不自知而已。

黄蘑菇

去年处暑之后，阴雨连绵四十多天。人们说是雨落在了甲子，这会让他们对丰收失去信心。后来果真成为事实：青稞倒伏在田野，无法收割；燕麦穗长出黑毛，并且溽烂；油菜荚裹满湿泥；村路旁的冬葵只将花开了一半就歪斜不起。等到后来雨住天晴，又是霜冻。这些风雨无常，抱怨亦无济于事。今年处暑之后，又逢阴雨，仿佛天地始肃必得凄风苦雨相助，除此再无其他途径。前日夜雨突然如注，寒意穿透板壁层层逼来。夜半突然惊醒，听得远处声声悲号。细听，又无狼嚎的阴森恐怖，只觉哀怨凄厉。揣测着是哪里的狗遭遇不测，在雨林中备受煎熬。那悲号断断续续，持续一夜，天亮消去声息。早晨起来，天却放晴。尽管林木湿透，阳光还是穿透树枝，撒在灌丛之上。

循着夜晚悲号的来处走去，想着探寻究竟。几日细雨，灌丛之下的蕨类和苔藓又蒙了许多新绿，尽管此时正是秋季，白桦树桩上早已结出树菇，有些甚至老去泛黄，板结成灵芝模样。飞虫倒是少了许多，也听不到蝈蝈残喘的声音。草丛中大片红蘑菇色彩艳丽，高秆狗尿苔挺在草尖之上，这些都是有毒的蘑菇，无人采摘，长势极好。红蘑菇通常长两天之后会腐烂在地，任爬虫穿梭往来。狗尿苔越长越细，最终会散发出熟萝卜的味道。林子里的无毒蘑菇其实很少，有时在草叶之下结出白蘑菇，圆润洁白，小巧可爱。往日采到白蘑菇，吃法也极

金色河谷

其简单。洗净，将菜籽油烧过，清炒，出锅时撒点儿盐即可。有时多加点儿水，成为蘑菇汤，泡干粮吃。

这个秋天居然在这片山林中遇见黄蘑菇，这让我开始明白我原本以为非常熟悉的这片山林，其实隐藏更多神秘和稀奇，它并不会对外界袒露无遗，而是有所收敛，像一个习惯沉默的人。是，原先我以为这片林子我早已熟悉，但每次来，却仿佛是新识。总有些草木在夜晚长出来，也总有些草木，一夜之后，面容再不是当初。转换如此迅疾，常在一夜之间，风雨却一如往昔。黄蘑菇原本长在高寒草原地带。在牧区，人们将采摘来的黄蘑菇堆在小镇街头出售。也有人将黄蘑菇串起来，一吊一吊卖。牧区小饭馆的肉炒黄蘑菇通常是特色菜。想着昨晚听到的悲号在林子西南与灌丛的接壤处，于是大胆走去。这片山林以云杉居多，大多数桦树都被挤到林子边缘，并在那里独自成林。桦树矮小，林子相对云杉林要稀疏许多，照到草地上的阳光也多。走进桦树林几步，黄蘑菇突然匍匐一地，仿佛黄色的花朵，又仿佛深秋桦树叶落，几株苍耳和白茅做着陪衬，又有拇指大小的蓝蝴蝶飞过去。阳光静谧，山下流水的声音清晰入耳。一个人站在那里，一时分明感知到一种气势逼迫人心。最终明白它们来自眼前的黄蘑菇，如同一些人的淡定和沉着。它们在山野之中，无需和谁亲近，也无需和谁远隔，没有多余的忧愁，也没有需求，有雨就来到地面，太阳一照，任爬虫滋生。生长的时候，自在生长；停滞的时候，也不会悲怆。而我不行。

狼
毒

狼毒

翻《本草纲目》，见李时珍说狼毒：观其名，知其毒也。一时恍惚，觉得狼毒之所以有毒是因为有其名。我的这种理解显然带了些胡搅蛮缠的味道，如同小时候纠结于鸡和鸡蛋的问题，但还是以此推断下去：如若狼毒有个馨香的名字，它的毒是否便可以隐藏起来，不再遭牧人憎恨。

狼毒开花很有气势，有时狼毒雪一般的花朵会淹没一整片草场。其实单枝的狼毒花娇小，细碎的筒状花瓣背面涂抹红晕，腹面洁白，仿佛故意要绽放得清冷一些。牧人说狼毒的毒不在其毒本身，而在于它极强的生命力。狼毒有个庞大的根系，吸水能力强，在干旱寒冷的地方，它们会成为温柔的地头蛇，从不让其他植物存活。牲畜迷惑在狼毒丛中，不肯出来，又找不到其他草吃，肚腹渐渐瘪下去，骨骼凸现出来，最终饿死。牧人们躲避狼毒，但不知道狼毒得势其实依靠牧人。有专家说牧人过度放牧使其他草类减少，狼毒便乘虚而入。低调的狼毒原是会钻空子的植物，懂得与人周旋。我以前也学过钻空子，但耐力不够，便放弃。现在我觉得勇往直前比钻空子要踏实得多。

《别录》记载：二月、八月采根，阴干，陈而沉水者良。狼毒再毒，也有柔弱的时候，比不得采药人手中的一把铁锹或者锄头。想象二、八月间，狼毒花尚未绽开或凋落之际，锄头起落的瞬间，绿

金色河谷

色狼毒尸抛山野，凄清又狼藉，仿佛风尘女子香消玉殒的最后一顾，总是惹人同情。小时候见得隔壁老人将浸泡有狼毒薄片的醋烧开，给胃疼的孩子灌几口下去，孩子呕吐一阵，吐出一条虫子来，疼痛即止。那时我觉得老人的眼比狼毒精怪，居然能看见别人肚子里的虫子，而狼毒比虫子厉害，这样推算下去，我觉得世间万物都不可怕，除了我们自己。

那时我们玩狼毒花玩得上瘾。连根拔下大把狼毒花，有时编成绣球，挂在辫子上，有时编成花环，戴在头顶、脖颈上。这样盛装走过原野，仿佛我们已经不是自己，是圣殿上高贵的公主。简单原来是件好事情，我从没见过比我懂事的女子戴狼毒花环。

说狼毒的根可造纸。我想着狼毒的这点精神以后也许无法继续发扬。我现在在电脑上敲字，错了就按删除键，一键下去，不留痕迹，仿佛我在晚间做些损人利己的梦，白天缄口不言。错误多也不在乎，反而成了习惯。铺张白纸倒拘谨，半天抖不下一粒黑字。我其实喜欢伏案挥毫的清寂，笔尖在纸上"沙沙"划过，仿佛在拨弄自己小小的幽怨。但是我嫌麻烦，我想着这是我越来越急躁的缘故。

1997 年冬，母亲肺癌晚期，没有任何药可以扼制住母亲肺部花椰菜似的肿瘤。我们便搜寻偏方，其实是用偏方医治自己不肯承认的软弱。偏方果真无奇不有。说用新鲜狼毒根 1 钱放入 200 毫升水中煮后捞出，再打入鸡蛋 2 枚，煮熟后吃蛋喝汤。高原的隆冬季节冷硬萧瑟，到处是冰雪画出的宋人山水。我们找不到新鲜狼毒，便等待春天早些

狼
毒

到来。三月，当镐头可以破土的时候，我们埋葬了母亲。我于是多了些愤恨。狼毒它不仅懂得乘虚而入，而且懂得矜持，能够自信地与我们较量。这让我对卢梭的一句话起了怀疑："自然界从不撒谎，它不言不语却专门服从人类的权威。"怀疑这句话的时候，我正坐在旷野上，无所事事。高原的旷野如同高原的隆冬，清冷寥廓。我仰着头任穿透青杨的强烈阳光在脸颊烘烤。那时，我不愿意低头看见狼毒花盛开在前面楚楚动人的模样。那样子过于无辜，仿佛它不是狼毒。但是我并没有从一个偏方的牛角里钻出来，也就是我还没有从一株植物给予我的简单耻辱中钻出来。那一刻我突然想钻进狼毒的花或根茎里去，成为一滴白色的浆汁，沿着它的筋脉流动。我想知道这样邪恶又美丽的植物在怎样微笑着看待人类。

荨麻

荨麻其实是个咬人的草，它一出生就有了外号：蜇人草、蝎子草、防盗草、无情草、植物猫、咬人猫。外号存在的前提条件是众人周知，其次是要歪一些。小时候伙伴中浑身冒刺的娃娃头，我们怕他、躲他，但在背后我们又拿外号挤兑他，现在却怀念他。

荨麻沿着阴湿的土墙根生长，不怎么到阳光下去，仿佛一只要伺机跳出来伤人的小兽，在暗处磨着它的爪子，眼神寡毒又无辜。我在青春叛逆期格外羡慕荨麻，你看它铁石心肠、无牵无挂，便是众叛亲离也拿得起放得下，照样在草丛中茁壮生长、肆意蔓延，不像我，想飞，又怕翅膀伤了家的和气。荨麻的叶子看着是温和的心形，叶脉和茎上却全是细不可辨的毛刺。刺中带毒，戳到皮肤上又疼又痒，恨不得过去抽荨麻两个耳光。

但荨麻的本质似乎依旧是问题少年。它天性本善，只是惯于揭露自身顽劣的一面。这跟我们不一样。我们喜欢展示自己花开的模样，有着孔雀的嗜好。荨麻发了威，挨蜇的小孩子哭哭啼啼找家长投诉，抬着胳膊或者翘着屁股，大人们只撸了鼻涕在伤口上抹一把，对付一下。谁都不把荨麻当回事情，它兀自长在墙角，旺盛又碧绿。你甚至可以不把它当作这个庭院的一个成员。有时候它长在这一家，有时候又蔓延到另一家，仿佛墙头上的草，没有家庭观念。

荨
麻

　　爷爷脸色青紫，嘴唇乌黑。我们都知道爷爷将不久于人世。肺心病是高原上的荨麻，有着持续发展的倔强力量。爷爷说想吃荨麻饼，奶奶便慌了手脚。荨麻不像粮食可以囤积。一大丛茂盛的荨麻，晒干研成粉，也只有一小把。而墙角的荨麻，它们刚刚冒了头。奶奶便出门去借。爷爷离开后，奶奶在墙角移植了多株荨麻，等待它们长大。奶奶是急性子，往往要把腊月的账在正月还清。

　　于是我家的荨麻如同野草，它们在墙角大喊大叫，扭动披满尖锐毛刺的叶子，有些张扬的劲道。我在院子里游走，东瞅西瞄都是些墨绿的鬼魅。奶奶说要趁着荨麻的叶子肥厚剪下来，老了没有滋味。戴一双破旧的手套，或者在手掌垫一块硬布，奶奶用老剪刀剪下荨麻的嫩叶，塞到柳筐底部。荨麻的叶子有着强健肌肉的弹性，它们在柳筐中伸胳膊撂腿，动辄四散逃逸。剪回的荨麻叶摊晒在阳光下，毛刺失去筋骨，我于是可以攘起它们，如同攘起夭折的孩童，并嗅到它们体内清洁的气息。

　　我们期待的荨麻饼需要复杂的步骤。奶奶将干透的荨麻叶揉搓成绿色粉末，和些粗糙的青稞面粉，熬熟，拌些葱、姜、蒜，摊在煎好的菜籽油薄饼里，裹了吃，叫"背口袋"。吃"背口袋"是种技术活，技艺差些，薄饼里滚烫的荨麻糊漏出来，沾在衣襟和手上，仿佛一些毛虫的绿色体液，带来恐惧。因此我们常受到大人的教导，要坐端，双手捧着饼子，不能只顾咬饼子，要注意饼子一头是否漏馅，不能一边吃一边玩，要趁热吃，不能将饼子放凉……每每要吃荨麻饼，我们便有了战斗前的兴奋。我们于是也可以压抑住蹦跳的心正襟危坐，如同电影里坐在餐桌前的陌生人，在庄重的祈祷后，捧起上帝赐予的珍贵食物，斯文地享受上帝的甘美。而平时，我们对待食物是多么粗糙。我们把煮熟的土豆装在书包里，一边走路一边吃，我们的身后时常跟着小猪，我们吃一半，它们吃一半。我们还蹲在门槛上扒饭，趴在台阶上喝汤，躺在被窝里啃馍。食物如此重要，以至于我们为此奋斗，我们却又如此稀松平常地对待它们，如同对待我们身边的细微飞尘。但是荨麻不同，它让我们对食物萌生敬重之心。

只是，我们不能天天吃荨麻饼，于是依旧潦草地打发我们简单的饭食，如同我们随便打发我们大段大段的童年时光。而当童年远去，我们又如此怀念那些静谧时光，如同怀念那些碧绿的荨麻。

马缨子

马缨子其实是一种药材，叫防风。说防风，我一下无法联想到马缨子，说马缨子，我一下想到满山满坡的碧绿。

生长在草滩上的马缨子具有一种富态。肥厚的叶子，粗壮的茎，胖墩墩的身子，开出花来如同夏夜的星星，能呛人。生长在灌丛的马缨子和现在的年轻人一样，瘦长，仿佛圆规，原因无非是少了阳光。草滩上的马缨子悠闲自在，就那么四仰八叉地舒服，阳光围绕着它仿佛花痴。殷勤的阳光不仅将叶子晒得油绿正气，还过滤掉叶子里的中药味，拧一把下来，跑到河边洗干净，塞到嘴里，解渴又充饥。而灌丛里的马缨子除了有个营养不良的瘦身材，就剩一股子药味，仿佛久病的人儿才从药罐子里钻出来，蒙着萎黄的皮肤，失了根底，风一过，说吹走就吹走的样子。

马缨子葳蕤在大地上的时候，菜园里的蔬菜还小。小时候，我们的菜园里只生长白菜、萝卜、韭菜、葱，我吃这几样蔬菜长大，外加漫无边际的土豆。我在漫长的冬季只吃腌白菜、青稞面和土豆。但是我并没有长成土豆或者白菜的模样，我依旧有着168cm的个头，穿双高跟鞋就凑足了170cm，这在那个年代长大的女子里不算太矮。现在，我的孩子吃的东西比那个时候我的想象力还丰富，但我总是没办法为此欢欣鼓舞：譬如我在童年吃过一枚桃，那是如同美人之面的天然之

金色河谷

桃，我的孩子现在坐在桃林里，摘一只，一看，嫁接的，摘一只，一看，嫁接的，桃不是桃，杏不是杏。我在小时候吃不到蔬菜，就吃马缨子。其实我吃过的野菜很多，灰灰条、娘娘菜、猪耳朵……都没有马缨子好吃。我们呼朋引伴拿了铲子去挖。草地上的马缨子挖光了，石缝里的拔出来了，后来就钻进灌丛里找。马缨子被一篮一篮地挖来，洗净，放到青稞面擀的面条里，我们端着大碗蹲在幽暗的厨房"呼哧呼哧"地吃。吃着吃着夜就来了，星星来了，月亮蒙起面纱，松林在前面的山洼里叫嚣，鬼魅黑乎乎地站在院墙的角落里，我捧着滚圆的肚子钻进被窝里，梦见自己在村落的上方疯狂地飞。

马缨子开出淡淡的白花，又碎又小。我沿着山路往家走。刚刚下过一场雨，天又晴了，蓝绸子一样绷在高空，路面上坑坑洼洼的积水里全是掉下来的蓝天的影子。我想着如果我朝我脚下的天空迈出一步，就会鸟一般飞下去，天空在我脚底下那么高，我怎么能飞到头。我最好不要找到栖息处，最好一直飞，让日子成为翅膀。在这之前，我去爬一棵树，爬了一尺高就掉下来。我想着我要离开地面，离开地面就离开了刚才女同学给予我的疼痛。她将黑雨伞金属的伞头朝着我的小腿戳过来，那么愤恨，我都忘了是我惹恼了她还是她惹恼了我。现在，我忘了女同学的模样，我甚至不知道她还在不在这个天天变换模样的大地上生活。但我肯定是怀念她的，她瘦瘦小小的，小鼻子，小眼睛，笑起来的样子就仿佛马缨子开出来的小白花。

地耳菜

　　过了三月三，太阳像瓦数逐渐增大的灯泡，一天比一天亮堂。高山之上的积雪终于不好意思继续覆盖，化成水，流下来。河里的水便大了，"哗哗"的，在灌丛旁吵嚷，有了些气势。喜鹊在人家门前的青杨枝上没完没了地叫，仿佛和谁较上了劲。喜鹊原是叫着"喜鹊喜鹊喳喳喳，你们家里来亲家"，但是现在正月早过，土壤如同发了酵一般等着人们将种子埋下去，草芽们顶着大石头旋转，小虫们闷头闷脑地到处乱撞，一切都在急切地等待新世界，亲戚是不来了。

　　早两天刚落过一场小雨。雨是新雨，纤细，没有声音，也没风。雨一根一根地飘下来，荡荡悠悠全是魂儿。雨在钻进灌丛的时候，不见了，仿佛钻进了洞穴。以为就此什么都没了，过两天，这雨又冒出来，换了副装扮，全成一片片厚实黝黑的地耳菜了。先前没雨的时节，地耳菜仿佛一片片捻碎了的枯叶，撒在灌丛的地皮上。人们爱理不理的，好似不存在。现在，地耳菜一下子有了精神，仿佛出人头地一般，个头兀地长高，黑皮肤蒙些橄榄绿，水汪汪的，全是青春的弹性。这个时节走在灌丛里，有了些危险，不小心跌一跤，爬起来一看，脚底下全是湿漉漉大片大片的地耳菜。它们很有些小流氓的味道，躲在暗处龇牙咧嘴地笑。

　　多年后读"采采卷耳，不盈顷筐"，我想起来的，居然是地耳菜。

金色河谷

这让人觉得有点儿不可思议，也许是因为我没见过卷耳的缘故。在我想来，卷耳是多么古典而又浪漫的野菜，它只能生活在《诗经》中，它甚至不能出现在稍后的唐诗宋词中，一如"陟彼高冈，我马玄黄"无法出现在我们的生活中一样。今天，我们的日子充满速度和庞杂，"轰隆隆"仿佛搅拌机里的水泥，怎么可以骑着马儿无休止地怀念。地耳菜与卷耳没有任何联系，我之所以联想到卷耳，另一个原因是，我也曾经提着小柳筐在三月的原野上采摘地耳菜。三月的原野，新鲜得没有故事，没有经验，没有爱情和片断，仿佛大地刚刚形成。我想起那时的自己，一些生命中的美好也刚刚形成。像阳光那样明亮，像流水那样闪烁晶莹的光芒，像星星那样绽放。

母亲将采的地耳洗净，淋些菜籽油，加葱末搅拌成馅，做包子给我们吃。母亲在用地耳菜做馅的时候总是喜欢多加些花椒和姜粉进去，这种麻或者辣的调味品并未减去地耳天然的味道。清贫岁月，菜籽油奇缺，我们一年也就只能吃一两次地耳菜包子。更多时候，地耳菜在田野独自荣枯，我们并不知道它可入药，补中益气，我们也未曾将它记挂。

三十多年后，我在包子馆吃包子，碰着地耳馅的，竟然愣了几分钟。我想着这肯定有假。三十多年后的我自己早已不再新鲜，仿佛挂在房檐上蒙尘的一株旧年草茎，我因此相信这世间的事物都不再新鲜，尽管时代在高速路上日新月异。不相信，这成了一种顽疾，但我并没拿它当疾病看，我拿它做盾牌，抵挡我身边的纷繁事物。因为怀疑，

地耳菜

我吃到的包子自然不如我儿时吃到的地耳菜包子纯正。在我咽下最后
一口地耳菜包子的时候，我想，我还是相信一回为好，毕竟地耳菜的
变化没有我们的变化大。

马蔺

四片蓝紫色的花瓣，薄而柔媚，片片是贵妃醉酒的模样。叶子有着凛冽的外形，修长，仿佛利剑，戳向四野。风裂开，雨击碎。几乎不相信那般柔弱的花儿会配那般凌厉的叶子。仿佛英雄一挥手，从剑鞘里拔出几枚香气腾腾的荷包。

花儿像极了鸢尾。有一段时间，我甚至认为它就是鸢尾。我不希望高原的花儿都带个俗气或者粗粝的名字。我甚至认为拥有美丽的名字将会拥有丰饶美丽的生活。我总是希望有一天高原的戈壁上长出的将不是梭梭，而是蔷薇："朵朵精神叶叶柔，雨晴香拂醉人头。石家锦账依然在，闲倚狂风夜不收。"有一次看见一幅关于鸢尾的油画，倍觉亲切，转而感念画之作者，认为他心存对高原的悲悯。

实际上，马蔺就是马蔺。我用常人的方式想象它名字的原由：生长起来有万马奔腾的气势，或者一簇一簇盛开形同马蹄。它都具备。

在青海方言里，有句俗话这样说：急啥哩，娶亲的还在马蔺滩。想象扎满红花的迎亲人儿站在大路口，等候，又登上一座小山坡等候，风烟净了又浓，浓了又净，手中的麦秸揉成了粉末，就是不见心仪的人。俗语里的马蔺滩是个遥远的地方，这样的地方又时常在眼前出现。在高原，翻过有着青色岩石的连绵群山，会突然出现一片又一片平整的滩地。这些滩地遍布滚落的岩石，缺乏水分，土层单薄，却有大丛大丛马蔺匝地而生。它

马蔺

们在空地的生长一气呵成，没有停顿，没有空隙。它们寂静开花，自生自灭，假如没有山峦阻隔，它们可以绿色云雾一般铺陈开去。滩地有一个大众的名字：马蔺滩。这样蔓延以致无所要求的植物，年复一年地绽放，而我们以其贫贱漠然视之，只以一个笼统的名字定义。

蜗居小小的县城，居然在很长时间内，未能见到真实的马蔺开放，这简直是件不可思议的事情。其实在几步开外的乡间原野，从明媚春季到凉薄之秋，马蔺依旧葳蕤。是我们惯于忽略琐碎生活外的花朵，如同惯于忽略一些宁静细微的事情。"使这些高雅之士对植物不屑一顾，那就是他们那种只会在植物中寻找药品的习惯。"（卢梭）我想着不仅是高雅之士有着这种习惯，是我们很大一部分人有着一种习惯：物当尽其用。这是一种苛责，凌驾于它物之上。我们不容许植物有贫贱真实的幸福，如同我们不承认自己的生活有琐碎贫贱的真实。

想着乡下孩儿们依旧会抽了马蔺修长的叶，让老人们编织小玩意。受惊的小鹿，奔跑的骏马，一会儿工夫就活了，活蹦乱跳。在我的记忆里，爷爷编了一盘水磨，架在清澈的溪水下，绿色磨盘飞快旋转，激起朵朵细碎白花，顺着爷爷的目光望去，我看见马蔺叶子连缀成绿色苍茫，天宇空阔，世间洁净以致再无它物。

马蔺其实是低调的植物，它的根系在地下成为巨大的伞，纵横交错，仿佛一个沉默者庞大的内心。又是忠实的植物，从不厌弃贫瘠土壤。我总觉得这是一种值得我们学习的植物。

波斯菊

　　我一直分不清燕麦苗和小麦苗，因此锄草时通常将小麦拔掉而留下燕麦。这是我一直没学会的事情，因此至今懊恼。小时候，我也分不清芫荽和波斯菊的叶子。母亲在厨房擀面条，嘱咐我去掐些芫荽来下饭。我们吃的面条有汤有水，带菜带面，最让人垂涎的是盛饭之前要用熟菜籽油炝些葱花进去，撒上芫荽。母亲种波斯菊的时候完全忽略了我的认知能力，一畦芫荽，又一畦波斯菊。我哪知道谁是芫荽，谁是波斯菊，况且那个时候我们从来不叫波斯菊的学名，只叫它芫荽梅。这是个亲切的名字，如同隔壁的梅儿、朵儿。于是就近从花园里扯一把下来，洗一洗，剁碎了撒进锅里。吃饭时母亲便念叨，说这芫荽正娇嫩呢，怎么就没了味道。反正我不喜欢芫荽的味道，也不予理会，三口两口扒完了就跑到黄昏的游戏里去。

　　芫荽长到七八寸就老气横秋地开出些白色的碎花来，老了便没了味道，芫荽开始在菜园里荒芜。波斯菊到底是些高挑的姑娘，个子猛长，一直长到超过斑驳的花园墙和我。长个子不说，还开出些五颜六色的花来。深紫、莹白、淡粉，都仰着细长的脖颈，衬着清寒的天。花瓣简单到一笔就可以勾勒清楚，茎秆也清爽，从不生多余的叶子出来。

　　波斯菊是高原上的寻常花朵。人影冷清的寺庙，喧嚣杂乱的小镇

波斯菊

街道，阳光普照的庄廓大院，荒凉寂寥的山间小道，到处都有波斯菊的清影笑靥。或者成丛，或者独枝，不卑不亢，很有些修行后的彻悟模样。有一年在塔尔寺，我无意间听到游客谈论正在盛放的波斯菊，说这花由张大千自波斯带入。我仅知道张大千爱荷花，也画金刚。依稀记得在哪里看过张大千的一幅《大威德佛》，双面明王正与长发披垂的明妃缠绵交合，莲台颜色鲜艳，五骨冠饰、法器、骷髅精密细致。况且波斯根本无法与张大千联系，想着明显是个民间的讹传。但觉得这讹传有意味。波斯、波斯菊、张大千、敦煌工笔……花朵一下子有了涤荡起伏的苍茫，仿佛穿越大漠落日幽幽而来，或者从佛指间悄然滑落，让人无端生些古旧神秘的遐想。

小时候的八月总是阳光和煦，也总是寥寂。午后，大人们都去前山后坡收割青稞，我穿过一村子的阳光和寂静跑到十月花家，架起生铁火盆，就着炭火烤土豆。土豆外皮很快烧焦，仿佛裹了一层黑牛毛编织的氆氇。我俩在木窗子后面正自懊恼，却听得院里"扑通"一声，揭开门帘，只见得一只灰色大狗模样的东西伫立波斯菊丛中，震得身旁花枝乱颤。那日深紫的波斯菊正在浓艳，眼前妖娆衬得那灰色家伙分外醒目。花朵仿佛迷惑了它，它竟在那里不知所措。我们自不理它，以为谁家大狗看错屋檐跳下来。

一年后，十月花家放弃老屋在村后崖下盖了三间土木小屋，院墙还没筑起就搬过去住。那段时间也零星听得一些消息，说野狼进了院子定有灾祸。我便渐渐明白那日我和十月花看见的原是从山里出来寻找吃食的狼，后怕得厉害。又是两三年过去，我们都上了小学，早出晚归都要结伴而行，亲密异于常人。一个夏日早晨，我去拍十月花家的大门，十月花探出头来懊恼地说今儿去不成学校，家里羊群无人照看。傍晚我独自回村，远远见得后山沟里一股浓烟，有人说十月花跑到崖下赶羊，崖土滑落掩埋了十月花，也掩埋了一只羊羔。我放学回家时看见的青烟竟是十月花在这世间最后的身影。

狼进院子带来灾祸的说法自然没有科学依据，想着不过是人对狼的另一种恐惧。或许因为恐惧，有些事情反而在意料之中。狼在波斯菊丛中愣怔的样子倒是无法忘记，至于十月花，那是游弋在回忆中的一朵花，有着无论环境怎样，都能持续开放的力量。2010年在青海牧区，那是一座新修建的高原小镇，两三层的小小楼房翘着红色屋檐，街道清阔，广场更是寂寥。牧区本是不长树木的地方，开一些野花也低矮到让人讶异的程度。此刻正是八月，高原最温暖的时候，气候却寒冷依旧。不见树木的街道居然开着清一色的波斯菊花，单薄，低矮，稀疏，粉白和淡紫。蹲下身，侧目，见花瓣衬着远处雪山，别有一番清寒，便想着波斯菊是些有情义的花。

其实花是无知无觉的，我们用感激和赞赏的眼光去看，花便也有了情义。只是我们很少用这样的眼光去看身边万物。

金盏菊

向日葵是已经说烂了的花朵，和梅兰竹菊一样。为什么一些花一开放就成了历史，另一些花开成化石都留不下名字？除了向日葵，在我熟悉的花朵中，我以为再没有一朵花能如金盏菊那样对阳光着迷。

清晨，母亲掀开松木窗的时候，庭院静寂无声，藏在柏树枝里的麻雀尚未醒来，花园里的虞美人已经绽放大朵深紫浅红，荷包牡丹正将粉色香包包串串挂起，罂粟也已开放，片片如同浓墨重彩的戏剧脸子，唯独金盏菊还衔着花苞，倚着叶子睡意朦胧的懒人模样。母亲起身，打扫庭院，擦拭门窗，给水缸注满清水，生火熬茶。等我们起床梳洗坐下喝茶的时候，阳光开始明明暗暗地洒进花园。通常是晴好天气，阳光一打开就有劲道。阳光一朵朵洒在金盏菊上，仿佛号角，金盏菊开始绽放。这个过程看似缓慢，风平浪静，找不到证据，但是一杯熬茶还没喝完，金盏菊已经整片整片地灿然，原来风起云涌的事情不一定事先大张旗鼓。

高原午后经常大雨。墨云从山尖咕嘟咕嘟升起，滚过中天，大地开始黯淡。一些花草还在东张西望，金盏菊已经抿上花瓣，显出不胜阴霾的娇弱。待到雨过，一阵风将浓云褪尽，金盏菊又重绽笑颜。及至夜幕降临，金盏菊才真正合拢睡去。真是不嫌麻烦的花朵。有一次一天起了四次过雨，我看见金盏菊就想偷笑。

金色河谷

虞美人即便低着头，个子依旧高挑，姿态也妩媚，到底是美人胚子。花园里最矮的金盏菊却有着最长的花季。金盏菊通常开明黄和橘黄两种花朵。花朵密集，连缀成片，蓄积出一种厚实的气势。小的筒状花瓣或者舌形花瓣，也是三十多片相拥而坐，不分你我，在绿的花托上，围着淡黄的花蕊，亲密无间。有时侧目望去，成片的花朵，仿佛黄金的铠甲，披挂在大地的身上，灼目。有时站在高处俯视，又看得见盏盏金杯举起，等待盛满尘世的美酒。便想着怎样的手，怎样的酒，怎样的容颜，配得起这金盏一擎；怎样的人，配得起一饮，并长醉不醒。

这样单薄地一想象，就想起玉碗盛来琥珀光。如果是李白，用一朵金盏菊盛着兰陵的美酒，会怎样说？

早晨上学的崎岖山路上，小辉塞给我一个热气腾腾的包子。包子皮呈现青斑，甜菜根和蔓菁做成的馅，拌菜籽油，花椒放得有些出头，咸麻，但是好吃。小辉看着我两三口吞完，才不好意思地说，这是送给你的礼物。已经无法将这件礼物捧在手上仔细揣摩了，我暗自一阵懊恼，好在手心还有它的余温，舌尖还留着它的咸麻，我于是记住了花椒的味道。

那个时候正对席慕容的诗着迷，虽然年纪青涩，但迷恋的还是那低首敛眉徐徐褪去的哀怨。一本《七里香》翻不够，又裁白纸抄。竖排，边角用钢笔画上一些淡墨的花花草草。"你若是面壁的高僧，我必是殿前的那一炷香，焚烧着，陪伴你过一段静穆的时光"，"亲爱的

金盏菊

朋友啊，难道鸟必要自焚才能成为凤凰，难道青春必要愚昧，爱必得忧伤"。一篇篇下来，竟成厚厚一册，于是装订，写上书名，握在手里，仿佛自己不知名的小忧伤。分别在即，小辉的礼物已经融进我的身体，我必得送些更长久的礼物才显得情谊深重。于是狠狠心拿出手抄的《七里香》，又去园里摘几朵盛开的金盏菊，将花朵夹进书页。那是我第一次给别人送花，也成为最后一次，我总是记得金盏菊压住的那一行诗："如何让你遇见我，在我最美丽的时刻。"

只是，现在想来，我最美丽的时候，我并不知道。或许发呆，或许捕蝶，或许就在采一朵金盏菊的瞬间。而这些并不重要，如同对一些花事的回忆。学校的大花园里常开的也总是平常的几种花：碧桃，丁香，刺玫，芍药，牡丹，金盏菊，大丽菊和波斯菊。平常和简单往往长久，它们将日子一天天往前推，这其间的琐碎，不值一提。课间来来去去，偶尔从窗口看出去，有时是这样几朵，有时是那样一丛，安静开放。望一眼，也不说什么。其实也没有更多的话要说，你看花那样美丽地开着，都不出声，我们还要议论什么？

石葱花

　　这是海拔只有 4300 米左右的山峰。在青藏高原这样的山峰不算高，也不算少。如果要登山，我们通常前一天便出发，夜晚住到山下牧民家，凌晨再登。说山下，在平地看来，其实是半山腰。这些山的山坡总是匍匐开来，拉得展，仿佛宽袍大袖。坡上灌丛，总是花。鞭麻，杜鹃，山刺玫，马蔺……头花杜鹃将一面山坡开成紫色。马蔺成滩，都是大手笔。鞭麻开出白色和黄色两种小花，看上去平淡，其实尊贵。说鞭麻有调节气温的功能，寺院绛红色的鞭麻墙就用鞭麻经过处理砌成，当然，只有一定地位的寺院才有鞭麻墙。这些山，通常一山显四季：山下田野平畴，青杨、云杉和白桦成林；之上灌丛，缀满菌类和野果；再上去，便是高寒草甸；高处，悬崖峭壁，山顶积雪覆盖。山中天气多变，便是八月，气温依旧寒凉。

　　这样的景致，我已经熟悉。我们将房子盖在山下，但有许多事情，要到山上去。雪山之巅也要去，尽管危险。这样日日来去，看到事物虽在变化，却都在四季的更迭之中，突兀的事情很少出现，令人舒适。登山的路通常只有一条。说路，其实也不然。险峻山峰的一侧铺满流沙，上有房子大小的石块，也许是从山尖滚落下来，横亘此处，几十年抑或几百年不变。一侧深渊。攀爬时通常四肢并用。有时高山反应早早出现。我们已有经验，揪来石葱花两三枚，嚼下，过一会儿，高

石葱花

山反应便消散。

我们叫它石葱花。名字平实却形象。这小植物挤在岩石缝里，开出黄色和白色两种小花。花也就是葱花的模样，叶子却不中空，扁平，倒有韭叶的样子。因为海拔高，石葱瘦瘦小小，五寸来高，花也灵巧。我一直不知道它的学名叫什么。有人说野葱。我去查野葱的照片来看，却是我们叫臭韭菜的，开出点蓝紫色的小碎花，长在海拔低的山坡上，羊群和牛群经过，避而不吃。要知道，高山上的植物，种类少，花小，但芬芳，很少有花像川芎药那样发出一阵子怪味，除了臭韭菜。臭韭菜的花居然有人掐来当葱花吃，让我这个在高山脚下长大的人唏嘘。

我们揪石葱花来炝饭。八月的山上，夏季风依旧清冷，但裹着药香。阳光泼在青色岩石上，它的色彩和温度都被岩石吸收。虫子绝迹，牛羊都在山下。寂静像远处的山头，连绵又层叠，没有穷尽。我们低头寻找，石葱花在哪里绽放，没有预示。慢慢走，花总会不期然地出现，像注定的事情。叶子可以揪来嚼一口，葱的味道，但是缺少水分。高山上的水分，流失严重，溪水在谷底。任务简单，就是将葱花揪下，装进布口袋。一整天的时间，走走停停，也能翻越两三面山坡。累了，躺在岩石上，看天上的云。云总是安静的。秃鹫不会出现在雪山之上的天空。这一种高度，事物的存在过于精简，因而醒目。高旷天空，偶尔白云，密植的山尖和积雪，风没有形迹，但有劲道。山尖之上的风尤其凌厉。饿了，自然是干粮。泉水我们并不喝，岩缝里出来的东西，太冰冷。人在行走，通体都是热的。一热一冷，便要阴出病来。

这样的感冒，我们的办法是将十指扎住，用针在指头刺出血来。山中多雨，如果逢着牧人的毡房，可以一避。有时就钻进幽暗的岩洞里去，伸长颈子，等雨过去。

在这样的时光里，我像任何一只没有翅膀的虫子，披着阳光和云影，将有用的东西采摘，并为此不知疲惫地游弋。如此将夏季度过去，想一想，又有什么关系。在时间里，我们和一只虫子没有区别。

香草

　　香草长在岩缝里，总是稀少，有时走很远的路，也无法遇到。又不能确定，香草有隐士的意蕴。高山之上的岩缝里偶尔会探出一两枝小叶子，那是什么植物，我不清楚。查资料，总是查不出，这让我怀疑资料只是给有名字的事物做登记。有时，又在叶子上开出些蓝色的小花。石头上怎么会长出植物来，这不奇怪。山里的牧人说，秃鹫吃饱了，飞不起来，就从高坡上往下跑，一边跑一边扇动翅膀，然后就会飞起来。科学的解释是，滑翔。在山里，常识说不清的事情总是很多。

　　香草没有美人姿态。香草像枯去的一些褐色头发，短短的，毛毛糙糙，并且开叉。不知道的人肯定不会理它。错过一件事物，并非不经意。《楚辞》不会错过，《楚辞》里的香草美人也不会错过，因为总有说法。高山上的香草不一样，没有人予以赞扬，它只是草。但是香草有奇香，这是真正的香草，牧民这样叫，山下的农人也这样叫，这与屈原没关系。

　　攀着岩壁，在山坡上穿梭，碰见黑毛虫。山上的东西，叫它什么，它就是什么。黑毛虫仿佛关羽的半截眉毛，优雅地蜷在那里，一副春秋浑不知的模样。走过去戳一下，它换个姿势，继续慵懒。也遇见雪莲。雪莲从冰雪边缘的石缝中钻出来，小到三四寸高，褐色短茎，绿色叶子之上是淡黄色苞片，花没有开放。雪莲是三五年才开花的植物，

金色河谷

如此矜持，轻易见不到。有时碰见名叫独一味的植物，匍匐在岩壁上，极小，开出点深紫的花朵。高山上的植物开出花来颜色总是鲜艳，因为紫外线的缘故，但都袖珍。蝴蝶也一样。山里的蝴蝶小得像蜜蜂，却有着宝蓝的衣衫。这样走着，一抬头，偶然看见头顶岩石缝里的香草，稀稀拉拉的一小撮，像谁被火燎过的胡须。

摸门道就是这样简单，所谓"蓦然回首，那人却在灯火阑珊处"，其实全是抬头看山、低头见水的简单道理。香草就在那里，是我有局限，小植物原来不一定在低处。有人说，低一点儿，再低一点儿。这一种愿望，我想它总难实现。站在冷风中，仰着脖颈看一株香草，阳光从岩壁滑下来，厚薄不匀，像一些长势参差的枯草。香草躲在阴影中，身份不明。

端午节，山下的孩子们仍旧要戴着荷包玩。丝线，彩色绸布，棉花，香草。荷包大多是石榴的样子，也有做成鼻烟壶、苹果或者其他形状，这要看女子有没有好奇心。其实年轻女子已经不做针线活，都是老人在忙活。端午节总是烟雨，罩着青杨林。李白说"平林漠漠烟如织"，我总觉着这林便是青杨林。山脚下的青杨叶子宽大，又墨绿，绵延起来，行行重行行。青杨的枝子挂在人家檐下，也有几束薪艾，插在门楣上。孩子们戴着荷包，拿着锅碗瓢盆去野炊。在这之前，先要去登山。年轻人都登到山上去，然后沿着山脊走一走。出门前老人常叮咛，不要让小孩子戴着荷包到山里去，怕引来毒虫叮咬。说是说，人们都不在乎。高原上，又在高山上，虫子少

香
草

得可怜，哪里又有毒虫呢。

　　我自然过了戴荷包的年龄，便将摘来的香草卷在包里，进进出出地背，感觉不一样。一身的香，仿佛峨冠博带的高士，行吟泽畔。

瓦蓝青稞

与小麦比较，青稞的一生更显得松散，没有章法，虽然它们同属于大麦类。这如同我和哥哥一样。我们同样在高寒缺氧的环境里长大，就是不一样。哥哥长得细皮嫩肉，肤色白净，秀气得仿佛刚从南方的水湄处过来；我则肤色暗黄，粗糙，大大咧咧，显然从北方炕头跌落。小麦从钻出土壤的那一刻就显现着它严谨、自律、内敛却又要强的品质。它的叶片、麦芒、秸秆，以及它有着柔韧筋骨的面粉，时常显得庄重自持、美好无瑕，便是麦田，也具有诗意的光芒。但青稞不同。青稞的格调如同它所生长的环境：高寒、清阔、寂寥，它更接近简单与清贫、素朴与稚拙。我所熟知的白青稞，它出土时的叶片带着病态的萎黄，长大后又宽又厚，有着村女脚板的质感；它的秸秆倒在伏天的暴雨中，任凭水流在身体上肆虐，无知无觉；它的麦芒长过穗头，四散纷披，依旧可以把它想象成不加修饰的毛糙乱发；穗头上排列的四纵或者六纵籽粒之间，留有空阔间隙，这给鸟雀啄食带来方便；而青稞面粉，天生不具备筋骨，存在粗糙寡淡的口感。小时候揉青稞面擀面条是件恼火的事情。青稞面不认凉水，烫水勉强可以和匀，但在擀面杖下无法成为圆形，往往碎成破旧花瓣的模样，惹人生气。于是不用刀切，直接把擀薄的青稞面片随意撕进锅中，叫"破布衫"。"破布衫"现在成了一道青海风味小吃，有时候我在街头看见破旧的故意

瓦蓝青稞

露出膝头的牛仔裤，就会想起它：腊肉切丁，加葱姜在菜籽油中爆出火色，注入沸水，用手指撕进大小不一的青稞面片，煮熟，加入菠菜，出锅。它的调料极其简单，一把青盐。

　　青稞成为我童年生活的具体内容。戴着黑"滚头"毡帽的爷爷驾着他的大轱辘马车"吱吱扭扭"地走在旷野中，车上是用牛皮绳扎起来的庞大沉重的青稞捆子，箍着蓝头巾的奶奶坐在青稞捆子的顶部，危而高悬。他们的身边是尚未醒来的深秋大地，黑灰，天边朦胧，那是即将到来的黎明。一束碧绿的亮光跟随他们，跨过塄坎，穿过溪流……有时车子停下，那束绿光便也停下，车子行驶，绿光再次追随，始终保持一定距离。奶奶坐在车上哆嗦，但不敢告诉爷爷，说我们的身后跟着一只看不出毛色也看不出凶残的狼。这是我最早听到的故事。我稍大之后，春天的时候，会掺和到大人中间忙碌在田间地头，看一把把拌着家肥的青稞种撒进新翻的黝黑土壤中，会嗅到浓重的猪、牛、羊粪和化肥混和的气味，跟着犁尖来回行走，我甚至以为那就是种子的气味，或者是春天的气味。那时，我偶尔想象青稞种子在地下黑暗中的模样，失去方向，也没有他人谆谆教诲，独自摸索，依靠自己的力量寻找光明和温暖。那时我开始相信种子的神奇异于我们。端午节前后锄草，拿把小铲子蹲在青稞地里，铲出灰灰条、娘娘菜和铲铲草，把这些野菜带回家，焯去土壤的腥味，依旧是饭桌上葱绿的可口饭食。在青稞地中长久蹲伏后起身，会有短暂的眩晕自腹中升腾而

金色河谷

起，并于眩晕中看见素净的蓝天，看见祁连山的冰雪和山腰的云杉，看见孤绝盘旋的鹰，看见土黄庄廓内丢失色彩的经幡，看见明亮水流和浓密青杨，也看见大片匍匐的青稞田，它们在高原清凉的阳光下旋转，渺远却又逼近。八月收割，我在阳光烘烤的中午穿过河滩给母亲送去简单饭食：两三个青稞面烙的饼子，一暖瓶加盐的茯茶。母亲坐在地头喝茶，面色通红，散乱的头发沾满细碎麦芒。我在参差的青稞茬地上拔薄荷和荆芥，它们和烧红的土块、葱根以及老姜熬成热汤，是治疗风热感冒的良药。草药发散出略带辛辣的浓烈芬芳，偶尔回头，我看见成排的青稞捆子，戴着它们破旧的大草帽，成为孩子的模样，站立的姿势随意又亲密，而山坡正显露出颗粒落尽的空阔与辽远。农历十一月，寒冷琐碎的月份，路面冻结的，依旧是前一个季节留下的车辙印迹，它们凹凸不平，覆盖濡染尘色的薄雪。母亲在黎明的微光中起身，走出院门，到门外场院摊场。我记挂劳累的母亲，偷偷起身，去场院帮母亲打下手。秋天的青稞捆子，并不能及时打碾，需要集中起来运回。现在要把它们一个个解开抖匀，摊在场上，驾起牛马，用沉重的大碌碡反复碾压。戴着薄薄的脏棉线手套，我的手指和耳朵在疼痛中逐渐麻木，黎明的寒冷如同冰碴，头顶依旧是昨夜清冽星辰。如果我不去学校，我还可以接过母亲手中的缰绳，赶着一对黄牛碾场。碌碡滚过厚厚的青稞秸秆，发出持续不断的"吱扭"声，揭起一层秸秆，会看见脱粒的青稞平铺在硬实的地面上，并无损伤，仿佛一些裸露而又无辜的幼小孩子，而温顺的黄牛拖着大碌碡，顺时针一圈又一

瓦蓝青稞

圈，我并不知晓这沉闷的周而复始是黄牛的命运，当然我也不会思索母亲的一生将如同这沉默的老牛。打碾的程序细密繁多，摊场、起场、掠草、扬青稞、背草、装仓。凌厉的麦芒戳红肌肤，晚间回家，要在煤油灯下拣去窜进内衣的芒尖。而农闲时候晒青稞需要耐心，选择阳光灿烂的日子，将潮湿的青稞摊晒在院中台地的大塑料布上，人光脚趴在青稞上，一撮一撮翻拣其中的碎石、泥块和老鼠屎粒。一天下来，持续俯向青稞的面庞肿胀疼痛，眼球充血。如果跟随母亲去磨青稞，我便会进入一个逼仄昏暗的摇荡空间：四根牛皮绳吊起的石磨的阳扇上散发出的微光是磨房醒目的光源，它悬在磨房中央，与阴扇严丝合缝。我看见磨缝里流出的面粉，丢失向下的重心。它们轻舞，落满屋顶粗壮的梁柱，原木拼就的板壁，磨去色彩的地板，低头箩面的母亲，到达磨房门口，那里放置的木槽里正有过于干燥的青稞等待再度潮湿。无处不在的面粉颗粒在悬浮、碰撞，仿佛日光照耀下的尘埃……童年的青稞，有时是故事，有时是伙伴，有时是玩具，有时——它使我看到母亲在大地上从早到晚的艰辛，以及与大地一样的沉默，仿佛母亲自身就是一粒微茫的青稞，来自大地深处。而我在青稞的光芒中，在青藏高原冷硬的风中逐渐裹上成长的色彩。

西藏的古老传说中，人是一只神猴与罗刹女的后代。观音菩萨为了哺育这些后代，从须弥山的岩缝间取出第一粒青稞和其他粮食种子，在雪域广为播种，小猴们吃了谷物后，毛和尾巴渐渐缩短，学会讲话，变成了人。奇异的传说带着朴素的进化论思想，青稞在故事中有着神性的光芒。但是青稞并不因此获得过高的尊崇，它依旧是用来温暖我们肠胃的边缘食物。农历七月，绿色的青稞籽粒刚刚饱满，我们折下它青涩的穗头，放在大铁锅里煮熟，凉冷后搓下籽粒，用簸箕簸去麦芒，装进小石磨中一阵"吱吱呀呀"，便可以得到青黄不接时刻的美食：麦梭。拌些葱蒜和芫荽，调些菜籽油，盛在大碗中，可以用指头抓着吃，也可以和刚刚成熟的洋芋熬在一起，成为粥，带着浓郁气息。有时，我们直接揪下青稞穗头，用手掌揉出籽粒，吹去麦芒和外皮，咀嚼，这样零打碎敲的吃法总是发生在别人家的地头，带着盗窃的恐惧，显得贼眉鼠眼。黑铁锅炒熟的青稞，微黄，肚腹裂开细微的口子。我们装在口袋里，捏一粒出来，它们在唇齿间发出清脆的碎裂之声，那是我们美好的童年零食。青稞炒面做成的糌粑，我更喜欢用烧热的菜籽油替代酥油，加入白糖。这样的糌粑更多地带着农业的气息。如果是夏天，老人们会闷出一盆甜醅，将青稞去皮洗净，入铁锅煮熟，沥出晾冷，加入甜醅曲拌匀，装进坛中密封。老人会将坛放在温暖的热炕角落，盖上棉被，发酵，过几天便可开坛食用。甜醅清心提神，壮身暖胃。我喜欢沥尽甜醅颗粒的汁液，醇香、甘甜，如果加入几勺白糖，便是童年唯一可以喝到的珍贵饮料。相对于白面，被我们称作黑面的青稞面是那么卑微、贫贱。我们用粗糙、松散、黝黑的青稞面蒸"油花"，烙三角干粮，散"拌汤"，擀面条。不论怎样变换手法，入口的黑面总有着贫贱植物的苦涩与干硬，而我们盼望着的，是绵软、细腻而有着美好口感的白面，以及由它揪出的面片、烙出的饼。我第

瓦蓝青稞

一次看到青稞的宝贵，来自那时经常可以见到的货郎。甘肃永登天祝一带的货郎，挑着他的针头线脑，摇着拨浪鼓，向西走过大通河的吊桥，爬过十二盘坡，翻过时常云雾弥漫的黄垭壑，便会换到我们村子的鸡蛋、大姑娘的头发或者猪鬃。他们更类似于一种流浪者，天在哪里黑就在哪里睡，肚子在哪里饿就在哪里讨要。我从家里拿出几块青稞面干粮，送给蹲在门口青杨树下的货郎，他从自家纺织的黑粗布衣袖中伸出手来，弓下明显僵硬的腰背，我记得他黝黑如同煤炭的手，青筋暴绽，长指甲乌黑，他的肤色已经与褐土成为一色。我同时看到地面上的他的双脚，破旧的"解放"鞋布满泥点并失去形状。他接过青稞面饼子的姿势如同接过一块足以改变命运的金子，然后大口吞咽，带着极其欣慰的神情。1980 年，我吃到一种金包砖的花卷，将和好的青稞面和小麦面分层卷起来，白面包住黑面，这是我最后吃到的青稞面。如同展开一幅水墨画卷，我揭下并吞食掉外层的白面花卷，留下的青稞面花卷重又卷起来，如同卷起一团小小的虚荣，放回书包。其实，那时的青稞已经是名叫"白浪散"的白青稞，接近于小麦的色彩，口感稍稍绵软。真正的黑青稞，那时已难见到。

我熟悉青稞地，如同我熟悉它们发散的幽微蓝光。夏季，从闪烁耀眼白光的村庄出发，穿过灌丛密布的河谷，便会进入青涩旺盛的青稞田地。遍布车前子、蒲公英的田埂在纷披的青稞叶子中难以寻找。低下身，可以看见无数带着透明骨节的青稞茎秆纵横林立。折一截中空圆润的茎秆，将一头捏扁，咬在嘴里，便会吹出低沉的"呜呜"之

金色河谷

声。如果干渴，嚼一截嫩茎，唇齿间是类似甘草的香甜。黝黑、松软的泥土之上，密布的茎秆之间，黑色甲虫机敏爬行，偶尔有蚯蚓和蟾蜍，它们都不曾长大。当初青稞种的撒播依旧接近原始，不像小麦那样可以用播种机，因此青稞茎秆的林立更加杂乱，野草恣意生长。颜色萎黄的燕麦，开出紫色花朵的野豆豌，墨绿薄荷，叶子泛红的荆芥，它们缠绕牵连，发散馥郁浓厚的草药气息。钻出田埂，我会看到青稞生长的家园，如此辽阔：高远的天空濡染深蓝，云朵低垂，阳光给它们绣上金边。嗓音嘹亮的云雀，它起飞降落的身形如同音符跳荡。覆盖云杉和白桦的山坡背阴处，便是白天也有潇潇松涛，我了解那云杉底下的细碎部位，蚂蚁爬行的蘑菇，枯草，宿茎，开白花的野草莓。夏季也清凉的山风、河水，它们一起奔跑。当然还有牛羊、经幡。那些攀爬在青色崖壁中的白色山羊，有人说它们到了南方，以狗肉的身份挂在饭店。虫声鸣叫，优雅又狂放。无数青稞的麦芒同时撒开，如同清晨阳光扯出的万道光芒，灼射，激越。我于麦芒间放眼，看见迅速庞大的青稞穗头，遮去远山峰顶的白雪，那是我一年四季都可以仰望的白色花朵。

"青稞，大麦的一种，粒大，皮薄。主要产在西藏、青海等地，可做糌粑，又可酿酒。"（《现代汉语词典》）在彤云密布、寒风刺骨的大腊之月，村庄酩馏酒的酿制作坊越发显得矮小而浓香：木柴燃起的烈焰不断舔舐泥灶上的大黑铁锅，密封的锅内是肚腹裂开的白皙青稞，在这之前，青稞碾去外衣，加中草药煮熟（那些草药的名字，无人透

瓦蓝青稞

露），拌酒曲，发酵。云杉木做成的厚重锅盖留有小孔，这终究是个含有物理原理的作坊，细长的金属管子从小孔接向肥硕水缸。青绿色釉面的水缸内有夹层，盛满冰块或者凉水。文火之下，铁锅内无数饱满柔嫩的青稞籽粒释放出混合着草药的芬芳，它们最终以激越的气流形式喷涌而出，通过管子，进入水缸，冷却成蒸馏水。木瓢舀出的第一勺酩馏酒总要敬给酒仙，然后是天地。有些急性子的男人提着塑料桶等在大缸旁边，他们思谋的，依旧是正月的一个午后，檐外飞雪，室内炉火，一圈人坐在火炕上，围了绘着赵延求寿图案的炕桌，六只小酒盅摆开，酒壶烫暖，"点状元"、"哥俩好"、"三六顺"、"四季发财"、"五子登科"、"六六连喜"、"七星高照"、"八仙过海"、"九九归一"、"十满堂"……猜拳，带着吉祥的数字，手指间的博弈，男人之间的对垒与决战，以及女人式的鸡零狗碎，一齐聚到绵软、香甜以及微醺中来。"黑青稞熬下的威远酒，甭待盅盅儿浅下；八洞神仙醉哈子扎，把肝花五脏放下"，黑青稞熬出的酩馏酒，呈现的依旧是浓烈粗犷的高原气息。

当年年轻的父亲骑自行车回家，山路上遇到拉酒回来的邻居，晶莹的青稞酒装在曾经灌过汽油的大铁筒内。牛车颠簸，前行的速度缓慢悠然。父亲从路边折些茎秆中空的植物，插入酒缸，一边吸酒，一边和邻居走路。十公里山路，蜿蜒曲折，父亲到家时早已面色酡然，步履蹒跚。年老后的父亲颐养天年，再不敢痛快淋漓地喝青稞酒，只琢磨着自己用药泡制青稞酒，然后每日喝下浅浅两盅：人参、黄芪、

金色河谷

冬虫夏草、何首乌、枸杞、藏红花、雪莲……这些灵异草木的清芬，以及精髓，如同一些慰藉人心的思想，使得重病之后的父亲逐年康健，精神矍铄。今日，我所在的小镇有着麻雀也能喝三两青稞酒的名声，又称"浪漫酒都"，这里的诗人不出名，但是诗胆纵横：每家每户从酒厂引根酒管子，安个龙头，装只水表，喝酒时水龙头"哗哗"一响，年终按表结算。这使得我也与青稞酒打些不大不小的交道。我在少年时期和母亲闲坐庭院，冬日苍黄，漫长时日无可调剂，母亲拿出一铝壶青稞酒，是我们小镇生产的"开坛十里游人醉，驮酒千里一路香"的"互助"牌大曲，酒精度在 65 度左右。母亲喝下一盅，看我好奇，递一盅让我品尝。我并没有喝出香醇，只觉得这清凉液体辛辣，咽下去如同吞下一束灼烈火焰，炙烤肠胃。母亲并不嗜酒，趁着阳光尚暖再次到场院忙碌，我却在母亲离开那刻失去记忆。醒来，我看见母亲的微笑，在空阔清寂的院落，在夕阳金色的余辉中，静静开放。我在第一盅青稞酒的诱惑下，喝下铝壶中剩余的酒水，然后睡去。母亲看着翻倒的酒壶并没有责骂，只是微笑。宽容、疼爱的母亲，对一个没有自制力并且好奇的孩子感觉醉酒并不羞耻。只是酒精对我的刺激并没有完全散去，我和母亲坐在院中青石台阶上，不说话。短暂的失忆让我觉得冬日如同刚刚诞生，如此活力四射，带着寒冷的清洁，显示它无法描摹的微小细节。目光越过院墙顶部的衰草，可以看见村前逶迤的低矮山脉，那里有大片云杉、白桦、刺柏，以及灌丛，它们在这个季节之前葱茏繁茂。清阔的天空，蒙着烟熏色的房檐椽条、花园里

瓦蓝青稞

的樱桃树、墙顶翠菊萎去的茎叶、阳光、云影、母亲微笑的眼睛……
那一刻，我仿佛第一次看见这些久已存在的事物，接近它们，看见它
们沉静细微的富饶内部。我还看见它们的真实可触，如同它们是我身
体的一个具体部分。是，多年后，我想起那个伴着酒精感触到的冬日，
它依旧存在的温度，如同柔软的手指，传递出那些青稞一样渺小事物
给予心灵的安宁。

从果子身边走过

高原山野，野草莓最先成熟。向阳地方，植被相对矮小，水分大部分被蒸发，温暖、干燥。野草莓可以长到成人拇指大小。鲜红，又酸又甜，挑在草叶外面，背着阳光的沟壑和丛林深处，野草纷披，葳蕤，光线阴暗，地气潮湿。掠起一撮修长草叶，低头侧目，可见一地密密匝匝的草莓。是见过的最小的果子。黄豆大小。浅绿、奶白、淡红。从生涩到成熟，仿佛一群群嬉戏的女孩子。

从根部掐下来。草莓的细长茎翘在手掌中。扯来草叶，扎起，盈盈一握。草莓红如花朵，小心擎起。跳动的火焰。总不忍吞掉最大最红的一颗。握着，握着。它们成为汁液。鲜红的、夹杂绿色小籽的汁液，染红手心，染红衣兜。被珍藏的时光磨碎，要比自己吞掉快乐。长大后的某一天，突然回忆：赠人草莓，手留余香。

阳光新鲜。凉风习习。农历七八月，季节一个比一个成熟。大黄、柴胡、白芨、党参……这些药材的肢体不断发散浓烈药香。天空湛蓝。一天比一天远去。鹰的影子静止不动，倏忽远逝。熟悉又叫不出名的鸟声在半空溅开。河水汤汤。空阔、辽远、寂静。山野一如当初。

山之阳坡。白桦林。松林。灌木丛。小块田间的阡陌。隐藏甲虫、蟋蟀、黑色毛虫、蟾蜍，隐藏布谷、斑鸠、啄木鸟，隐藏蜜蜂（蚕豆大的身子，牦牛大的声音）、蝴蝶、蝇子。杂花生树一样的斑斓季节，各种山果在野草莓红了之后一一亮相。

沙棘，豌豆一样大的果实，橘黄。小果子堆积起来，繁密，没有空隙。原先细的枝条，会一下子粗壮起来，弯下去，再弯下去。看看那一嘟噜又一嘟噜的可爱，涎水会在舌间汪洋。而整个沙棘林也在瞬间绚丽起来，一片一片的黄，仿佛溅开来的碎太阳。棘爪柳橘黄，多汁，酸。捣碎，可以存储在玻璃瓶里，拌些白糖，腌制，成为冬季止咳的糖浆。乌黑的檀春，小巧，皮薄，汁液黑红，吃没吃都留下黑色印记。尖嘴的山玫瑰披满白色绒毛，细密，无法剔除，只能和果肉一同咀嚼。野莓子结出的果实仿佛皮肤上烫出的亮泡。牛筋条的红色小果晶莹剔透，吃四五粒之后就会中毒而头晕、呕吐……更多山果，站起来，一一报到，却叫不出它们的学名来。

小名，只有故乡知道的小名。山果是孩子。眨着大眼睛。纯净。怀揣简单梦想。乖巧，又伶俐。

在牧区，见到藏族姑娘，红脸蛋，佩戴璀璨头饰。贝壳、珊瑚、玛瑙、绿松石、青金石。大红，大绿。光彩夺目。一瞬间的恍惚。仿佛看见山果，正穿透草丛，冒出来。

父亲说，他在年幼时期，第一次见到滚圆硕大的西瓜，远远地躲开。因为切开的西瓜有着鲜红的内脏，滴着汁液，粘着密密匝匝的黑色虫子（瓜子多么像小小的黑色甲虫）。仿佛一个刚刚死去的小兽，它的肚腹被剖开，冒出浓稠腥气。另一个胆大的孩子趁人不备，钻进幽

金色河谷

暗厨房，爬上砧板，将小小脑袋朝西瓜塞去。

"我站在门外的阳光里，隔着飞舞的粉尘，看他疯狂地把大半个西瓜的瓤一口气吞进肚里去，最后只剩下一个西瓜壳，蒙在他脸上，仿佛一个绘着图案的绿色面具。"父亲说。

2008 年 6 月，在青海乐都瞿昙寺，我看见一面高架的人皮鼓。深重的岁月绷紧鼓面，人皮早已成为土壤的颜色，看不到任何曾经的纹路，血液和水分的润泽也早已散尽，但它在阳光下依然张着呐喊的口。在寂静空落的人皮鼓前，我突然想起父亲童年的那个西瓜面具。

我年幼的时候，曾经跑漫长又崎岖的山路去赶一个花儿会。高原上的花儿会其实是个小小的物资交流会。杂乱热闹，挤满便宜的小物件和兴奋的人。许多外来的事物，耍杂技的小猴、唱秦腔的男子、五花八门的小吃食、喇叭裤、高跟鞋、塑料用具，新鲜又陌生，让小小的心充满莫名的怅惘。回去的路上，我看见一只又一只饱满鲜红的西红柿（那个时候，我并不知道它们就叫西红柿）被人摔碎在路上（我想着那些诱人的又红又大的西红柿，咬一口下去，该是怎样香甜可口）。但我看见许多孩子一口咬下去，随即又吐出来："仿佛污水的味道。"西红柿的水果外表和蔬菜口感让孩子们感觉上当受骗。西红柿于是被掼碎在白花花的土路上。那个时候夕阳衔山，金光弥漫。一枚，隔几步，再一枚，色泽鲜红的西红柿，露出无辜的新鲜内脏，仿佛夭折的婴孩。我伸手进去，我的布包里也藏着这样一些西红柿，我摸着它们的饱满和细腻，仿佛摸着自己的无知和羞涩，我终于没有在人前

从果子身边走过

拿出它们咬一口。

端午节，我们将海棠果和青苹果用线拴起来，系在衣服扣子上，挂到胸前。一直不肯咬一口。我们去登山，并沿着山脉走村串寨。刚刚缝制的的确良衣裳，包着香草的荷包，因为揣着煮鸡蛋而鼓起衣兜，端午节总是飘着细雨，烟雾一般罩着山头。我们在雨雾中行进，但我们将心思埋在衣襟上的果子中，相互攀比，不动声色。果子由小贩从山外捎进来，用鸡蛋交换，往往是一枚鸡蛋可以换三四个小果子。高原上的果树只负责开花长叶子，几乎不结果。换来的海棠抹着些红晕，苹果酸涩，梨裹着硬皮，轻易咬不破。我们吊着这些珍宝，跑来跑去，大声招呼，炫耀。我们始终不忍咬下去。只在无人的角落，低下头，捧起它们，如同捧起我们青涩的年少，深嗅它们散发的幽香。

2006年暑期，吐鲁番的葡萄沟，灼人的高温下，忙着买葡萄。吐鲁番的葡萄种类繁多，记住一个名字，便与另一个名字混淆。葡萄聚集在那里，争相显示出自己的优秀品质。皮薄，汁多，个大，深红浅绿，颜色繁杂，让人目不暇接。从一处葡萄架挪步到另一处葡萄架下，总觉得买得还不多，拿回去不够馈赠亲朋好友，直到塞满整个旅行包。然后带着它们，向北穿越古尔班通古特沙漠，去喀纳斯看湖怪。那时一直是高温天气。旅行车的空调又在路途中坏掉，车厢如同蒸笼。我担心葡萄焐出毛病，时时打开包，拆开塑料封条，用手作扇，希望给它们一缕凉风。

金色河谷

布尔津县城，哈萨克帐篷，图瓦人村落，石河子，克拉玛伊，转一圈，再回到乌鲁木齐，整个北疆，我和包里的葡萄一起行走，始终不离不弃。它们在我的肩上，懵懂，无知无觉。夜晚，将它们晾在旅馆的窗户上，搅动它们，给它们更多凉爽空气。有时会想，只有我才如此笨拙地背着它们，不懂得邮寄。"我揣着它们，终于把自己也揣成一粒饱满的葡萄。"有一次我回忆它们，这样诗意地调侃自己。

很多时日，我都觉得一个人就是一枚葡萄一样的浆果，只是类型不同。词典中解释浆果，说：浆果是肉果中的一类，果皮的三层区分不明显，果皮外面的几层细胞为薄壁细胞，其余部分均为肉质，多汁，内含种子。瓜是一种类型的浆果。柑橘是另一类型的浆果，外果皮革质。

我因此不敢碰触别人的内心，如同我在北疆的路上舍不得邮寄葡萄，怕陌生人碰触它们娇嫩的肌肤。有时偶尔接触，也只作适时停顿。怕就怕触破别人外在的薄壁细胞，探看到他多汁、隐含秘密的内里。即便遇到处世坚硬的人，也小心翼翼，想着他是外果皮革质的那一类型的浆果。

而于我自己，期望一种内心充溢，如同浆果饱满芬芳，也如浆果于寂静中孕育籽粒。这是个缓慢的过程，需要耐心对待。

1998年，母亲病重，住在医院。知道无望，静静等待已经被死神邀请的一天。人的无能为力在那时候显现得无比坚定。生命来去自如，任凭谁的手都无法攥住。夜晚独自走出医院，在街上找寻小吃食。县城的街灯昏黄，人影寥落，夜气清冷，并且夹杂远处油坊散逸出的菜油和近处酒作坊里青稞酒的异香。碰到卖水柿子的小三轮车。想着母亲是爱甜食的，便走过去。夜晚的昏暗灯光给予柿子陈旧的外在色彩。它们堆积在小车厢里，蒙着沉沉的土黄色，带着憔悴不堪的神情，仿佛一个个奔波在尘埃中的面庞。挑来拣去，总不知道该买哪几枚。摊主终于不耐烦，说，这些都是好柿子，不必挑。只得随便捏了几枚，往回走。幽暗小街上，一直对自己解释说，我想买最好的柿子给母亲，最好的，甘甜醇厚，如同我们的爱。

那个时候，我已经觉察到某种欠缺，于母亲。青春是件迷惑人的事情，它让我们忙乱、猜想、苦涩，它甚至让我们忽略身边的亲人，以为他们将永久存在，并不会突然消失不见。母亲肺部的肿瘤如同花椰菜邪恶地生长，这是个隐秘的过程，被我们疏忽。当我感觉到它冒出的嘶嘶冷气就要夺去母亲体内的温度时，一切已晚。我坐在母亲的病床旁剥柿子，那个早晨，医生将大号针管戳进母亲的背部，抽去整整一脸盆黄色胸腔积液。那些积液散发出药物的气息，现在还在房间停留。母亲已经吃不下多少东西，有时呕吐出完整的药丸。我剥去塑料一样的柿子皮，柿子像一堆没有骨头的肉体，瘫在我手里。母亲始终没能吃一口下去。多年后我回忆起母亲的一生，以及我所熟识的许多离开这个世间的人，我想到一个词：赤裸。我们在这个世界上不会拥有任何东西，大地是大地的，春草是春草的，我们如同那枚剥了皮的柿子，柔软而赤裸，我们仅仅是我们自己，需要相互依靠。

金色河谷

有一种果子，反复出现在梦境之中。说梨不是梨，说苹果不是苹果，说桃不是桃。在梦里，它挂在孤单的树枝上，蒙着油绿的色泽，坚硬果皮，偶尔带些褐色麻斑。始终静止。口感并不好，有种怪味，总是啃不完。其实在梦里也没有仔细咀嚼它们。它们挂在枝上，背景总是浓重的云雾，分不清白昼还是夜晚。它们诱人，是发自自身的清芬。有时，会碰到掉落下来的果子，弯腰去拾，满怀惊喜。醒来的静谧时刻，心境明朗，仿佛一些琐碎已抛掷脑后，并重获一种孩童般的期望。

也许巧合，在果子繁盛的梦后，会碰见一些愉悦的事情。有时会是一份简单的欣喜，令平铺直叙的日子荡漾出细微的涟漪。渐渐地，竟将梦中的果子当成一种祥瑞的征候。它真的会预示些快乐的事情，是希望的另一种存在吗？在这样的梦后，怀揣期待，并因此度过一个又一个时日。

只是，这样的时日并不多。更多的是，在夜晚，盼望有一些果子在梦中出现，油绿，饱满，缀满枝头，它们高悬，仿佛一些优秀的品质，让怀梦之人围绕它，反复寻觅一个最佳缺口，在采摘中感受喜悦。

小暑过后，县城的街道上会有人卖新鲜樱桃。白樱桃和红樱桃放在一起，在藤条编织的篮里，显得清爽洁净。樱桃都是从附近农家的园子里摘来的，有些樱桃还带着几滴刚过去的雨水，也会夹杂几片油

从果子身边走过

绿的叶子。篮里的樱桃通常不多，两三斤吧。常用玻璃杯或搪瓷杯为量具，一杯一杯地要价。卖樱桃的也都是些女人，有时旁边会坐个孩子。孩子怕生，睁了大眼睛不说话。

一次路过，卖樱桃的是位老人，一搪瓷杯樱桃要价五毛。我说买一杯。老人将樱桃倒进塑料袋，顺手又抓一把，唯恐搪瓷杯里的樱桃不够分量。老人的举动过于憨厚，仿佛我的母亲。于是又买一杯。想对老人说，有人卖这样一杯要一块钱。终于忍住。老人篮里的樱桃以红居多。明艳，玲珑，动人。想多买几杯，怕占了老人便宜；不多买，又怕老人的樱桃卖不完。犹豫一会儿，起身离开。

离开老人，仿佛多年前离开母亲。当年我家院里也有一株白樱桃树，现在它也许还在，但已经不属于我家。我们举家迁移，带走没根的东西，却将我们的根留在那里：樱桃树和另一株李子树，还有些花花草草，它们最终成为别家的葱郁。当年我家的李子树只开花不结果，我们习惯于李子树是用来开花的这一事实。我家的樱桃树很争气，一粒粒青色的小樱桃藏在花瓣中央，最终将花瓣纷纷地挤落在地。但那个时候我家的四周全是麻雀，它们一起飞，天空就长满了雀斑。麻雀们站在院墙上，瞅着院子里没人就跳到樱桃树上偷樱桃吃。母亲将一根长竹竿藏在门后，看麻雀们贼眉贼眼地过来，就冷不丁跑到院子里，给麻雀们一个惊吓。那些樱桃都是被母亲吓大的，后来又遭到冰雹袭击，成熟时竟然没有多少粒。就是只剩几粒，母亲也要精打细算地分送给邻家的孩子们一些，留给我和哥哥的反而要少。

金色河谷

　　我想说我见过最美的果子。一个萧条的秋季，木叶飘飘。那是青杨，青藏高原上唯一的土著树木。草叶枯黄，天却并非碧蓝。阳光蹀躞在一面山坡。阳坡。阳光厚重温暖，让所有草木失去坚硬。空气清冽，暗含草药萎败的芬芳。羊群散开，牛群也已散开。这是午后。鹰一直没有出现，远处山顶覆盖白雪。雪总是迫不及待地到来。那个时候，我看见草丛里的蚂蚱，正聚集最后的微弱力量，准备跳跃。它的身体带着莫名的萧瑟。蚂蚱一定已经预知到某种信息，心存不甘，并试图蔑视这种信息带来的恐慌。蚂蚱的最后一跳匆促而短暂，仿佛一个垂暮之人干瘪胸部的起伏，只那么鼓起而后落下的一瞬。停下来的蚂蚱不再弹唱，不再动弹，甚至看不出触须任何细微的颤动，仿佛已经永远地栖息下去。

　　蚂蚱停在一枚果子下面。那是一种叫不上名字的野果。樱桃核大小，鲜红，透着光泽，果皮薄而细腻，能感觉到内部汁液流动的顺畅。果实只有一枚，吊在野草的细茎上，沉默，却妖娆。我低下头，看到在枯草的背景上，小小的一枚果子无限丰满，并遮蔽去所有风吹草动，以及秋天不可挽回的衰败气息。

　　我们无法预知自己的死亡，并且无需等待。如果死亡如同那枚鲜红绚丽的野果，挂在山坡，如果我们如同那只深秋的蚂蚱——我们有时需要这样的比喻。我因此想象，蚂蚱的最后一跃，一定朝着这枚小小的果子而去。就是这样，见或不见，这个过程无需遮蔽。

从果子身边走过

有一种果子，反复出现在我的梦境之中。说梨不是梨，说苹果不是苹果，说桃不是桃，说柚子不是柚子。在梦里，它挂在孤单的树枝上，蒙着油绿的色泽，硬果皮，偶尔带些褐色麻斑。它吊在那里，始终静止，仿佛一只硕大的灯泡。它们挂在枝上，背景总是浓重的云雾，分不清是白昼还是夜晚，仿佛混沌。偶尔会碰到掉落下来的果子，弯腰去捡，满怀惊喜。醒来的静谧时刻，心境明朗，仿佛真的捡拾了一些大地的珍宝，呼吸到自然的清气。

我反复地做这个梦。我是不大迷信的人。有一次吃梨，妞要用刀子分开吃，我忙说梨是不能分开吃的，妞白了我一眼，说：这么大的知识分子还迷信。我一下子泄了气。我哪是什么知识分子，我的角色大不了是老九和煮妇。我因为要在妞的心目中成为一个知识分子，于是就不迷信。但是果子反复地出现在梦中，时间长了，我就觉得那些果子鬼魅似的要告诉我什么。什么呢？有一个早晨我从梦中醒来，胸腔里竟然全是湿漉漉的气。原来我在梦中摘了一晚上的果子，居然没摘到。这让我想到我这大半辈子（我快四十了，说大半辈子大概也差不多）怀揣的愿望。我肯定是有愿望的，但它如同我梦里的果子，只在梦里出现，白天我肯定不说。

有一个黄昏，那是夏季的黄昏，玻璃窗开着，晚风穿过窗前的青杨，飒飒地走进房间来。已经是秋天的风了。我感觉到风里的萧瑟。

金色河谷

尽管那一天在日历上仍旧属于夏天。我顺着风的来处望去，看到血色阳光下的几茎青草。草木的繁茂是一种假象。我看着它们时这样想。因为我眼前的草木已经带了些秋天的味道。秋天的味道总是合我的嗜好。我因此觉得那一个黄昏的几茎草是真正的草。

那一个黄昏，不小心，而非有意，我走进梭罗的 1845 年。一些文字告诉我，这一年的梭罗决定解除文明的约束，过一种简朴的生活。春天的时候，梭罗借来一把斧子，在瓦尔登湖畔建造了他的小屋。我仿佛熟悉那座小屋的味道。实际是，我真的熟悉一座松林里的小木屋。我所熟悉的事物总出现在我的年少时期。坐在白桦树桩的矮凳上，嗅着满屋子树木发散出来的异香，看炉灶上黝黑的茶壶。那壶里熬着黑毛茶，我听一个老人讲马家军的事情。当年埋西路军川妹子的马家军是穿灰色服装的，这一点并没有被老人点明，但我知道。我其实是从后来自己瞎编的一篇小说里熟悉马家军衣服的颜色的。我不知道 1845 年的某一个黄昏，那个不用圈套、不用枪支的自然家梭罗穿着怎样的衣服，但那个黄昏，他的衣服兜里确实装着一枚芳香扑鼻的苹果。

梭罗揣着他的苹果，和女神波莫那坐在一张餐桌旁，享用丰盛的食物。他们一边交流，一边修行，一边为天地万物祝福。梭罗刚刚以斯文和体面的方式接受了大自然的恩赐，他怀着谦卑的感激之情坐在餐桌旁，拿出他的手绢来。那手绢上已经有了苹果的芳香。梭罗是不忍心吞下那枚苹果的。他用手绢反复擦拭苹果。苹果却成了一位哲学家。梭罗曾经呼吁大家拜林鹬鸟为师，因为林鹬鸟也是位哲学家。但是现在，黑莓产得少，园果尚未挖去，而鼹鼠躲在地窖里啃了三分之一的土豆，这些公有制的事情都不足以影响他对苹果的关注。此时，他揣着对最小的木质纤维、大地的颗粒或一道光线一样的爱来摩挲苹果，并且他已经明白苹果精美的形态和奇妙的芳香并不是为了满足某一动物的胃口，而是为了感悟。

那个黄昏，梭罗是想用某种优雅的方式去吃苹果，想从那里获取健康和喜悦的，但梭罗最终没去咬苹果一口，他说，他已经用另一种方式从苹果那里获取了营养。

"投我以木瓜，报之以琼琚。匪报也，永以为好也！"男子送给女子小物件，女子立即另送物为回报。女子是痴心人。不管你送我的是木桃还是酥李，我定以美玉和宝石回报。但这晶莹剔透的珠宝美玉又怎能抵得上一只木瓜的情谊，女子于是悄悄地补充：匪报也，永以为好也。我想着男子定是怀着些散漫的心思，并没有为即将到来的幽会慌张。想必男子也没有特意准备什么礼物。顺手摘枚果子吧。"没给头，尕手儿里给一把大豆。"青海方言里经常这样说。礼轻情意重着呢。女子为此喜极而泣，拿出一颗香扑扑、红澄澄的心都舍得。

表达一番心意是需要借助果子的，《诗经》里这样，现在依旧如此。于是我常常想，如果我有《诗经》里那女子的好，我就不要现在的果子，我要结在《诗经》里的木瓜，起码不是嫁接的，不是改良的，它跟《诗经》里的爱情一样，是纯粹的（纯粹是一个多么难得的词，

金色河谷

我有时候坐在午后的广场上寻找纯粹，结果风吹过来的全是鱼目混珠）。现在的果子名目繁多，我都不知道自己爱吃什么果，有时吃着一枚果子，想，这不一定就是果子。我这样一想，就知道自己的老毛病又犯了：我原本是木讷的、老实巴交的、对别人深信不疑的人，但老是在别人的坑里跌一跤，后来我就不相信大路是大路，我宁肯相信那里全是坑。

"雨天的夜晚很适合喝蔬菜通心粉汤。我们会沿着罗马古道散步到镇上，买一些干酪、芝麻菜，再喝上一杯咖啡。樱桃永远那么可口，我们每24小时就吃上1公斤……"这是一个住在乡下的女子记录在她蓝皮笔记本里的话。我每读一次就想吃些樱桃，当然这需要街市上有樱桃的时候。隔几天，再读，还想吃樱桃。但我吃的樱桃是高原当地生产的，大多是从麻雀嘴里逃生来的小樱桃，有红有白。白樱桃比红樱桃大一些，红樱桃比白樱桃酸一些。这是我读了那段文字后刻意吃樱桃吃出来的常识。

一直不具备一种悠闲的心情，可以无所事事地去散步，去耐心地吃樱桃，然后和孩子喝东西。真的是一直不曾得到，又一直所渴望的心情。说来有些矫情。现在我坐在书桌前敲字，我的孩子坐在客厅里看电视，偶尔跟着电视里的女声哼唱。我总觉得有什么事跟在我身后催促，不让我安生地坐在孩子身边说笑。仿佛一说笑，时间就折掉了一半。我吃樱桃的速度跟我走路的速度差不多。小小的樱桃来不及一

从
果
子
身
边
走
过

粒一粒用细碎的牙尖数完，通常是，吞咽第一枚樱桃的时候，我手里已经捏着第二枚了。我让樱桃在盘子里排队（如同我们焦急地排队），等候迅速到来的消亡。我从不曾停下过手里的琐碎，我也从不曾将一枚樱桃当成樱桃看它红色薄皮包裹下的细微波动。于是，我永远无法确切地知道一枚樱桃的味道，我尝到的，总是几枚或者一把樱桃混合出来的味道。那是一种快餐式的无味，如同我们匆匆走过的日子。这些樱桃般摆在我盘子里的日子，我并不是一分钟一分钟地仔细度过，而是一年一年地大踏步跨过。

水磨

青杨木板围成的水槽顺着水流的方向在磨上沿缓慢倾斜。槽内流水如此静谧澄澈，我俯下身去，伸出手指抚摸。我以为会摸到如同桑蚕丝一样柔顺光滑的水的脊背。但是，冰凉。木槽里的水有着凛冽的筋道，在我的手掌之下，并且带着浸入骨髓的冰凉。水的表象留存给我的温柔想象瞬间支离破碎。我摸到流水的骨头，柔韧刚劲。然后我看见碧绿水草，它们顺着水势摇摆的姿态柔弱、婉约。有一种水草，我如此熟悉它的味道：剥去紧裹的绿色剑形外叶，露出粉红嫩茎，折一节下来，咀嚼，植物的清芬混同疑似甘草的甜腻，唇齿留香。清贫年少的甜美在水底酣畅流淌，我沉浸于追寻，身后留下如同蔓草葡匐的幼小足迹。起身，冰雪的凉意从远处龙王山的陡峭山崖滑下，漫过旷野，我的头顶依旧是高原旺盛的灼烈阳光。在水槽逼近磨房的骨节，它们突然折断流向，大幅度跌落，疾速水势震住一个晴朗上午。我再不敢前行。但是想象沿着惯性迈进：乘坐流水的滑板下行，穿过袅袅水汽，我将会到达漩涡的内核——狂欢的水滴之群，激越、奔放，没有时间之伤。

它们果真在磨房底部的水轮上四散开花，并形成飞瀑。水流撞击木轮的声音清脆响亮，足以盖住空旷原野的所有声息（风在白桦树叶上滑过，蜂蝶嘤嗡，牛羊哞叫，蛙鸣……）。站在磨下沿的水渠边上，

水
磨

　　我看见从高处溅落的清澈流水瞬间变幻出的面容：暴戾。它原是这样喜怒无常，如同一条狂啸的青龙。陡立的水渠高达六米，表面构筑大块青色石板，石板阴湿滑凉，石缝间生长墨绿草丛。落下又溅起的白色水花喧嚣着拍打石壁，从不曾有和缓的一刻。磨下沿是无人涉足的地方，长满阴森恐怖的乡间传说。跳水而亡的怨妇夜夜出没，她披戴白色衣衫，坐在水边哭泣。傍晚后出现在水渠两边草地上的木凳千万不能坐，它会移动，并将人带入黑暗水底。在童年梦境，磨下沿的水渠无限增高，弥漫的黑色雾气翻卷浓稠。我总是在一只无形手臂的推搡下靠近它，然后惊醒。多年后读钟运泰"一天春卷千堆雪，三月晴轰两岸雷"的诗句，才慢慢想起磨下沿原有的壮观。

　　磨房四周的草地上长满无名野花，它们的静默使它们有更长的生存时间，这是渺小卑微者因自恃而修得的回报。推开两扇"吱呀"作响的破旧磨门，我进入这样一个长久存在于记忆深处的逼仄空间：昏暗，摇荡，到处飘拂青稞面粉的灰白微粒，水声"哗哗"。四根牛皮绳吊起的石磨阳扇上凿刻的拙朴条纹散发出的微光是房间醒目的光源。它悬在磨房中央，与阴扇严丝合缝，并不显得笨重。我看见磨缝里流出的面粉，丢失向下的力量。它们轻舞，落满屋顶粗壮的梁柱，原木拼就的板壁，磨去色彩的地板，低头箩面的光脚老人，到达磨房门口，那里放置的木槽里正有过于干燥的青稞等待再度潮湿。无处不在的面粉颗粒在悬浮、碰撞，仿佛梦境里纷飞的漫天李花，或者夜空繁星。

　　我脱去鞋子，摇摆着穿过被扫帚无数次清扫而光滑洁净的地板，

金色河谷

巨大磨盘旋转在幽暗深处，它有一种简单神秘的力量，吸引我靠近。在水声和磨盘的轰鸣中，我感觉磨房是另一种颗粒，悬浮在更为稀薄透明的空气中。它没有支撑点，不知在什么时刻，它的木头部件如同鸟雀纷纷散去，徒留下驾河凌空的往昔。被这种恐惧指使，我在磨房深处的阴影中迅速转身，逆着门口洒进的浮游光线，努力探看狭窄磨房外的明亮世界，仿佛在探看即将到来的时日，以及充满变数的成长岁月中的某一指令。

画匠

　　裸露的青杨木家具——桌、柜、箱、椅、匣、门扇、板壁，它们的白色表面粗糙，结满褐色疤痕，它们尚不完整，带着某种先天残缺——粗劣，等待打磨。画匠打开自己带来的木头箱子，那里面塞满画笔碟碗的木格子油漆斑驳，拥塞如同壁内蜂巢。灰色擦皮的反复磨砂，擦出的木头碎屑与微尘混合起来浮游，调好大碗灰泥（石膏粉和钛白粉），用来覆盖木板上微小褶皱以及疤痕，抹上熬好的浅黄色骨胶，以防止油漆渗到木板之中，刷一层朱红色（象征吉祥热烈、大富大贵的民间色彩）或者黑色（多么正统）底漆（两元钱一罐），使木板光滑洁净。修饰如此重要，仿佛清寂岁月过于暗旧，需要制造一种亮丽，来映衬即将走失的记忆。墨线勾勒图案。黄绿蓝白颜料晕染。给予叶片以阴阳，金银粉收边。上清漆。头遍，二遍。直至暗沉画面明亮绚丽。木质疏松的廉价青杨木家具改头换面，它再不是那笨拙粗糙、简单沉闷的面柜炕桌，需要蹲踞在阴暗角落，它从此可以扬眉吐气，登堂入室，获取一种尊崇，华丽转身。

　　我如此熟悉那些描绘在粗笨家具上寓意深刻的传统图案和纹样，以及神像、典故。高贵、华丽、祥瑞、喜庆的龙凤呈祥（《南史·王僧虔传》："于时王家门中，优者龙凤，劣者虎豹。"），二龙戏珠，多福多寿的五福捧寿（《书·洪范》云："五福：一曰寿，二曰富，三曰康宁，四曰攸好德，五曰考终命。"），美、爱、长寿、圣洁的莲（连）花；拂尘（"时时勤拂拭，勿使惹尘埃"）、如意、结（绶鸟衔结）、佛手、暗八仙；博古（古瓶、玉器、鼎炉、书画）、百花（无法忽略的"四君子"、牡丹）。水纹、祥云、蔓草、藻纹。城隍、十殿阎王、四海龙王、土地、山神、关公（他身后总站着周仓和关平）、马祖、玉皇、福禄寿……他们来自三界，画匠从不轻易点出他们的眼睛。赵延求寿、伯牙焚琴、桃园结义……穿过时空的深情厚谊与美好祈求依旧让人怅然若失。深藏于心的结构布局，娴熟手艺。线条回环繁复，画面对称，雍容端庄，包含简单生活中的所有美好期盼（富足安宁）。

总是无法忘却一个大雪纷飞的傍晚，雪花降落的姿势带着旷古忧伤，仿佛世间从不曾有过过往。我想着即便存在过往，也不过是现在村庄的寂静模样：白色雪花如同烟雾覆盖低矮房屋、院墙和枯树，天地在雪花中旋转，鸟雀隐去，人迹绝灭。坐在逐渐暗沉的堂屋，我凝视一幅村里画匠墨线勾勒在浅黄色炕桌上的图画，《三顾茅庐》：彤云密布，长空雪舞，路两旁山如玉簇，林似银装，刘关张裘衣暖帽，策马而行。我看得入迷，仿佛时间早已远遁、逝去，我回到那个宽袍大袖的遥远年代，"冻合溪桥山石滑，寒浸鞍马路途长"。浑身冰冻，但却逸趣横生。忽然堂屋门帘一挑，恍惚间，我以为先生闲游归来，顿生惊喜。

那是一段漫长拙朴的时光，画匠推着自行车（车座后面捎着沉重工具）翻山越岭，穿村过巷，所到之处均会受到最好的招待：咸韭菜

画
匠

煎蛋、油饼、腊肉面片、奶茶，以及尊崇。他们是乡村执著的行走者，寂静无声，背负星辰、弯月或者烈日，从不停留。在分布散乱、简陋粗糙的乡村记忆里，他们又如夜夜飞过的萤火，闪烁微茫但却明亮的荧光。他们身后，是逐渐枝繁叶茂的简朴风光。

夯歌

清明过后，土层之内的冰冻逐渐消解，土壤蓬松。虽然尚未有"老和尚"之类的爬虫拱土而出，但它们蠢蠢欲动的气息已经冲破土壤而随清凉的河谷之风流动。一年的许多事情将要随着春风掀开序幕，这是一种自知，春种、建房、牛羊配种、劁猪、移栽苗木……新房址早已选好，它将占去四分自留地，并在其上演绎漫长琐碎的烟火。它的东面石山悬崖峭壁，清澈山溪自山掌跳跃而下，小路蜿蜒，南面低矮草山草木旺盛如若屏风绵延，山前河水激越喧哗，北面仍旧群山逶迤。这虽不具备"东边之山如双扇大门敞开，山为白山，路为白路，下有河水淌过，则为白虎标志，绝好；房子南面之山不可过高，若如粮围一样堆叠，下有河水流过，河为青龙，守南方，绝好；北边山脉若像帘幕没有断开，高些为好，这个方位若有白石，代表白龟，绝好"，但风水先生说这方位也算吉利。平面呈"一"字形的房屋很快盖起。这是高原的普通民居，简陋的土木结构，屋顶平整，稍稍倾斜，便于晒青稞或者草料，也不至于使雨水沉积。夯筑院墙，这并不急于完成，乡村贫瘠但却安宁。

我更喜欢年岁老去的院墙。长久风雨侵袭的墙面斑驳并微微鼓起，墙面木板印痕处长满墨绿苔藓，小虫出没，名叫毛菊莲的花丛经常会攀爬上去，于清晨突然开出娇小的明黄花朵。疏松墙面常有蜜蜂筑巢，

夯

歌

寂静夏日看它们忙碌是件有趣之事。墙顶常常长出茅草，风雨之中飘零摇摆，内心生出凄清，也觉熨帖。若是墙体垮塌，还可以骑上去，眺望并不遥远的前方。

土墙的夯筑方法是古老的大板夯筑，虽然这院墙更适合箱形夯筑。夯筑工具原始简单，就地取材。牛毛绳、青杨模板、木杆、石杵（石匠凿出的花纹细密盘绕），添加水分（三四分）的黝黑泥土（具备黏性）。有些人家会将毛主席画像从中堂摘下来，筑进墙里去，说这样的墙体更加经久耐用。对孩子来说，夯筑院墙的日子等于节日，充满喜悦。有时清晨醒来，于盛大悦耳的鸟鸣间隙，听见底音浑厚的夯歌穿越浓密树叶而来，它们拍打木质窗格的节奏笃定沉稳。很多时候我并没有听清唱词是什么，似乎夯歌注重的仅仅是鲜明节奏而非内容叙述。那种时候，青杨叶总是"沙沙"作响，带着风雨之声，山前流水的喧哗也格外清越，布谷啼叫，古老寂静的时间仿佛由这些简单声响构成，再无庞杂细微的内部。我觉察出夯歌领唱之后合唱中的幽幽怅惘，如同日影飘落。我于是想钻到被窝的更深处，在那里，夯歌越发邈远宁静，仿佛渡过重山复水，依旧无法澄去对流逝时光的深深惋惜。

　　"一个（家）尕老汉（么哟哟），

　　七十七（呀么哟哟）。

　　再加上四岁（呀子青），

　　八十一（呀么哟哟）。"

更多时候，夯歌并没有歌词，只借助几个简单的语气词衔接悠长的音调。而音调，它的变幻如同松涛，发自内部，接近天然，一如乡村本身，清寂但却养育繁盛。

"哼哪——噻呀——吭啊儿里——吭呀，哼呐——儿里——哼——"

如若夯歌暂时停歇，我们便会跑去与大人分享午饭。焦黄松软的油饼堆放在院子中央的铝皮大盆内，任人取食。黑铁大锅里是滚烫喷香的熬饭（绿头萝卜、洋芋粉条、莹润透明的凉粉、大块油炸土豆片、肥厚猪肉块共同熬煮，出锅时撒入葱花），红灯笼图案的搪瓷大碗。男人们将油饼撕碎，泡在碗里大口吞食，可以一气吃三四碗。女人召唤自家孩子。主人殷勤招待，并盛出一盆盆饭食，让孩子端去送给村里的老人。有人吃完饭，放下碗，卷一支黄烟，蹲在晴朗阳光下吸食。我看见他眼神里的自足和惬意，如同春日青禾。日子如此踏实安宁，寂静豁然。

木窗

　　算着算着，腊月便要完了，人们更加忙碌起来。如果说平日的忙碌还有许多不确定，腊月的忙则笃定夯实。宰猪，制作各种面食：油饼、馓子、麻花、灶卷（腊月二十三用来祭灶）、馒头（正月初三用来上坟）、烤饼（储存在大缸里，年后慢慢吃），洗刷，清扫，去集市购买零碎……气温逼近底线，河谷暴涨的寒冰如同翻卷的白色花朵，并且向两岸蔓延，淹没整个灌丛，前山后坡只留下臃肿的白色轮廓（消失了嶙峋），鸟兽（雉鸡、藏狐、野兔）的足迹遗失在空旷雪野。凛冽的风在青杨瘦硬的枝上刮过，卷些雪花的碎粒。作物早已从田野撤退，回到仓房和土窖，它们终究懂得些怜惜，给予大地暂时的休养生息。中午，太阳跑来骑在南墙头上，仿佛支起的一架大车车轮，它漫出的光线灰白稀疏，并没有多少暖意，仿佛体弱年迈的老者。父亲将北房上的窗扇卸下，撕去旧年糊上的白纸。这些白纸早已浸成烟火色，薄脆，用手指轻轻一弹，便会碎裂。虽然窗户是隔一段时间便要用鸡毛掸子拂拭一遍，但灰尘依旧积成厚厚一层。白纸曾经的木香也早已变化为直钻口鼻的尘味。撕去旧纸，用刀尖刮去粘在窗格上的坚硬浆糊，舀来清水，反复冲洗。杉木窗格的本色逐渐透出来，纹路开始清晰可辨——这些曾经蓊郁、饱含清香和水分的树木，现在已经失去往昔，时间的流逝果真如此无情，便是一株树木，它亦不曾放过。

金色河谷

在窗扇等待晾晒的间隙，父亲擦好浆糊，铺好从供销社买来的大白纸，压平，裁正。那些洁白细滑的纸，现在将结束卷在墙角柜顶的沉闷生涯，重获光明。它们并不知晓展开张贴的生活将充满风吹日晒的考验，也不知晓来年的结局——失去色泽和弹性、破碎，布满污渍、零落。因为不自知而无畏，那些白纸如同我们的童年。裱糊是个细心活儿，手要轻巧。父亲的手常年拿画笔画梅兰竹菊，也画没有眼珠的神像，这样的手裱糊窗纸自然轻拿轻放，"窸窸窣窣"一阵脆响，父亲便将焕然一新的窗扇重新安到窗框上去。有时母亲会剪一对"连年有鱼"或者"喜鹊登枝"的窗花贴上去。大红的图案线条拙朴醒目，寓意简单美好。母亲屋里屋外地忙碌，偶尔注视它们，眼底流过如同孩童一般的愉悦。

制作木窗是件繁琐的事情。选料是大事。青藏高原上的树木种类并不多。桦木和青杨容易腐朽，也容易虫蛀，柏树很难成材，云杉便成为最佳材料。一根云杉会作为房屋的梁柱，它的边角可以用来做木窗或者椽子。人们总是精打细算，配套下料。请来的木匠将工作台支在房檐下，悬挂在柱子上的黑色牛毛口袋里，挤着匠人的墨线盒、红蓝铅笔、凿刀、斧子和刨子，锯子立在一边。匠人到来的日子是我们的节日，空旷院落热闹起来，大人们偶尔有不顺心的事，也不会沉下脸，还可以吃到这一年里最好的饭菜：腊肉面片、大水油饼、咸韭菜炒鸡蛋。木匠将截好的料子刨去青皮和节疤，磨光（修饰总是如此重

木窗

要），墨线弹出长短宽窄（草图藏在匠人的心里）。凿眼总是从背面开始（仿佛一种阴谋），开榫要留半个墨线。裁口和起线需要方正、平直、光滑，线条清秀，深浅一致。年轻木匠的头发上沾满木头碎屑，耳朵上卷着红蓝铅笔，手中锋利的刨刀露着铁青色的寒光。下蹲、起身、扭头、蹙眉，全神贯注的木匠双脚埋在洁白的刨花之中，而那些蓬松卷曲的刨花，仿佛一些飞翔的云朵。拼装是最后的工作，需要榫眼对正，用斧轻轻敲击打入。木楔打入前先要粘上骨胶，这样拼缝才会严密紧实。用刨子刨去残留的墨线。现在，结构精美、构图回环大方的木窗立在檐下，杉木的清香发散出来，它们的纹理，如同一些寓意深刻的符号，正穿透阳光，从丛林的深处走来，讲述幽凉。

夏日，母亲总是在细微的灰色晨光中起身，清扫院子。我在麻雀的唧喳声中醒来，看见夜的衣袂依旧搭在屋子的角落，仿佛一些黑色的鬼魅。扭过头，可以看见晨光正在窗户上移动。错落反复的窗格将灰白晨光隔绝出许多局促的小方块，我的目光游走在那些格子里，仿佛游走在迷宫中，看到一个出口，绕过去，却发现前面有高墙横亘。时间是不是也会在某处卡住，在方形的格子内打转，找不到路；如果时光伫立在一座幽暗的房子里，它会不会站在窗口向未来探望……瞬间的迷惑过后，我依旧听见墙外青杨叶"沙沙"地响着，麻雀聚集完后一哄而散，门前的流水一如亘古，它们并没有在哪一刻停下来。母亲擦拭完桌椅，便会将窗扇的下侧向外挂起来，由一根短绳系在檐下的铁钩上。清冷的风扑窗而入，带着远山冰雪的讯息，也带着花园里虞美人和波斯菊散发出的芬芳。起身，我便会看见窗框外逶迤的青山和葱茏树木，以及一角渐渐清晰起来的天，正似一幅宋人远远的山水，慢慢打开在幽暗的墙壁之上。

木桶

　　尽管高原的阳光在明澈的天空如同黄色花瓣绽放，厨房依旧幽暗阴凉。这种土木结构的房屋有着平整的屋顶（"青海好，青海的房顶上能赛跑；青海好，青海的大姑娘不洗澡。"那时候，我们经常说着这样自嘲的话语），裸露着青杨木椽子和檩条的宽大房檐总是遮去大部分阳光，这使原本就阴凉的厨房越发幽暗清寂。做饭时间还没到，厨具和柴禾静默着，它们恪守着物的基本秩序而从不乱动。和着长秆麦草的白土砌筑而成的大灶台占去厨房的四分之一。这种灶台一般都有两个灶膛，安放三口铁锅：里锅、外锅和带锅。外锅常年都用，里锅只在杀猪或者亲友邻居聚会时动一下烟火，带锅是砌在灶膛通向烟囱之间的一口小锅，有着顺带的意思，只要火焰随便在哪一个灶膛动一下，就能吸到热量。原木锅盖在水蒸汽的反复蒸腾下已经失去早先的色彩，它和搭在窗口下的大砧板一样，和立在厨房中间的柱子一样，和墙壁一样，罩着烟火色。这是厨房的色调。夜晚，浓黄灯液从罩着油烟的灯泡中漫出来，厨房依旧是这种颜色。厨房仿佛从来就没有亮堂过，甚至仿佛从来就没有过崭新的开始，好像它的开始就是烟火的陈旧。这一天，静立在墙角的一对木桶和箍在它们身上的麻绳同样没有自己的色彩。它们早已浸润到一种更大的内部色彩之中——缓慢的，浓郁的，千百年来流在低处的时光之彩。用来挑水桶的担子现在正挂在柱子生了锈的铁钉上，它与肩膀反复摩擦的部位已经凹进去，并且如一件古旧的玉一样温润。如果俯身，会在水桶底部见到一个人的面庞——瞬间愣怔，熟悉的面庞轻微荡漾，并且泛着涟漪，仿佛青色鬼魅——水桶底部总是留着些清冽的河水。在幽暗的厨房，它和木梁之间的一口窄小天窗彼此映射，灼眼日光和银蓝水光，热烈与冷寂的相互倾泻，它们最终耀射出跳荡的晶莹波光，如同划过远方天空的一道蓝色闪电。中午回家，从水桶底部舀半勺凉水，仰头，咕嘟咕嘟，来自雪山深处的清澈河水，如同一头带有蛮劲的幼兽，迅速抵达胃部，并将雪的冰冷传送到这个热腾腾身体的各部，如同传送惊异或者骇人的消息。

母亲担起木桶去挑水的时候，暗灰色天光正从高大逶迤的东山上一点点透露出来，西边清冷的星群尚未褪尽它们淡粉、莹白或者浅蓝的光泽，中天灰黑。前山坡上的松林还沉在厚实的睡眠中，风过松针的声音遥远而又逼近。夜鸟刚刚拢起凉了的翅膀，河水如同远古那样喧哗，寂静罩着旷野。母亲那时候正年轻，将一头细长的黑辫子藏在白色的确良帽子里，外边箍着墨绿色头巾，额头上总有一两绺碎发耷下来。母亲出门的时候，她瘦小的身体如同一枝寒柳拂过门框，担子两头的水桶反而显得笨重迟缓。母亲从不曾间断这晨间的劳作，亦不曾抱怨。起床、挑水、洒扫庭院、做早饭、喂鸡、喂猪、赶牛羊……琐碎、繁重的家务和农活，周而复始，母亲从未厌烦过。母亲的生活便是劳动，如果分开，就会不安。从村庄到汲水的河流，要穿过一条

木
桶

窄窄的弯曲小路。那里行走牛羊、骡马、猪、狗、猫咪和冬天下山来的雉鸡。泥泞时踩过那里的脚步，留下各种杂乱印迹，道路干了以后，这些印迹依旧完整如初。路两边的农田用矮墙围起来，种植土豆和青稞。因为靠近村庄，这些田地的边缘常撒些高秆大麻、开蓝花的胡麻或者小畦蔬菜。清晨，母亲和村子里每一家的女人都要赶在牛羊上山之前去汲水。河水清浅，要一瓢一瓢舀满木桶。有时舀到长有胡须的银色小鱼，女人们便会将这瓢水倒回河里。如果性子急，木桶里的水过满，走得过快，水会随着步子洒出来，女人们因此掌握担水的技巧，迈着碎步，髋部随着水桶的左右摆动而扭动。母亲当然没有足够的力量将一担水一口气挑回家来，通常要在路上歇两歇。挑满一大缸水需要两三担，早晨的这条路因此常年湿润。

我看着母亲的辛劳，想着要替母亲分担些什么。清贫岁月给予我们的美好，便是要怜惜身边所有，它不会养育懒惰和麻木。割草、放牛、喂猪、烧火，这些轻松的活儿已经被我揽过来，不足以挂齿。我的目标是担起木桶去挑水。木桶通常是用杉木箍成，要常年保持潮湿，如果干燥，木板收缩，便会裂开缝子，需要用蘸了明胶的麻线回填。一只湿木桶通常有 15 斤左右。背过母亲，在幽暗的厨房，我试图担起它们来，但是不行，我的个子太小。我于是盼望着快点长高。目标如此单一纯正，并不好高骛远，也不说与母亲听。搁置木桶的厨房墙角，竟如山外青葱世界，时时吸引我走过去，并成为一种秘密。后来（后来是多么简单普通的一个词，仿佛没有秘密、没心没肺的成长），当我

金色河谷

终于可以挑起木桶和它们一起摇摇摆摆，而且如同母亲那样扭着髋部担着木桶去河边汲水的时候，我看见别人担子上甩着的已经是银色铁皮卷成的水桶。一个丢失了木纹和弹性的以及树木清香的银灰色时代来到了，它们带着尖锐刺耳的金属撞击声，"丁丁当当"走过曾经牛欢马叫的担水路。并且在那之后不久，河水不再如同亘古那样喧哗。

背篼

农历十一月的青藏高原已经滴水成冰。山冈、田野、河流、树丛，尽管涌动在它们内里的水分还保持着先前那个季节的柔韧流畅，但是它们裸露在外的肌体，已经冰冷僵硬，没有一只可以抚摸它们的大手，给予它们温暖，除非等到遥远的春天。人们并不因为寒冷而躲进屋里。现在是一年里最为忙碌的时候，需要将堆积在场院一圈如同环形小山似的青稞、蚕豆和油菜打碾进仓。过了十一月，便是年关，人们暗自盼望那一年一度的节日，此时的劳动虽然繁重，人们的劲头并没有削减。冬季的风沿着河谷刮过来，带着细碎的雪粒和冰晶。它们还打着旋儿，从冰面上呼啸而过，扑进村子里，绕着低矮的房屋、柴垛和青杨，仿佛一些嗅着某种气息的小兽。"一直酣睡。"母亲后来回忆起那个寒冷季节时的我，说，"也不哭，有时候风将背篼掀起来，在场院边上翻滚，我丢下木锨跑去看，你的眉毛上结着冰，依然在睡。"我还记得母亲的声音低微，"那时候没人照看，我便将裹着单薄被子的你塞进背篼里，田埂、山洼、场院……我在哪里劳动，你就在哪里睡觉，很多时候都是一整天。"于是我知道，那个寒冷的十一月，我一直睡在场院边上，我不曾哭闹，小小背篼给予我的温暖已经足够。而在我不曾行走的那一两年，也已经顶着烈日或者寒风，逛遍山冈和田野。我和泥土一样，和青草一样，和柴禾一样，和腊八的冰一样，挤在背篼里，压在母亲的肩膀和佝偻的背上，在山路上来往。

村子对面的山洼里长满了灌木和杂草。沙棘、黄刺、小叶杜鹃、红柳、忍冬、天山报春、金露梅和银露梅……其实村里的人并不叫它们的学名。它们和百家锁、十月花这些小名一样，有着土头土脸的称呼。但是这并不妨碍它们自在生长，名字并不是它们的一部分，它们要的是扎实地活着，长出蓊郁的叶子，开出玲珑的花。这不同于我们。我们给它们拿捏各种各样的名称，但是对它们没用。母亲将一种名叫麻柳的灌木条割回家来，放在阴凉下。其实它并不是真正意义上的麻柳，也不是可以开出蓝花的荆条，更不是沙柳或者红柳，我们只是习惯于叫它麻柳。窄小的卵形叶子，坚韧的细茎，暗红细腻的薄皮，春天会结出鹅黄的小穗子。我们曾经用这种柳条做口哨，截下小段细枝，将薄皮拧下来，咬扁一头，衔在嘴里吹，细细弱弱的喇叭一样。夏季是麻柳最为柔韧的时候，如果夜晚变长，母亲偶尔会坐在檐下的青石台阶上，坐在一堆剥去外皮的麻柳条旁编背篼。柳条红色的外衣下，是细嫩洁白的柔滑肌体，饱含水分，通体发散清芬。穿、引、拉、挑、绾……捏过针线的手指，女性自然存在的灵巧，使编织并不十分艰难。只是暗含在柳条内的弹性和坚韧，需要足够的力量去抻平，母亲显然使出了所有的劲道，因为它们使母亲的手背青筋暴起，手掌红肿。用来做背篼框架的四根柳条要粗糙许多，手的力量无法弯出足够的弧度，需要用火熏烤。火曾经给过它们惊恐和毁灭，现在，火又逐渐弯曲它们挺直的脊梁。比起母亲的手，火有着更持续倔强的力量。母亲坐下

背
篓

　　来编背篓的时候，家里总是格外宁静。夏季从容的时间使母亲已将这
个院子里所有的事物安置妥帖，并给予这个院子以秩序。罂粟和虞美
人在园子里静静散发芳香，鼓着肚子的牛羊卧在栏里反刍，锥形柏树
里的麻雀扒拉出它们的一两枚褐色羽毛，屋顶的炊烟刚刚散尽……西
天一点点灰下去，青杨枝上逐渐挂起几粒粉色或者米色的星星，河水
兀自在村前汤汤，山风走过松林，掀起古旧浑厚的声音……我听到远
处人家里一声清冷短笛，正越过低矮的院墙，我知道是那个失去父母
又失去双脚的牧羊孩子坐在院子里，他和我看着同样的天色。我看到
母亲捏着麻柳条的手停顿一下，她抬起头，目光越过院墙，慢慢落在
笛音升起的地方。

　　在母亲一手操持的这个院子里，没有一件事物永久歇息。墙上的
犁在春天摘下来，火盆在冬天生起火来，粮仓在秋天重新装满，夏天
的台阶上，晒满开花的小叶杜鹃……墙角的背篓，草房门口的背篓，
羊圈里的背篓——山坡上的药材，屯在屋角的柴草，砌墙用的青石和
泥土，埋在南墙根雪堆里的青稞面饼子……因为这些自然事物的搬运，
背篓从不曾停歇下来，仿佛时间。它们有着相似的存在方式，只不过
时间留给别人痕迹，而背篓只将痕迹留给自己。背篓往往会用好几年，
因为长时间磨损，背绳换过一条又一条，柳条也变得圆润光滑，并且
具备体温。"下雨了，把背篓拿到房檐下。"那时候的雨，似乎总是比
现在要多。有时候，我们并不听话。于是我们常看见穿着藏蓝色衣服
的母亲在急雨中跑到院里去，拿起墙角或者石阶下的背篓往回走。雨

珠挂在母亲的脸颊上，晶莹细密。对背篼，母亲一直抱有关怀之心。其实不只是背篼，这院子里的每一件事物，以及她所生活的这片大地上的每一样事物，母亲无一例外地都给予它们敬重态度，并且疼爱它们，仿佛它们都是母亲的孩子。

《淤泥河救主》

　　悠长的唢呐之后，是高昂激越、急促奔放的板式唱腔。紧板、慢板、散板。四胡、三弦、笛子、长杆喇叭、盏儿以及每拍一下的梆子……我听得这些伴奏乐器如同夏日急雨，在空阔场院溅起，并激起无数微茫的炫白光粒。正月的阳光披着肥大黄衫，它的光芒已经失去劲道，仿佛体弱年迈的老者，但是它的慈祥，无处不在。碾去籽粒的青稞茎秆，蚕豆黑色的空荚，尚未摊晒的细长燕麦，卸去骡马的板车、碌碡、木锨……它们散乱在场院四周，蒙着黑黄尘土。这片原先用来种植油菜或者青稞的肥沃土地，在又一次丰收之后，被深冬的碌碡碾平、压实、磨光，成为打场和这个闲散季节的娱乐场所。人们早先在这里晒太阳，孩子们钻进高高的草垛藏猫猫，几只鸡曾经刨着院墙找吃食，四眼狗连三赶四地追逐而去。现在，在暂时的清阔之后，箍着彩色头巾和戴着黑蓝帽子的人们依次挪出自家院门，走过来，汇集到场院上。人们席地而坐，在冻硬的冰凉地面上，垫一块青色石头，交谈。远处依旧是白雪覆盖的连绵山脉和山洼里幽黑的林木，河谷的风踉跄着滑过冰面，吹起凌厉哨声，雉鸡偶尔"咕咕咕"地惊叫着飞过灌木丛。冬季的冰凉清冷，并不能扰乱他们观看皮影戏的兴致。在这一天之前，他们已经反复将剧情讲述。我知道，其实在更早，或者在他们的幼年，他们就已将剧情烂熟于心，那是代代说唱

金色河谷

的事情，他们从不陌生，如同母亲在夜晚给予我的讲述，一遍又一遍。人群外围，是一群更加专注活泼的孩子。他们拖着鼻涕，仰着皴裂的红色脸蛋，甩着筒袖，奔跑、打斗、叫嚷，比起影布，他们的剧情更加真实可触。

挤过去，我坐在人群中央，冻土地的冰冷随即钻遍全身，但是我怎么可以顾及它。在人群面前，背着冬日阳光的是几片用木板临时搭建的戏棚子，过于简陋。木框绷起的白色影布已经陈旧，阳光从后面松散地射来，依稀可见形迹可疑的各色斑点，但是比起四周青杨的枯黄和沙棘的黧黑，以及人们的面容，影布仍旧显得亮白。现在，这块一米多宽的影布已经吸引众多目光，尽管精彩不在于它而在于它之后。攒动的人头密植在我四周，如同夏季树木，并且遮挡住我的目光。我于是站起来，没有人胆敢伸出手摁下我的脑袋，也没有人投来责备的目光。我于是发觉一个人跑来看皮影戏的妙处，在人群中独自行动，任意妄为，仿佛孤胆英雄。眯上眼睛，我用视野的缩小换取光线的清晰，我看见雕镂和彩绘在牛皮上的人儿罩着朦胧光晕，仿佛他们的身后又是无数个他们，他们并不独自存在，而是无数个体的复合。是一部老旧的青海地方戏——《淤泥河救主》。李世民、薛仁贵、盖苏文，这些曾经被老人们反复念叨的人物，现在现出他们具体的面容。他们勇猛的依旧勇猛，仁厚的依旧仁厚，而且他们在冬日的稀薄阳光下跨着马，端着长刀，争执说唱，仿佛邻居。

《淤泥河救主》

叫一声天来天不喘，

叫一声地神神地不应。

我祷告天来祷告地，

祷告空中的过往神：

哪一个神仙来把我救，

我修你的庙宇塑金身；

何人救得我唐天子，

我把个江山劈半分；

……

　　有人随着影布上的说唱小声念唱词。我原本并不知道李世民此刻正在将他的江山挥霍，如同隔壁的孩子分散他手中五色的豆豆糖。场院里李世民的声音已经沙哑暗沉，我甚至听到一种绝望悲凉如同微虫爬过影布。头顶日光依旧眩迷，它并不为一个帝王的困窘而藏到云里去，它也许并不懂羞涩。没有人在这时站起来将唐王拉出淤泥河，并得到他所许诺的半壁江山，尽管那只是举手之劳。人们似乎并不在乎唐王的生死，他们继续自己的说笑，甚至带着看热闹的闲杂心绪。有人掏出小牛皮揉成的烟袋，将黄铜烟杆衔到嘴里去。他喷吐出的烟雾过于妖冶，如同失去躯体的魂魄，朝淤泥河飞去。旁边甚至一声怪笑，箍着头巾的媳妇低下头去，我于她的侧旁看见半边涨红的脸颊毫无怅惘。谁家口袋里滚出烫熟的蚕豆，人们像追逐一只逃逸的怪兽那样弓下腰去。原来他们都具有一副铁石心肠，并且他们不懂得在此刻沉下声去。

我终于等不到薛仁贵救出唐天子，挤出人群。绕过白光闪烁的影幕，闲手揭开绷在大车轱辘上的粗布，我在那里看见他们逼仄的幕后人生。牛皮上色彩浓艳、花纹细腻的服饰，繁复华丽的座椅车厢，轮廓清晰的人物面部，有着鲜红舌头和细密胡须的虎豹，长枪，短棒，树木，它们被纤细的竹竿、木棍操纵，失去自由。此刻，即便在幕后，它们似乎依旧拥有着不朽的灵魂，它们依旧在讲述、演绎，在老去或者诞生。而神情凝然的把式，他零乱的头发，还粘着林间草籽和青稞锐利尖细的麦芒，他要同时扮演生旦净末丑的唱念做打，但他区别于他手中服饰鲜美的人物。盘腿而坐的四人乐队，他们身边堆满管弦和打击乐器。他们已经忘记时日，并且不在乎现在的滚烫和热闹，他们已经跟着那些小人儿走远。"一口道尽千年事，双手对舞百万兵"，"击鼓劝世人，敲鼓安天下"，他们的专注似乎并没有目的，我因此想象他们也并不知晓那些赞誉之词，如同那一刻我不曾知晓一样。

在此之前，我看见他们拉着大板车走过村庄的寂寞身影。打着补丁的黑斜纹衣裤，细麻绳做成的腰带，裤腰因为过大而堆叠在棉袄下，黑牛毛擀制的瓜皮小毡帽预示着他们正在老去，脚上是用板车轱辘外带缝制的厚胶鞋，走过去留下的竟然是车轱辘印迹。车厢里油漆斑驳的松木戏箱，绷着木框的影布依旧平展如初，烟火熏黑的茶壶和

《淤泥河救主》

几只漆皮凋落的搪瓷缸挂在车辕上。沉默。再没有其他物件可以随他们四处为家。远处山冈虽然覆盖冰雪，村中小路依旧积满蓬松尘土，"吱呀"作响的车子碾过去，沉重缓慢，仿佛碾着时光。我看见他们的脚印，一截又一截，断续，再连接，仿佛他们漫长却又居无定所的日常生活。

金色河谷

《铡美案》

　　已经是农历六月十四，但是高原的夏天并没有真正到来。雪依旧像冬天那样覆盖在远处连绵的山峰之上，闪烁淡蓝荧光。风吹过低矮起伏的山冈，我甚至能感觉到雪的碎屑飞起来，夹杂凌厉冰晶。近处的原野却已渐次葱绿。田地里低矮的小油菜打起花苞，青稞舒展出长叶子，蚕豆抽着细个子，土豆也已成垄。猪耳朵、马蹄杆一类的野草葳蕤起来，叫嚣着盖过石子小路，人家花园里的牡丹和芍药却已经凋下花瓣，夹杂高大青杨的灌木丛逐渐隐去小兽踪迹。季节的过渡并不干脆利落。牛羊进了深山，田野里再没有忙碌的人。这是短暂的农闲季节。河谷的风吹来，带着清凉和防风的药香。我跟着母亲走过漫长崎岖的山道，去山外村庄看秦腔。母亲惯于沉默，我在扭头瞬间，看见母亲藏于嘴角的喜悦。我知道这是一个盼望已久的日子。山道比起往日显然热闹，人们穿着从箱底翻出的新衣服，言谈愉悦，步履矫健。秦腔一唱便是几天，有人去得早，现在返回来。我看见一个孩子，拿出西红柿咬一口之后，立即吐出来，并偷偷将大颗西红柿摔碎在山道上。那个时候，我单知道它叫西红柿，尚未品尝。新鲜蔬菜来到高原的几率并不高。那些西红柿色彩鲜艳，光滑圆润。我和母亲走过它们身边的时候，心怀憧憬，我希望我即刻便能尝到它们的味道，并且我坚信自己不会将它们遗弃在山路上。鲜红、饱满，它像我们即将到达的那个地方，充满神秘和诱惑。

戏场子其实已经具备其他功能，比如物资交流、吃喝、谈情说爱、嬉戏玩闹。古老土木结构的戏台高居一隅，它的飞檐和简单雕花使它显得气宇轩昂，它的背景是山坡上墨绿的成片云杉以及夹杂其间的白桦，檐角上的风铃早已失去自身色彩。戏还没开场，长方形黑壳子喇叭里传出李谷一的《乡恋》，甜美的歌声，但是喇叭音质并不好，嘶嘶啦啦。张贴于戏台一侧土墙上的醒目黄纸上，墨笔大写着即将开始的戏名，《铡美案》。这是一出耳熟能详的老戏。老人们挤在戏台下，勉强盘着僵硬的腿，提前抢占一块巴掌大的地方，但是年轻人和孩子们如同跳出栅栏的活泼羊群，说笑着，显得欢欣鼓舞。沿着戏场，小摊贩将彩色塑料纸铺在凹凸不平的泥土地上，摆上色彩艳丽的衣服鞋帽、头巾饰品，描有花朵的搪瓷用品以及成堆糖果，几家供销社也将商品摆放到露天的木板上，成捆的白的确良、红色大花棉布、府绸和涤卡，以及肥皂、脸盆、手套、鞋袜，它们散发出的仓库的潮湿气味迅速混同到阳光和尘土的燥烈之中。卖冰棍的男子将笨重自行车后座上的纸箱子蒙上黑色棉袄，有孩子来买就伸手进去，半天才摸索出一枚冒着寒气的红色、黄色或者绿色的冰棍来。连接戏场和山坡的窄路上，扎满简易的军用帐篷，大盆焦黄肥腻的卤肉冒着热气，夹杂草果、桂皮、八角的浓香，引诱每一个路过之人。炒拉面、清汤面片、炒面片、烩面、粉汤，都是海碗。小伙子们绕过戏台走进帐篷来，称两三斤卤肉，切成片，抓把葱段，拎着青稞酒，簇拥着钻进坡上的林里去。那是漫花儿的地方。老人们对此不屑一顾，却又偷偷支起耳朵："沙枣儿开花十里香，叶叶儿泛出的银光；心中的花儿对你唱，就算是见面的礼当。"

我已经熟知这个故事。痴心女子负心汉，因果报应，母亲曾多次讲述。我蹲在母亲声旁等候。其实我希望母亲能站起来，拉我到四周转一圈。但是母亲进入到等待中。我看着天上的云一片一片地飞过去，看着鸟雀一只一只地飞过去，我甚至听见时间像冷箭一样"嗖嗖"地飞过去。戏台上终于走出人来，穿着肥大黑袄，慢条斯理，依次摆出一张大红的桌子和两把椅子，然后在戏台正中的墙上挂起松鹤延年的大幅年画，便又走进去，失去动静。突然一阵板胡和司鼓，以及长时间的唢呐吹奏，人群再次静下来，却只是戏台前半圆场地，远处的喧闹依旧阵阵。陈世美走出来。我单知道着龙袍的陈世美正过着"金枝玉叶相陪伴，富贵荣华乐无边"的短暂时日，却看不出他脸上的丝毫得意，深重的妆容掩盖去戏台上所有人的表情。他们在那里唱念做打，我无法听清他们简单的唱词。阳光罩在人们头顶，缓慢移动，远处飘来一阵沙枣花的芬芳，瞬间散失在人身浑浊的气息之中，如同一次过场。板胡后，秦香莲再一次出场，迈着碎步，悠长的慢板，哭腔，接着走出额上绘着红月牙的包青天。秦香莲跪下去，开口唱词。母亲似乎要把自己的喜好完整无缺地传达给我，一字一句给我说唱词："秦香莲跪轿前心惊胆战，包相爷坐上边细听民言。提起我家乡路途遥远，湖广郡州有家园……"我是没有耐心的孩童，听两句便又扭过头去。

《铡美案》

戏台左侧的高大帐篷里正传出阵阵锣鼓和叫喊声，耍杂技的似乎正将小蛇吞咽下去，又从鼻孔里拉出来。母亲偶尔用眼神示意，不容许我走开。我便只好又扭过脖颈来看戏台。秦香莲已经唱完，高举起韩琦的钢刀和银两，递送到包青天的面前去。秦香莲跪在那里，黑色裹蓝边的布衣，白色水裙。我突然觉得苦难的秦香莲原是那般好看，便想着那服饰底下的演员，一定也步生莲花，并且遥远如同梦境仙子，我甚至愿意追随她。移动目光，我却看见堆叠的水裙下，一双已经沾满污点的黑色布鞋露出来，大而笨拙。这是我所熟悉的方口布鞋，母亲常做那样的布鞋，一年几双，不分晴雨天，天天穿着它上山下坡、泥里水中，实在太脏了，晒一晒，并将两只鞋子相互拍打，尘土纷纷。我于是失去对她的想象，因为我知道她只是我身边粗糙的村妇，伴我成长。

社火

正月的夜晚来得依旧过早，鸦群甚至没来得及回归树梢，浓重夜色夹杂炊烟如同幕布笼罩村庄。腊月碾场所积攒下的植物茎秆尚未烧完，此刻从人家烟囱和屋檐飘出的炊烟带着微蓝，并且裹挟柴禾的辛辣气息，这不同于木柴产生的白烟。母亲早已钻进厨房，因为晚间社火，这顿晚饭显得格外美好。平时晚饭的敷衍潦草，不过是因为晚饭成为一天的终结，饭后再无其他活动，使人失去再次调动精神的愿望。我依旧坐在灶前"啪嗒啪嗒"拉着风箱，此刻它的声音不再沉闷，灶内火焰柔软轻巧，如同无数蹦跳而出的喜悦。蒙着油烟的 15 瓦灯泡从幽暗梁柱悬下来，散出昏黄光线，这使得厨房成为这座房子最为温馨的地方。猪肉面片。菜籽油烧熟，用姜末和花椒粉将猪肉炒出香味，酱油上色，加水，放进白萝卜片，煮烂，揪进指甲大小的面片，加入干菠菜，撒上葱花。踏实暖和，饭食给予人的安慰更为实在可信。绘有红灯笼的搪瓷大碗，可以连吃两三碗，北方人的食量，便是孩子也一直如此坚实。饭后母亲又忙着炒酸菜粉条。邻村的社火队来表演，演员的晚饭将摊派到各家各户。那竟是一次具有规模的饭局，我并不能年年看到：百来人挤坐在场院的长条木桌前，桌上摆着从不同人家端来的各种炒菜：酸菜粉条、蒜苗土豆丝、萝卜干炒肉，旁边搪瓷脸盆中垒着各种馒头、花卷、馓子和油饼，敬给灯官的青稞酒已经暖好，

社
火

加入姜末和花椒粉及青盐的茶水灌在熏黑的大茶壶之中，倒入白色掉漆的搪瓷缸。老人站在旁边，笼着袖。孩子们从一扇扇逐渐黑下去的门扇里出来，玩闹，却在打斗间隙，扭头瞄着那些大口吞咽的演员……

锣鼓从远处山道传来，并且越来越近。这是我所盼望的声音，它穿过鸟雀啁啾的树梢，越过大板夯筑的院墙，给渐次黑寂下来的院落以及屋子以一丝动荡。周而复始的日光以及河谷风的交替，草木的反复摇落与扶疏，人影的来去与寥落，使这座庞大的院子日日清冷。渴望变化热闹，渴望绚丽多姿，这依旧是一个孩童基本的愿望。这个孩子不同于多年后的现在，他面对花里胡哨的节目以及大众娱乐，失去年少心绪。他亦不同于多年后的众多孩子，他们失去古老歌谣的传唱。现在，锣鼓和唢呐渐渐逼近，这预示着今晚将灯火通明，人声鼎沸，并且这些声息将摧毁夜夜高悬于头顶的近似空洞的神秘和远处森林的叫嚣。这个夜晚因此可以继续白天的嬉闹，而不用在黑夜的沉寂之中聆听一只小虫爬过墙壁的窸窣声音。母亲将酸菜粉条盛到大盘的碟子之中，将浓红茶水再次煮沸，如同盛待家中亲戚。灯光逼近。社火队终于抵达场院，坐在长条桌前吃他们的晚饭，他们并不急于演出。这使我能够近距离接触那些长裙拖地的"大姑娘"，他们原是胡子拉碴的硬汉，此刻穿着自家媳妇做的花棉袄，袄下系一截大花被面做裙子，寒雀登梅或者孔雀戏牡丹的图案，那些花朵大而艳丽，花瓣反复层叠，色彩对比鲜明。他们腰间系一条水红或者葱绿的府绸腰带，箍着大红大绿的头巾。有些"姑娘"从头巾背后垂下一条粗黑的麻花辫子，靠过去大胆一摸，原是黑条绒拧成的假辫子。公子穿着碎花长袍，并不系带，纨绔子弟的模样，但在腿脚起落间，只见得长袍之下黑蓝的衣裤暗旧起皱。灯官是人间的神灵，人们将他打扮成戏剧中七品官的模样，来去有骏马，往来有喽啰。村人们毕恭毕敬，给灯官敬酒。灯官也是社火队中唯一可以酩酊大醉的人物，醉去的他被人们簇拥着，叱咤风云，当然当他手中的笤帚一晃，他便可以将神的允诺说出来，那将是一个村子一年的安宁和富康。

跳满场，舞狮子，跑旱船，耍花灯，高跷……仿佛一个个熟悉的故事，由一个个熟悉的声音慢慢讲述，其中并没有异常变数，对于社火的节目，我已经记住它们的每一个微小细节。那些古旧的代代传唱的事情，沿袭遥远的过去，并且与现在相连，一种隶属于时间的漫长节目，人们从不轻易更改。狮子最终要等到有疾病的小孩儿穿过他的身下才会离去；高跷依旧是两个踩着跷子的人在那里扑蝴蝶，挑在高杆上的纸蝴蝶上下翻飞，扑朔迷离，逮蝴蝶的人却在那里欲擒故纵。船娘摇着橹上来，龙的尾巴却还在人群中甩动。突然有捏着扇子的八个姑娘穿着红棉袄走上来。人们唏嘘。这一刻，胖婆娘还在外场将自己的布娃娃塞到别人怀里去，阿爸的杈角上挑着马尾巴，用簸箕做成脸面的牛魔王还在接受铁扇公主的教训。姑娘们一上场，人们静下来，喇叭和锣鼓也静下来，只有唢呐细着脖子悠扬。喇叭和锣鼓终究是懂得分寸的乐器，知道在该停的时候停下来，但是唢呐不一样。唢呐吹到兴头上，一定要梗着脖颈吹完整。姑娘们于是分成两排扭起来，十

社
火

字步，绿扇子齐刷刷地甩起来，清脆得如同水分充盈的萝卜一样的歌声唱起来："正月里到了正月正，天波府的能人佘太君，百岁挂了元帅印，横刀跃马称英雄；二月里到了龙抬头，杨家将大战幽州城……"有听得懂词儿的，便在旁边大声地念叨，原来是《十二唱杨家将》。一些老汉们听完之后表示不接受，说女人怎么可以耍社火。并没有人站起来帮老人们说话。更多的人兴奋着，小女子果真与男人不一样，将个杨家将唱得荡气回肠。周围的小伙子暗自躁动起来。其实并没有明显的躁动，不过是一两个小伙子扭动脖颈的频率大起来。锣鼓再次敲起来，仿佛要将所有的力气都化为节奏和声音。我甚至觉得，此刻的人群和村庄都成为鼓点响起来，要成为火焰烧起来。扒拉去冗长的繁重和沉默，这一个夜晚的巅峰来得不容易。我转过头，看到人群外的山脉，正黑着身子围拢来，仿佛要将这一场社火看出个究竟，而我抬起头，看到夜空，那些悬垂的星体，它们一颗一颗地移下来，似乎要成为另一些纸灯笼挂起来。

火盆

秋风过后，早晚天气骤然变冷。虽然正午的阳光依然可以"轰轰"作响，但是闪烁蓝光的雪已经在远处山头覆盖，它们还将寸寸下移，漫过山腰，最终来到村庄。黑铁铸成的粗笨火盆现在需要重新来到炕上。在此之前的短暂夏季，它们被搁置在幽暗的仓库角落，和浮尘、蛛网、犁尖、马围脖、车胎、木锨、高筒黑胶鞋等混合拧绞出独属于这个农家仓库的气息：阴凉、冷清、杂乱、某种隐秘的霉味。刷去旧年浮土，可以看见凹凸不平的火盆表面布满细小的黑铁疙瘩。生铁的味道发散出来，它与院子里渐渐萎去的草木气息格格不入，也无法与掠过屋檐的暗含草药气息的芬芳相融。青杨木做成的火盆底座过于简陋：正方形的小炕桌中间挖去火盆大小的一个圆，刷薄薄一层杏黄油漆，勾出木纹，再涂上清漆，飞溅出的火星在那里灼下黑色圆点，边缘枯黄，如同翻卷的小小花瓣。火盆内铺一层灶灰，支三片垒在门道里晒干的土坯，用来搭茶壶。如此，即将温暖的火盆便可抬到炕上，与绘有图案（松鹤延年、赵彦求寿……）的炕桌放在一起。放置火盆的屋子是家中位置最尊贵的地方，平时只供老人起居。那里通常是一面大炕，占去屋子的四分之三，屋顶裱着暗黄的旧报纸，有时在墙角摆放一张灯桌，年代久远，暗红的色泽褪去，剩下乌黑斑驳。黄铜的老式把手，经过主人手掌的反复摩挲，现在依旧细腻并且闪烁幽微金

火

盆

光。它似乎便是这间屋子的精魂，光阴漫长，但它依旧新鲜如初。如若客人来访，屋子会烟腾雾罩，充满热烈的节日气氛，这始终是我们隐隐的期待。

点燃木柴（晒干的头花杜鹃带着它的紫色花朵，坚硬纠结的黑桦树桩，端午节用来装饰门楣的青杨枝条，夏日开出紫色碎花的红柳……），或者从灶内引燃几块大煤（它们总是由骡子驮着，来自一个名叫炭山岭的地方），浓烟将逐渐驱散屋子的寒凉，长腿的蜘蛛开始跑出看不见的巢穴。爷爷拿出积着黑色烟垢的茶壶，放进粗盐反复擦洗。一年的水垢倾倒而出——仿佛煮了一年的日子，坚硬、泛黄、落地有声，但没有再次利用的价值。而新一轮的日子又将注入，加入泉水、茯茶、老姜、花椒、草果、青盐，放到火盆上烧开、熬煮，直至水色成为黑红。我们叫它熬茶，断续地可以从早晨喝到天黑，爷爷已经上瘾。奶奶偶尔拿出灰色瓦罐，抓把积攒下来的青豆进去，加水，撒几粒从格尔木捎来的粗盐，埋在火盆的余火中，焐到第二天早上。温热、烂熟的豆子爆满瓦罐，倒一碗出来，我端着它坐到门口大圆树鼓起的树根上，并不急于吞食。

有时大雪封了山路，父亲无法外出给人家作画，便会蹲在炕上画神像。我由此可以看见父亲封存在柜子里的诸多神像：元始天尊头罩神光，身披七十二色，左手虚拈，右手虚捧（象征"天地未形，混沌未开，万物未生"时的"无极状态"和混沌之时，阴阳未判的第一大世纪）；玉皇妙相庄严，法身无上（父亲说他总管三界、十方、四生、六道的一切阴阳祸福）；福禄寿三星中的天官身着大红官服、龙袍玉带，手持如意，五绺虬须，面容慈祥，雍容华贵，他的五个童子手中各捧仙桃、石榴、佛手、春梅和吉庆鲤鱼灯；雷神（现在我知道父亲笔下的雷公如《集说诠真》中所述："状若力士，裸胸袒腹，背插两翅，额具三目，脸赤如猴，下颏长而锐，足如鹰颤，而爪更厉，左手执楔，右手执槌，作欲击状"）。真武披发黑衣，金甲玉带，仗剑怒目，足踏龟蛇，顶罩圆光，形象威猛；还有二十八宿、三十六天将、电母、麻姑（吉祥长寿的象征）、送子娘娘（送子、赐福、保护儿童）、魁星（"魁星点斗，金榜题名"）、四象（青龙、白虎、朱雀、玄武）……小小的炕桌以及铺着黑色牛毛毡的大炕上摆满颜料、笔、纸张，但是神像的眼珠都未曾点上（点睛之后，父亲怕供养不周），有些衣带也只用墨线勾出轮廓，旁边用铅笔分别注出它们的颜色：红、绿、蓝、黄、白、黑。与众神一起的时间总是过得很快，火盆里燃烧的煤块渐渐淡去火色，变凉，茶壶里的水也失去"吱吱"的叫声。我勤快地拿起火剪（我从没想过那时的父亲是否信奉道教），拨弄、添煤、续水。糊着白纸的木格窗外雪花乱了方向，我知道山川已经成为一统，这是寂静的清贫岁月。冷风依然穿过院墙从薄薄的门帘钻进来，但我和父亲都未曾感知。

大车辘辘

跨过小雪这一天，河水便披上晶莹的甲，凝固了。其实她柔若蒲柳的身子依然在冰层下缓慢流淌。冰，这种水流肉体上的坚硬，如同村人伤疤上的痂，开始一寸一寸长高，现在，满河道都是它们拔节的"啪啦"声，仿佛春夜青稞和燕麦的筋骨，争相发出它们日益强壮的欢呼。往日逼仄的河道再箍不住这些蓬勃，冰终于漫开，如同白色的花草，迅速葳蕤两岸。尖利的哨儿风越过远处连绵的山峰，扑过来。山在这个季节撩开衣服，它的肌体枯黄、黑瘦，如同失去绿叶的青杨树干，显露出布满褶皱的艰涩。风扬起雪的碎屑，这些细碎闪烁的星群，从山坡起飞，掠过灌丛，匍匐在河道之上，汇聚成另一股旋转的水流，奔涌。但它们没有声音，寂静，然而扑打到脸上，依旧有鞭子的遒劲力量。

我坐在冷硬的大车上，经过寒意浸透的村庄。那些低矮的褐色庄廓，大板夯筑的院墙，雕刻简单图案的门楣，涂着薄泥的屋顶，院中央歪斜的经幡，奔走在墙角的狗，它们一一退去。其实我也没有前进，我只是随着大车，压过高低不平的村间小道，到劲风疾驰的田野里去。蚕豆、青稞、豌豆、油菜，这些收割在地里的庄稼，需用大车拉回，运到场上打碾。这些农活，依然有着原始的缓慢味道。侧过头，我可以看见用坚硬的黑桦（它的木质纠结，斧头总是难以将它砍断，它的

金色河谷

寿命，竟比白桦和红桦长久）制成的车轮和车轴（这些经过刨、砍、削、凿的树干，最终在风雨的浸透中失去原有的色泽和柔韧，现在它们成为干燥粗厉的大车部件。在后来的时日，我想起大车，便会想起一些年岁渐老的村民，他们是另一种形式的大车，反复碾压四季的脚印，又被四季碾压）。毂以放射的形状连接到车辋，十六根辐条旋转成雪花模样，黑色的蘑菇钉突起，仿佛一只只鼓着的蟾蜍的眼睛。一圈，一圈，直到我头晕目眩，这些一眨不眨的眼睛，它们看到的山川，是否跟我一样？我俯下身去，看着这只巨大的怪物，它高过车厢的木车轮，带着桀骜不驯的神情，它所有的语言，提升到嗓门时却简化成"咯吱咯吱"的简单声响。我仿佛成为驾驭这大车的把式，牛皮拧成的鞭子一甩，矫健的火红色马仰头嘶鸣，山川失去声息。精美的华盖，金黄的流苏，大车用它所有的部件奏出音乐。这是唯一的音乐，它更接近于天籁。"大车扬飞尘，亭午暗阡陌"，想象中的王，我多么骄傲。

偶尔，我会坐着大车跟爷爷到更远一些的地方，那是十公里外的县城。"咯吱咯吱"的大车辚辚辗过崎岖山道，身边是不断变幻却又没有多少改变的高原容貌。荒寒连绵的山峰罩着薄雪，云杉林扯起它的黑色衣袖，失去植物的大地，显露它的线条和格局，那并不代表它自己的意愿。河流在两山之间穿过，平缓。岸边的台地上，伫立高大的藏式庄廓，它的身边总是依着菜园（我熟悉那里的花叶子萝卜、小油菜和炕灰焐出来的韭芽）。在大车和自行车往来穿梭的县城，我看到

大
车
辘
辘

低矮的红砖楼层，逼仄的马路两旁排列许多店铺，我并不认识那些牌匾上的文字，我也不曾进入那里，感受它们的琳琅满目。我睁大眼睛看着这个被爷爷反复絮叨的地方（有着"活阎王"之称的罗姓地主居住的地方，他在一个夜晚将几十辆大车停在村子外面，逼着说一口山西话的爷爷交出欠了一年的租子，爷爷在屋檐下将一个黑夜踱亮），并跟随大车住进县城西头土木结构的大马店。卸下大车，爷爷将马拴进幽暗的马厩时，黄昏已经降临。点起煤油灯盏，我看到放着凌乱被褥的大通铺占去客房的四分之三，没有桌凳，昏暗的角落散发出虫豸活动的气息。晚饭要自己到厨房去做。拿着从家里带来的面粉，我和爷爷和面、烧水、洗菜，因为忘带青盐，我俩吃了一顿难以下咽的"甜饭"。晚间躺在冰凉的大炕上，我听到马厩里骡马的鼻息和咀嚼的声音，身体仿佛还在大车上颠簸。无法睡去，我第一次感受到大车带来的陌生，同时也感受到清冷。而我在半夜起来，拉着爷爷推开门扇准备去茅厕的时候，看见停在院子里的大车，它卸去骡马后的颓唐模样，如同一些幕后没有扮相的面庞，它同样罩着清冷月色和旷古幽凉。

炕桌

揭开暗旧的白粗布门帘，我首先看见的，并不是那张让我们俯身下去，吃饭、喝茶、放置蜡笔和针线盒的炕桌，它那么低矮，仿佛爬在大炕上的一只萎顿甲虫，静谧，无法吸引目光。我最先看见的，是贴在炕里头那面土墙上的四幅人物画：《黛玉葬花》《晴雯撕扇》《宝钗扑蝶》《湘云眠芍》，这些曾经衣着华丽的姑娘，现在罩着一层昏黄的油烟，仿佛从那个大院子里走出来，到了刘姥姥的厨房。哥哥给宝钗戴上了黑框眼镜，我给湘云染了蓝胡子，她们就有些不像她们。大炕是东西朝向，它的南面是糊着白纸的木格窗，用沾着唾沫的手指可以无声地捅开一个眼儿，望见花园里沉积的厚厚白雪，仿佛另一些开放的葳蕤花朵。这是屋子最先透进亮光的地方，它在一天的不同时刻变幻不同的色彩，黎明的灰白，正午的金黄，傍晚的血红，仿佛一个人的情绪。窗户对面是一溜摆开的炕柜，扎实稳妥地贴着白土夯筑的墙壁。它刷着墨守成规的黑色底漆，上面是红黄蓝绿的博古图案。这些出自农民自身的图画，大俗大雅，线条拙朴。火盆、灯桌、板壁……一一看过，这屋子没有一件东西多余，犹如窗外的大地，山、川、草、木、鸟、石，摆放在哪里都不累赘。

脱鞋，上炕，盘腿，或者将脚从炕桌下穿过去，伸直双腿——青稞秸秆燃烧而出的温热穿透炕板，仿佛一些毛手毛脚的小虫，痒痒着，

炕桌

穿进人的肌体。现在，正月的风在河道里吼着跑过去，浑身凛冽，但是正月仍旧坐在人家的火炕上。人们可以暂时放下心思——土壤的、草木的、儿女的、亲戚的、婆媳的、风雨的。人们有时候也会明白，所谓的心思，只不过是自己与自己在那里较劲，它没有观众，没有旁听，甚至没有清晰的剧情，转换、穿插，全在自己的一念之间。搁下它们，犹如搁下进屋时拿在手里的一个小小包裹那样容易，因为那里面没有大的天地，没有江河，只是些用来串门的冰糖桂圆。主人捧上茶来，那是熬煮得如同牛血的茯茶。这样的茶不需要品尝。高原上的许多食物都不是用来品尝的，而是用来抵抗严寒的。茶壶里的老姜、花椒、草果、红枣和盐，它们能撮醒一个穿行在冰冷中的胃，并散去它的风寒。这之后会有两大碟子酸菜粉条。肥厚的猪肉片，炸成条的金黄土豆，酸菜和自制的粉条，从南墙雪堆里刨出几根蒜苗，黑铁大锅，长麦草烧出河水一样的火焰，锅铲翻炒，仍旧加入那几样调料，盛在洋瓷碟子里，用油着红漆的木托盘端上来，恭敬地放在炕桌上，旁边是大红的筷子。再盛上大盘热气腾腾的肋条（高原的肉总是这样一锅一锅煮出来，一盘一盘端出来），烫一壶青稞酒。于是炕桌成为这个屋子的中心，犹如正月成为一年的期盼。喝茶、碰酒、嚼肉、抽烟，话语连接、眼神碰撞、手与手相握、脚与脚相触，经验、故事、传说、预测、肺腑……炕桌仿佛一双伸开的大手，捧着，摇晃着，日子成为光线里纷飞的碎粒，没有痕迹，并不沉重。

节日的热闹过去，炕桌将回归到寂静，当然整个房屋、院子都将回

金色河谷

归寂静，热闹起来的，将是田野、山川、流水和云。父亲推着自行车，穿着蓝制服拐过角屋去了有着红砖瓦房的单位。母亲戴上草帽，提着午饭去了山里，她将在嶙峋的怪石缝里拔出一株株香柴。哥哥斜挎着碎布缝制的书包到村外的学校去了。这个家庭中的成员，并不能时刻相守。松木大门沉闷地关上。扭过头，我看见花园里的种子在这个季节都变了样子，它们原来有这样精巧细致的未来：墨绿的叶子里绽开角度对称的花瓣，花瓣的颜色无法用词语描述。我也看见阳光翻墙而入，很霸道的模样，甚至赖皮一样躺在院子里，露着金黄肚皮。我看到一个孤立的天地在黑土夯筑的院墙内诞生，蜘蛛从檐角爬出，带着毛茸茸的大腿，麻雀雏儿在柏树的阴影里啁啾，鸡在栏里莫名地大叫，椽缝里突然掉下大块黑土，窗纸清脆地一响，仿佛拂尘掸过……到处是细微的声响，但是不见足迹，黑暗中的太岁也推开门坐到台阶上来，我感受到它庞大威猛的身躯。坐在炕桌前，我将母亲针线盒里的碎布头拿出来，扎在一截截蜡笔上，并给它们命名，丈夫、妻子、儿女，依旧是家的规模，用火柴和纸片给它们摆出庭院、回廊。越过它们的世界，我可以看见画在炕桌上的《羲之戏鹅》，墨线勾勒的古人，神态安详，他倚着窗格，正将执着蒲扇的手伸出来；庭院里肥硕笨拙的鹅，这些无法在高原生长的家禽，昂着脖，摇摆而过。炕桌的边缘有一条裂缝，显然是当初潮湿的木板受热后绽裂开来，现在它被墨线巧妙地遮掩，成为一棵古树的枝杈。屋子外的燥烈光线从洞开的窗户抛进来，在炕桌上闪烁，这些古代的阳光，并没有衰老。我看着它们，炕桌上的世界，或

炕
桌

者这个世界中的世界，我并没有看到过多的内容。我只是看着它们悄
然存在。很多年以后，我在现代社会的嘈杂中想起寂静，总是想起那
个时代的炕桌以及其他物件，它们一直那样，从不曾改变容貌。

鏊

木柴从夏天开始积攒。大块的树根，朽去的，带着新鲜年轮的，重新生长出嫩芽的，青杨、云杉、油松……黑桦的树根最理想，纹理如同乱麻纠结，不宜燃尽，又不会吐出大的火焰。我跟随母亲上山下坡，扛着铁锹和锄头。雨后我们会碰到残留树桩上生出的小树菇，洁白、光鲜，仿佛婴孩的脸蛋，采来洗净，热油一炒，成为清贫年代的美味佳肴。很多时候，天空晴朗，凉风如同细雨拂过天地面庞，树桩蒙着油油一层青苔，黑蚂蚁往来穿梭，毛虫也静伏其上。我看母亲抡了大锄，仿佛移山的愚公，一点一点刨出树根。那些树根总有着纤长柔韧的细须，如同土壤中的鱼类，需要果断将须砍断，才可以使它失去向深处游动的力量。这样的劳动很费时日，挖掘一个树根往往需要一个下午。夜晚通常会让它镶着金光的翅膀提前到达，我在绚丽的晚霞中背着沉重树根向山下走去，总会忍不住扭头后望：我看见野草纷披的山坡盛开着新鲜的伤口，满溢成堆的黑色泥土仿佛凝固的深红血块。离它们渐远，我再次想象那底下是蚂蚁庞大的巢穴，布满迷宫一样的幽微通道，我因此失去安全，害怕我们的挖掘将会招致大雨瓢泼——我记得蚂蚁总在大雨来临前疯狂挖掘（那个时候，我并没有想象我和母亲便是两只相互疼爱的蚂蚁）。挖来的树根用斧头刨碎，晒在院子里靠阳的地方。夏秋两季的阳光如同思想，一把一把渗到木头的

鏊

纤维里面，在那里隐身繁殖成更多的细碎太阳。

"鏊，烙饼器，铁制，平圆，中心稍凸，下有三足"，翻阅《辞海》，我看见失去温度的鏊跻身于蚁群一般的字符之间，简单潦草，没有生息。这亦如它蒙尘在幽暗的仓房，于漫长四季中等待那一时疼痛的烫。挖来白土，和些麦草，为它泥起土灶。又在它铁制的盖顶搭起一层穹庐般的顶灶。木柴燃起，火焰如同金色植物，茁壮生长，它们用自己的柔软四肢挥舞出章节，如同缠绵往事。火花飞溅，带着小小的危险，朝着火花的中心努力探看，我看见热烈激越的另一个火焰世界，那里暗藏规则，如同我们的世界，生长、凋零，偶尔也失去秩序，暂时陷入混乱。将底灶尚未燃尽的木柴移到顶灶，让它们在那里慢慢烘烤铁鏊，直到将它们自己的金色传到鏊中的馍上，这是个缓慢的过程，由不得谁去急躁。低矮逼仄的厨房，它往日的清冷，此刻迅速褪去，温暖盛开，裹满黏稠油烟的梁柱，开始泛起黑色光华。红光笼罩着黑色的鏊，现在如同披挂金甲的王，它指挥所有忙碌在厨房的人（这些来自左邻右舍的人，抬着他们的面盆和油，共同劳动，如同一个小型的合作社）。老人坐在灶前，讲述他穿山越林的见闻；男人放下沉闷的脸，他要等待火候，将鏊盖抬开；女人在面堆上变换花样，如同在鞋垫上变换花样；孩子们成为跳蚤。长大后我想起这一幕，仿佛看到电影里一个氏族部落夜晚的局部：篝火在空旷的夜晚燃起，繁星密布的夜空一半已经烧红，熟肉的气味随同火焰升腾、流窜，大地上舞蹈的女人戴着骨质项链，男人们披着长发擦拭玉器，老人借着火光将

金色河谷

猎物平分，白天刚出炉的陶器蒙着绛红，蛙纹回环……

我熟悉那些刚出鏊的馍，如同熟悉我念念不忘的记忆。梅花、雪花、佛手……馍的形状来自这些天然的花朵。洗净木梳的齿，在面团上交叉着摁下雪花的花瓣，从调料匣里找出有着匀称花形的八角，摁在花瓣的中央，留下它清晰的印痕，又在上面蘸几滴浸了红纸的水，以象征雪里的一点红。或者将发好的面擀成大片，抹上碾碎的红花（红色）、苦豆（绿色）、金盏菊花瓣（黄色），淋上菜籽油，卷起，拧成花瓣绽放的模样……外部的焦黄与内里的松软，掰开它，烘烤出的麦香，来自田野和土壤深处的芬芳，它们并不因高温而失去自然、恒久的力量。铺一层干草，在堂屋的地坪上，摆上这些热气腾腾的花朵，等待冷却。这一个夜晚，我们将自己想象成温柔的黑猫，经过它们身旁，屏声敛气，就仿佛它们是一群刚出生的幼儿，我们的粗声大气将带给它们惊骇。这之后，母亲要腾出两三只大缸，以便分门别类，储藏它们。有些是自己吃的，有些是走亲戚的，有些是要到隔壁邻友串门的。那些光鲜的、体面的、能体现女主人手艺的，将会八个为一包（外加两袋饼干），捎到远处的亲戚家去，有点儿畸形或者残缺不全的馍，将压在缸底，在没有外人的时候，我们自己消灭它们。我看出邻居介于这两者之间，这并不怎么奇怪……当我说远了扯回来的时候，我看见渐渐冷却的鏊仿佛生完孩子的年轻母亲，它缺乏照顾孩子的经验，但精神矍铄。它将继续返回阴暗并有太岁活动的仓库，蒙上灰尘，等待来年火焰给予的疼痛和烫。

黑帐篷

　　我走近的，是山里早已不多见的黑帐篷。它像一只黑牦牛那样静卧在山坡的一块平地上，一些枯去的金露梅和高山杜鹃的枝条围绕着帐篷形成半圆形，也是山里再难见到的矮小篱笆。帐篷四周的青草正在葳蕤，偶尔闪烁露珠的光芒，尽管此刻逼近薄暮。拴在木桩上的黑色藏獒高大威猛，面容深沉，四肢、下巴和尾巴底下露着金黄，正宗的铁包金藏獒。我到底是生人，藏獒一次次试图挣脱铁链扑过来，带着愤怒的低沉吼叫惊起一旁卧着的白色大猪。我以为猪也是拴着的，它却站起来"哼哼"两声朝坡下走去。

　　帐篷用黑牛毛擀制而成，这个我并不陌生。以前人们常用牛毛擀制毛呢，缝制鞋子衣服，做毯子褡裢，氆氇便是用茜草、大黄、荞麦皮给白色牛毛织品上色，多为赭红、草绿或者橘黄。父亲当年学画的师父大富大贵，说他出门骑大马，穿氆氇，回家抽鸦片，连屋顶的蜘蛛都上了瘾。但这样的帐篷窄小，搬家费劲。后来便渐渐不见了。后来，这个词说好不坏，说不好便有不好的存在。牛毛帐篷被帆布取代，又被房子取代，实在无法言说好坏。

　　后来，我身处的是如此幽暗狭窄的空间。帐篷里一面铺着毛毡的火炕占去地面的四分之三，泥土砌就的灶台连着火炕，又占去剩下的大部分地面。地面凹凸潮湿，依旧能看清许多脚印，狗、猪、猫咪、

金色河谷

人和一些无法辨认的诡异脚印。帐篷四壁挂着牛毛绳、火镰草和黄蘑菇，透明的塑料袋里装着晒干的草茵陈、雪莲、柳花菜和鹿角菜。没有窗户，帐篷内唯一的光线来自敞开的门洞。植物、酸奶和牛羊肉的混合味道弥漫着。女主人披一头黑亮细密的辫子，打着手势让我们上炕。我跨在炕沿上的时候，手里已经捧着一龙碗酥油茶。淡黄的酥油花浮在上面，遮住热气，碗格外烫手。除了我们，帐篷里再无他人，这让我暗自诧异女主人的大胆。长着高原红的女主人一直微笑，带着亮度。我看出我们的到来给女主人带来的是欣喜，而不是惊惧，仿佛她一直在等待我们到来。又是自制的白牦牛酸奶，盛在大碗里，女主人抓一把白糖撒上去。山中雾大，雨水如同春草丰盛，帐篷里浸着些冷意。女主人抱来干柴，塞进灶膛，那是头花杜鹃。干柴"噼啪"。一会儿，熟悉的芳香、热气和烟一起升腾，罩住搁置在炕脚的零碎东西：被褥、帆布包、塑料雨披、盛放酸奶的盆子。我看见女主人低头时那颗镶在辫子上的鹌鹑蛋大小的红玛瑙滑到面颊上来，艳而莹润。

这是雪线以下的山，跟着雪线，在天际连绵。

山里寒气重，露水总在花朵上明亮。绽放的花朵多是金露梅、银露梅、山玫瑰和杜鹃。杜鹃总是多，蓝紫色的头花杜鹃开得早，黄花杜鹃和高山杜鹃端午后才开花。头花杜鹃开花有气势，往往一开就是一山坡，又有奇香，我们叫它香柴。金露梅跃出丛丛明黄，山玫瑰又秀气到不敢大声喘气，牛筋条开出点米粒儿大的粉色花，香气居然比茉莉浓郁。花都有气质，性格各异。后来我们离开帐篷，站在对面山顶时，看见葱郁苍翠的山像一扇扇门开合在天空下，没有穷尽。有些山谷正长出云来，一咕嘟一咕嘟地蒸腾。牦牛和山羊栽植在绿色之上，缓慢移动。如此静谧，再没有任何声息传过来。寻找，那顶黑牛毛帐篷那么小，一疏忽便不见。但我们还是站在那里，看了很久。

鄂博

现在，我站在天空之上，我明明知道我在天空之上，但我的头顶依然是另一层打开的天。这是迥异于我平时所见的天和地。头顶的天空清明澄澈，蓝色如同大海。太阳在一侧，光芒万丈，但又如此逼近，仿佛我踢出去的皮球，如果召唤，它会顺从地挪过来。脚底万顷白云正在蒸腾，又无限延展。如此浩瀚。所谓九天，所谓悬圃，便是这样吧。小时候的夜晚，我常坐在庭院的青石台阶上仰望星空，那时梦想有一天能在银河之上飞翔，或者骑着彗星扫过西天。现在，我就在想象的那个地方。坐下来，如同笋尖的山峰覆盖冰雪。这是四季都不曾消融的雪，反复积压，早已坚固成冰。再不敢多挪动一步，积雪连着云层，不知哪里是虚，哪里是实。尽管阳光灿烂，气温依旧很低。这是农历八月，是青藏高原上气温最高的时候。我穿着毛衣，裹着厚外套，依旧哆嗦。听不到风声，但是空气清冷。仿佛一个刚刚开始的世界，到处是惺惺然睁开的眼睛，懵懂，不了解时间和世间。坐着发呆。然后想到人的死亡。它或者不是阴冷，不是凄然，而是这种，最初的宁静和最终的澄明。

尽管我知道白云之下山峰绵延，此刻在白云之上，我所坐着的，是唯一一座山峰，孤绝。身旁便是鄂博，五色经幡拂动。这是人们从山下背来整根木头、石块、哈达和经幡，垒起的神圣所在。因着不断

鄂博

累加，鄂博大而高耸。每年农历七月，逢着初一或者十五，人们会背着鸡羊上山，在鄂博上燃桑烟，放鹿马，祭献神灵。鄂博原是路标，来自蒙古族，传说与成吉思汗有关。现在，却在这高起的大地上，无处不在：大到山顶，小到高坡，繁复或者简约。人们对此保持敬重，并相信神灵同在，始终谦卑，不会在哪一块土地上随意挖掘开采，甚至不会随意放置一块石头，不会随地大小便，不会长久停顿，不会抛掷垃圾，更不会随意将什么东西带回家中。彼此存在，完好无损，山里人并不会如此淡然分出你我，但在他们看来，山的存在，比人神圣。路人有时坐车经过鄂博，来不及下车，也要摇下车窗掷些硬币，盼山神保佑。祈愿人人都有，对一座山峰或者土地葆有敬重之心更加难能可贵。

我还在云山雾海上胡思乱想，同行的人已经在鄂博上燃起桑烟，撒上青稞炒面，向着天空抛出鹿马，绕着鄂博转圈。一些仪式如此传承，省去言语说明，没人发笑，也没有议论和喧嚷。此时山峰这样高大，云海壮阔，天空清明，一切如同法相静穆庄严。

下山时在半山腰见到一片狼藉，显然一场暴雨刚刚过去。青色山岩上依旧残留雨珠，植被湿滑，草色新鲜，一些闭合的野花还没来得及重新打开花瓣，河水哗然，牛羊挤在一起。有人告诉我们，刚才那场暴雨，天空黑云翻滚，电闪雷鸣，令人惊惧。

奔向 2000 年

太阳又一次燃烧在山顶的时候，母亲在一个碎布拼成的花书包上打完最后一个黑线结。这是农历二月的一天。到这一天为止，二月的风一共刮了十几个日夜。它们总是在午后醒来，踢腾起手脚，呼啸着，凌晨时分才疲惫地睡去。这些风首先改变了天地的色彩，将原先积雪的山脉、凝结的河流、冰冻的土壤、铅灰的云、屋檐以及衰草枯枝和那半坡黑色灌丛染上黄土的颜色。风紧接着吹乱了冬季的秩序，使它们松散、摇晃，漏出缝隙：雪在山坡上逐渐成为斑点，并在河道里悄悄塌陷，一个冬天都垂在枝条上的树挂，开始淌水。最终风缓慢下来，像手帕那样开始擦拭天空的面庞，并露出天空那往昔的蓝而纯净。风从山冈上跨过来的时候，像一个终结者，带着决绝，风又像一个缔造者那样昂首挺胸地离去。我不知道风最终会到哪里去，风的变革看上去漫不经心，却暗含韧劲，目标明确：村庄还是原来的村庄，靠着山的脊梁，事情已经不是昨天的事情，公鸡在栏里伸长颈子，猫咪开始夜不归宿，羊一次又一次冲撞圈门……一个季节站在天空下，向另一个季节作揖打躬。我知道这是一个季节走到另一个季节里，并在那里藏起来，最终成为另一个季节的归宿。母亲将各色条纹布剪出的菱形布片拼起来，黄里套红，红外框黑，它们以工整的几何图形作为书包的两面，裹上黑色边角，并用蓝碎花府绸给书包做出流苏。母亲终于在春天到来的时候将花书包挂在贴着旧对联的廊柱上。

在我慢慢长大的过程中，我看见许多事物最终有了去处。地里的庄稼长大了，结了籽，最终进了我们的肚子；墙角的罂粟开了花，又将花瓣烂在墙角里；门前的一棵青杨挺在那里，我以为它会永远给喜鹊做窝，但它最终成了我们新房的檩条；隔壁的爷爷老了，最终被埋在坡里……我已经看着许多个太阳升起来，又离去，我想着我不能老坐在草堆上斗蚂蚁，我应该到什么地方去。并没有人赞成我的想法，我藏着它，我认为我的想法不必征得别人同意。有一天，太阳像往常一样升起的时候，我正站在西墙根晒太阳，我听到巷道里羊群准备上山的声音，于是我挎起空空的书包，塞一个青稞面饼子，我走出去，回身"哐当"一下关上院门。我想着那声音将成为一种结束，也将是一种开始。在我出门之前，羊们蜂拥着挤出院门，它们走得大大咧咧，门都不关，我跟在它们后面，回身替它们关上院门。我想着我到学校上学这件事跟羊们去山上吃草一样，学校应该是我最终要去的地方。

其实我不知道一学年要分开来，像把一个饼子掰成两半，而且我不知道新学年的开始要到九月。母亲并没有将上学看成一件大事情。

一条窄小崎岖的路将我从自己的村庄领到隔壁村庄去，我曾经在这条路上像风一样刮过无数回。我也熟悉我所到达的地方，几年前，这里还是饲养院，许多头犍牛和犏牛卧在那里反刍过，许多匹骡马和毛驴在夜晚嘶叫过，饲养员夹着黑牛毛擀制的雨披来往过，社员们背着粪背篼出入过，我甚至趴在马槽沿上捡吃过豌豆和青稞。现在，曾

金色河谷

经积攒过牛马粪的土地已被踩平，那些大开的窗户已经蒙上塑料纸，墙壁用和着青稞秸秆的白泥涂抹干净，马槽立起来，搁置在南墙根，拴过牛马的木桩劈成柴禾，而牛羊骡马们也已散开去，从它们进入的门户里，又走出一个个孩子来。多年来，我一想起我的学校就想起有着牛马粪味和青稞秸秆味的饲养院。我站在我所到达的地方，看出熟悉中的陌生，又看到陌生中的熟悉。那土木结构的房檐上依旧抖擞着去年的翠菊，门顶贴着的，依旧是褪去色彩的"六畜兴旺"的横额，歪斜的青杨木柱子上，遍布木头虫咬啮出的细密小洞，房子外边旧围墙的豁口里，灌进河谷清冷的风，墙外几棵青杨的枝子搭过来，粘着些微阳光，风在那些枝子上一晃而过，并不留下痕迹。我这样顾盼的时候，旮老师站在教室外的台阶上喊我进教室。那是唯一的一个教室，也是学校里唯一的建筑。在那里，我说出我的学名，那是一个陌生的名字，仿佛一个陌生的人。我在那里还找到一条看不出色彩的板凳，一张表面凹凸不平的桌子。我就那样简单地安顿下来。我想着我终于和别人一样，早晨躺在被窝里就知道下一刻要去哪里。

多年后，当我以教师身份一次次走上讲台的时候，课堂教学不停地改变着模式，有时我从学生实际出发自己设计，有时应某一项改革活动进行，自主、情景、合作……无论从何种方式出发，途径何等幽深，目的只有一个，那就是接受知识，将身体改造成运载知识的集装箱。这二十多年中从没有一堂课像我小时候的第一堂课那样脱离一个指向书本知识的具体目标。昝老师戴着深度眼镜走进来，浅浅地笑。他的笑仿佛生来就那样安静地挂在脸上，从不曾丢失过。他走过来，他的发皱的蓝涤卡中山服在简陋教室里发出好闻的味道。这是个复式班，教室靠北一侧是二年级的几个孩子，我们四五个一年级新生坐在教室靠南的一排桌子前。昝老师在走近我们之前就已经微笑，这不同于我们的家长。我们的家长们总是在忙碌中隐藏他们的表情，从不对我们微笑，这让我们和家长疏远，他们在一旁拉车推磨，我们在一旁懵懂成长。并没有自我介绍，昝老师只问我们家里有什么花草。高寒缺氧的青藏高原，花草树木的存活其实艰难，便是夏季，田野看去一片葱绿，花草的种类依旧简单，甚至潦草。我说我家里有芫荽梅、毛菊莲、洋打泡、川草，还有大蜀旗，它们慢悠悠地从一个季节开到另一个季节，从不慌张。长大后我查一些书籍，知道芫荽梅叫波斯菊，毛菊莲叫虞美人，洋打泡叫罂粟，大蜀旗叫蜀葵。昝老师说，我们先在校园里建个大花园怎么样。这是个好事情，我们欢呼。想一想，花开了，蝴蝶和蜜蜂来了，蚂蚁和瓢虫来了，我们读书的时候，它们可以在外面倾听。昝老师说花园可以承包，如同这里曾经生活的牛马那样入家入户。我很快在围墙北边岔开两脚，占住一块地方。这里靠阳，不论太阳逗留在天空的哪个地方，总有一部分落在这里。我们不会写自己的名字，便作记号。靠近这块空地的土墙有个大的豁口，露出蕨麻的毛糙根须，我扯下它们，围起一个小的方框。

在家里，我拉开堂屋幽暗角落的灯桌抽屉，装天麻丸的铁盒子，

金色河谷

扎在一起的白色海马、图钉，有着明显字迹的印章、火柴，锈迹斑驳的小刀，那些零碎小物件因为长久搁置，散发出混同天麻的霉烂气息。翻寻其间，发现白布包裹的罂粟子实，看上去全是严丝合缝的隐秘。因为时间，它们早已丢失水分，却依然有着淡绿的色泽，披细长纵纹。拿起来，放在耳边摇晃，会听见籽粒在壳内"沙啦沙啦"的声响，仿佛有数只小虫在其内玩耍。记得平时头疼或者肚子疼，母亲总会剥些籽出来，用铁勺炒一炒，和点儿蜂蜜给我们喝，很是管用。芫荽梅的种子我也熟悉，花谢之时，我们曾剥下它弯月形的籽来，挤出其中的籽肉吃，无味却香。再仔细扒拉，找出些零散的不知名的种子，圆褐色的、带飞翼的、灰白的，小心翼翼地包起来，揣它们入怀。

昝老师说过，我们都是些神秘的种子。这让我雀跃。我曾经看着母亲将白萝卜种子撒到菜园里，然后不管不顾，仿佛已经忘却。我担心着地下的它们，我不知道那些种子在那个黑暗的世界里做些什么，那里没有方向，没有上下，没有人告诉它们的未来将是什么，也没有人教导它们该如何行动。我想着种子们在那里茫然无措，然后独自挣扎，它们没有手脚，但要给自己寻找光明。它们肯定在那个混沌里上下左右地冲撞，试图找到一条路径，它们不能找错前进的方向。我不知道自己需要从哪里开始发芽，要长成什么样子，开什么样的花，结什么样的果，如果离开这块土地，我要去哪里。我想起那个黄昏，我提着红柳编织的提篮去后山拔猪草。山野寂静，山坡上长满开黄花的柴胡，风走过来，掠起一把一把柴胡的药香。再没有人在这个庞大的山野与我共处。我那么小，但是我一直走，沿着一条野草纷披的小道。连绵的祁连山脉在我的前后左右。它们不像我，它们的脚跨出去，踩着蓝天的一角。我突然想起哥哥曾经念叨的"我爱北京天安门"，那个遥远的北京，天安门广场、毛主席纪念堂、人民英雄纪念碑，还有站在城楼上挥手的毛主席，伟大而神圣，仿佛在不可触及的天空，又仿佛在一切的流动之中。我无法到达。莫名的惆怅。我想着它或许在山的那一头，在水的那一边。我抬起头，看见西天的晚霞，凝重而磅礴。北京一定不是个具体的地方，它应该有着阳光的色彩，并且云层一样浩荡。如果我扔下手里的提篮，跟着祁连山脉走，我一定能够到达那个地方。我慢慢走，我想着走上前一个山头，或许就能看见北京的一角。我爬过一条长满黑色沙棘的沟，扯着冰草攀上沟沿，再沿着沟沿到山顶。当我站在那座山头上，我看见无数的山头围过来，不透风。我找不到哪个是北京的方向，而天已经黑下来。

站在三月的田埂上，我仔细看母亲撒播青稞种子的样子。那些拌过肥料的青稞种子从母亲粗糙但温热的手掌里扬出来，在青灰色的天空画着自由圆润的曲线，仿佛一些活泼的家伙，做着快乐的事情，它们进入土壤的过程同样没有章法，自由散漫，仿佛要去赶会场，一个一个走也行，一拨一拨赶也成，要的就是闲散自在。在此之前，我看过小麦、蚕豆和土豆种子进入土壤的过程，它们都没有青稞种子这样的洒脱。小麦种子装在播种机里，车子"吱呀呀"一声拉过去，小麦

金色河谷

种子被固定到直线里，这意味着以后它的生长只能在那些线条之内，它不能越过规定的距离，不能任意妄为，否则就是野草。土豆和蚕豆种子被点到新翻的犁沟里去。土豆深，蚕豆浅，隔五寸，点一撮。盖过去的土壤要完全隔绝它们在土壤之内的联系，不容许它们在那个黑暗的世界里打闹喧嚣。多年后，我想起青稞和小麦植株的不同，总觉得青稞是一些皮肤暗黄的村女，失去站相，随意散漫，而站在小麦地里的，是严谨自律、矜持却又要强的知识女性。

花朵的种子怎样进入土壤，是我一直想要知道的问题。前一个冬天，我曾经看见母亲将大丽花的根从土里挖出来，藏到地窖里去，开春了，母亲再取出来，栽到花园里。我也看见母亲将带有罂粟种子的植株割下来，架到屋檐下去，让它们在那里风干。有一次，我还看见母亲将翠菊毛茸茸的种子摘下来，捧在手里，送给邻居。母亲并不理会更多的花种子，任它们在屋檐上、墙根里、猪圈旁成熟枯去。我看到花们年年开放。鸡圈旁的玫瑰并没有因为鸡圈被一场大雪掩埋而死去，南墙上的毛菊莲并没有因为墙土剥落而失去踪迹，去年的花开在那里，第二年，它们依旧在那里妖娆。我看到人们对待花种子和庄稼种子的态度截然不同。但是花种子并没有因为遭遇不平等待遇而拒绝发芽。春天了，最先发芽的依旧是花的种子。

课余时间，昝老师和学校的另一位老师用铁锨翻地。有时候我们站在一边等待藏在土壤里的小和尚，那是一些会摇头的白色小虫子，我们常常命令它们"小和尚小和尚左摇头"。但是曾经被牛羊骡马的蹄子踩踏过的土地格外僵硬，有时横亘大块石头。更多的时候，我们从学校门前的河滩抬回青色或者白色石头，用来砌围墙，以划分出我们曾经抢占过来的小块地方。这些时间总是过得很快，我们只抬了两三块石头，挂在墙角青杨树上的旧铁锅就会响几下，仿佛有意打乱我们的劳作。在这些劳作时间，学校操场仿佛一个小小生产队，我们丢下书本不管不顾，大声叫嚣、嬉闹，并没有家长跑来指责老师的不妥。

我手里的罂粟种子明显让昝老师犯难，我想着将它们全部撒进土壤里去。昝老师问我知不知道鸦片，我说听见过，一种让人失去力量、让人骨瘦如柴的东西。昝老师指着我手里的罂粟种子说就是它，我背过手去，说它的花好看，我们家年年开，但没有人吸食。昝老师停顿一下说，一种花太多不好看，少而有用才是好。这个并不难。我用波斯菊种子在地里勾勒出一个娃娃脸，点出小小的五官，用翠菊的种子做背景，再用罂粟种子给这块地勾上边框。我将余下的种子拿回家，交给母亲。多年后，当我回到当初的家，再见不到曾经鲜艳的罂粟花。我想起罂粟的命运，想着它的存在并不是错，错的是人们对它的依附。

看着那块地，想着不久之后，那里将有一个小孩子冒出来，像秋天田野上探出头来的小田鼠或者小兔子，他会持续不断地盯视天空的变化，鸟飞过去，云飘过来，太阳庄严地蹲在山头，雨到来的时候，风传播消息，如果在夜晚，他将整夜探究星星的图案，仙后、北斗、三星……还有星星的色彩。他不会因为夜晚或者黑暗而钻进房里去，他也不会跑掉，寻找另一个地方秘密探看，因为天空的浩瀚始终在他的眼际。我为自己的想象而欢欣鼓舞，我发现原来播种是件重要的事情，种下神秘，收获想象。

高原的春天总是那么迟缓，仿佛有意拖延。在其他地方，四月的芳菲已尽，高原却还要落一些雪下来，覆盖在远处山头。春天并不着急，春天像黄牛的脚步那样有条不紊地走过村子，再一点点跨进学校的大门。短暂的忙碌告一段落，女人们开始挎着柳条筐去河边的滩地捡拾地耳菜。女人们将捡回来的地耳菜洗干净，用水泡开，炝点儿熟菜籽油，是晚饭桌上的美味。男人们拿着砍刀爬到青杨上去，砍下多余的枝杈，好让它们朝天空生长。门前屋后有空地，将砍下的青杨枝插进土里去，若是逢着雨水好，它们都会成为一株新的青杨树。人们来来去去的时候，眼睛总会一遍遍扫过庄稼地，他们等待着种子们破土而出的那一刻。我们跟在大人身后，捡拾他们丢下的枝条，并将这些枝条拉到学校里，晒干，冬天到来的时候，可以用来生火。我们不能跟着大人们去高山上砍香柴和狼麻。长大后我知道，那些塞进灶膛就"噼啪"作响的香柴原是很难见到的头花杜鹃，而那所谓的狼麻，竟是鞭麻。

在学校里，阳光的碎粒总是在空中斜斜抛撒，带着些许清冷。河水静流，它的声音却又清晰入耳。学校操场上唯一的一棵青杨结出一身紫色的长穗子来，我以为那是它开出的花，长大后才知道结穗子的青杨都是雄树；真正的花是雌树开的，要到七八月份，柳絮一般的花漫天飞舞，常会给灌丛和草地铺上厚厚一层白绒的毯子。紫色的树穗子挂在那里，仿佛无数紫色的毛虫在蠕动，我们小心地从树下跑过去，将青杨枝条摊晒开来。昝老师坐在那里，正用红胶泥捏冬天要用的炉子。操场裸露在阳光下，发出耀眼的光。我们被牛马踩踏过的操场已经很平整，它铺在那里，容许任何事物从它身上跨过去。雨珠滴落的时候，最先打湿的是操场；风刮过去，最先干净的是操场；村里的鸡跑进来，最先站在操场上鸣叫。我们在操场上打闹哭泣，又在操场上跳跃欢欣，操场承载着比教室更为琐碎的事情。有时候，我们将课堂挪到操场上，顺着两条白粉笔画出的竖线，捏着从锌锰电池里取出的石墨棒在自己界定的领域里埋头书写。"太阳、地球、月亮、人造卫星，我们住在地球上……"书本上的生字、生词、简短句子，现在纷纷被搬到大地上来，像植物的种子，夹杂在土粒、碎石和奔跑的小虫之间，虽然它们脱离具体含义，但依旧是些愉快的种子，忠实地跟随我们。昝老师坐在他的宿舍门口，那是从教室里隔出来的一间屋子，当年饲养员住过的地方，我熟悉那里面的摆设，一方土炕，上面放着一张失去原先色泽的炕桌，一盏用凡士林瓶子改装成的煤油灯，墙上钉着挂袋子的锈迹斑驳的钉子，我们的写字本和老师的墨水瓶是那屋里唯一的摆设。很快，我们将操场写得支离破碎。我们看见没有一只手可以卷起操场这张纸，没有一支笔可以蘸着红墨水在这些字词上打对错。

早晨去学校的时候，走出家门，那里总有些水坑泡着要扦插的青杨枝杈，我们拽一根出来，带到学校去。我们绕着学校围墙栽下它们，三尺一个坑，昝老师迈一步是一尺。我们没有力量用铁锹将一个个土

坑挖出来，这些重活留给两个老师。我们在操场上嬉戏，一抬头，看
见昝老师正吃力地弓下腰去。昝老师拿手的事情是在黑板上画中国版
图，一气呵成。昝老师总会在大公鸡的西北方向上再描出一只卧着的
小兔子，说那就是我们青海，兔子的眼睛是青海湖。我于是常常想着
我在一只小兔子的身体内，而兔子在大公鸡的身体内，我便以此类推，
想知道我的身体内是不是也有这样的事物。我想着肯定会有些什么是
我不知道的，它们在那里活跃，或者沉默，也有可能会思考。

　　我们在校园里嬉戏，眼角总会朝四周瞄一瞄，我们已经无法心无
旁骛地去做我们的游戏，我们似乎在瞬间长大，感觉有更重要的事情
占据着我们的心，我们要有所担负地走进学校来。这让我在以后的生
活中总觉得自己就是一个主，喜欢为别的琐碎负责，从不依赖。有一
天，昝老师说，我们不能等种子发芽，原地等待不是一种好过程，因
为有一头牛、一头驴甚至一两匹马分别利用一些夜晚从墙豁口里走进
来，将大蹄印留在我们的地里。这是个好又不好的苗头，说不定在一
个春暖花开的早晨，它们啃食了我们的花朵扬长而去。昝老师说我们
需要将墙豁口堵起来。我们的任务依旧是去河滩抬些石头回来，两个
老师和泥。码一层石头，抹一层泥。昝老师教我们一首歌——《万丈高
楼平地起》。我们没见过高楼，不过我们已经知道，有一种东西它可以
插入云层，如同鸟一样，但它们必须从平地起飞。从高处起飞的是秃
鹫，秃鹫站在高坡上，向下跑，并且扇动翅膀来，跑着跑着便可以飞
起来，那叫滑翔。高坡是另一种平地。墙豁口不多，三四个，我们用

三四个午休时间堆起它们来。我们的校园一下子紧凑起来。风刮过来的时候，再不会在那里打尖利的口哨，牛羊走过来，看看，再走过去，它们是识趣的动物。

坐在教室里，我努力朝窗外探看。木格窗户上蒙着的厚塑料纸已经浸染昏黄土色，布满泥点，因为时间，塑料纸失去弹性，过于松脆，不能取下来清洗。有些塑料纸上面已经被调皮的孩子戳出细密小洞，眼睛凑过去，可以看见外面的强烈光线。我旁边窗户上的一小块塑料纸显然与其他塑料不一样，看得出蒙上去的时间并不长，而且染有淡淡黄色，显然是去年的哪个女孩子用凤仙花染过。凤仙长大的时候，我们常采来捣碎，和白矾，包在指头上染指甲，也可以将一块塑料布染成黄绿色，用来扎头发。透过这块淡黄的塑料布，我隐约看见窗外远处的山峰和天空，正蒙上淡淡绿色。

昝老师看我一眼，停下讲课，说我们可以去外面坐坐。我们的课堂上总有着这样的惊喜。我们可以随时打破一个既定秩序，然后重新建立起适合我们的秩序。灵活，随机。这在今天看来，是多么奢侈。我们的学校坐落在村子的一处高地上，这使我们即便坐在教室外的石头台阶上，也可以看见道路、河谷、丛林和远处山峰。早晨的太阳最先照到这里，村里的炊烟总是最后汇聚到这里，而天上的星群，离这里总是很近。我们坐下来，发现春天早已来到，尽管石头的冰凉依旧如同往昔。平时我们忙于嬉戏吵闹，并没有仔细朝我们生活的这个地方观望过。现在，我们看见这些曾经被我们熟视无睹的事物如此沉寂而亲切，并且逼近我们，将我们掠过去，成为它怀抱里微小的一部分。而绿色正一把一把地泼洒到山路、河滩、庄稼地、隐约的山峰和低矮房屋旁的青杨上，浓浓淡淡，黑色的灌丛也开始改变色彩，流水的声音响亮起来，河谷雉鸡的翅膀"啪啦"声渐渐到山上去，羊羔的叫声越发娇嫩……大地正一点点褪掉它的干瘦和僵硬，温润起来。风从墙头上跨过来，不再凌厉。我们栽下的青杨已经发芽，伸出一两枚淡绿的叶子，我们撒下种子的土壤，也已经露出许多嫩绿的叶片。我扭头看我承包的那块地，波斯菊的叶子已经具备雏形，圈圈点点，我可以看出一个孩子的脸。我知道不久之后，那张娇憨的脸将不断变换色彩，嫩绿、深绿、淡粉、紫红，最终又将回归灰绿。我们的校园，曾经马嘶牛叫驴打滚的饲养院，即将成为花草葳蕤、树木成荫的花园。

　　我想起昝老师刚才领着我们反复读的几个生字和一个句子："年，月，日；时，分，秒；我们和时间赛跑，奔向 2000 年。"这是我读过的最好的句子。我读这个句子的时候，又扭头从开在窗户上的小洞里往外探看，那时阳光正浓，耀眼，我看见东面山坡正披着奇异的金黄，那条砍柴人用身体和柴捆蹭出的道路，像一条闪烁光芒的藤条，正向山顶攀附。那一刻，我又想起遥远的北京，我相信那条路一定可以到达。多年后我依旧熟悉那个句子，像熟悉一个刚刚发生在身边的故事。这个句子带给我的所有想象美好纯净，如同夜晚的璀璨星空。即便 2000 年早已过去，我想起它，仿佛它还没有来到。

七
月

七月

这个七月，有一种念想越发明晰起来。这就是说，在以往，譬如过去的四月、五月、六月和另外一些七月，这种念想其实也存在。只是它以往的存在犹如一条扭捏在葳蕤草丛里的长虫，一阵子凸现，一阵子隐没。如果往优雅处比喻，它以往的存在犹如摇曳在墙内的一树繁花，我们一会儿看得见，一会儿看不见。但是这个七月不同。其实也不是七月不同。这个七月和前一个七月仍旧有着孪生的可能：青杨"沙沙"，却也扯不出多少烟云雨雾。啄木鸟早晚都横斜在窗前的枝杈上，从不掉下来。早晨6点多的时候，太阳像去年那样蹲在远处的黑色山尖上，然后云飞起旧时的模样，黄昏时分，风撑着大翅膀停下来，布谷搅和着近处道观里的晚钟……季节的容颜有时过于相似，如果要找些异处，那也就是有一种念想在这个七月像猫咪那样弓起脊背，要我时时扭了脖颈，反复探望。

仿佛探望一片波动的麦田，金色的麦穗闪烁太阳的光芒；抑或探望盛开在原野上的葵花，一片花瓣就是一声金色的吟唱；又仿佛在探望一个金色的黄昏，归鸦的翅膀镀着天空的辉煌。伸出手，我只握得住伸手时的那一束记忆，却握不住这份念想的边际，甚至握不住它的一个局部，它仿佛在远处，微茫如高楼上的一声叹息，但又近在咫尺，并且掷地有声。是。它或者欠缺秩序，杂乱，失去头绪，但它浑身携

金色河谷

带金色的力量。它在七月的山谷，在铺满芬芳的平地，在天空，也在我额上的皱褶。它匍匐，或者流淌，像七月的河流那样，但它的蜿蜒不是它所具备的形象，它的敦厚也不是它所历经的沧桑。一如三十多年前的那个七月，阳光金盏花一样盛开，厚实，没有缝隙，罩着白雪的祁连雪峰在远处寂静，夏季风挟带草药芬芳从山谷滑出，流水的声音如同远古，云雀带着它的哨音蹿上高空，油菜铺满田地，它的花朵发散出的芬芳，如同火焰燃烧。青杨在路旁沉寂，人家院落里的经幡也在沉寂，杨花迷离，再没有人影，从七月的浓荫里斜出来。我一直走，并不因为年少而作些逗留，石子偶尔硌疼我的脚。我盯着路的方向，因为村庄和花猫就在前方，还有虫吟，念想也在那里。那个七月的念想并不像现在这样单薄。其实不仅是那个七月的念想，那个七月的任何一个细节或者光线，都比现在丰盈。

现在，油菜花在我的身边又一次轰响，像蜜蜂那样，阳光也在热烈地鼓掌，天空依旧开满白云，朵朵繁复。大地上的道路都在匆忙地奔跑，向着前方。我跟不上它们，但并不慌张，因为我逐渐知晓，我即便用世间所有的路倒退，只有时光不会仓促和惊慌，也不会背弃——"盛之不可留，衰之不可推"。我想着七月和所有的时光一样，不会仓皇。七月不会将自己固定到一座山巅——再没有一条路可以与天空接壤，下坡的路尚未在草丛中显现。七月也不会挺起身子彰显出它的孤绝，七月绝不会如同一个人的孤绝那样，表现出狂放或者冷艳，七月仅仅是七月，它让你生发些念想，关于金色，关于过去，仿佛七

七
月

月正在老去一样。

　　白天的阳光照耀着拔节的庄稼，青稞、油菜、蚕豆和小麦，并使它们"噼啪"作响，仿佛在下一个时刻，它们便要抵达辉煌。夜晚，雨水淅沥。这是七月惯常的天气，懂得滋养。这也使得七月的事物鲜亮明艳，仿佛它们以往并没有经过任何季节，没经过尘埃、烟火或者霜冻，一切仿佛刚刚开始，欣欣然。我在这样的夜雨中行走，常常看见小镇十字路口的鼓楼，它披着这个时代的衣服，景观灯照耀出它异于平常的绚烂。如果在白天，我惯于忽略它的存在。它蹲在那里，庄重自如，仿佛世界开始的时候，它就在那里，和古老的空气一样。但在夜晚，七月的天色渐渐暗沉，这使七月和任何一个季节相仿，鼓楼便突兀起来，仿佛才从水泥的裂缝中钻出来。我想起幼年来到这里，那也是一个阳光如同花瓣的七月，我第一次见到它沉着面容覆盖车马溅起的微尘。那时我并不知道它的雕梁与暗八仙图案在过去的岁月里曾反复明暗，火、动乱、抢劫、破除，这些词语给予它曾经的沧桑和现在的端然……贩夫、走卒、流浪汉，他们在七月的夜晚披着羊皮袄，戴着毡帽，背着氆氇做成的褡裢，道路上的尘土染白他们佝偻的肩，他们嗅一嗅酩馏酒作坊里散出的青稞酒的芬芳，缓慢走过，雨水即将来临，没有一棵植物在晚风中发出声响，也没有花朵睡去，小镇尽头的大马店幽暗孤寂……曾经熟悉的有着阳光味道的七月，我的父亲，以及祖父走过的七月，它们像歌谣一样代代传唱，并散发出寻常日子的芬芳。我再次嗅到它，在这个七月的夜晚，尽管我同时嗅到雨水、风和远处植物的气息，但我依然深信时光的芬芳来自身边的故事，而不是天空。现在，我所看到的展现在明代鼓楼上的新手法，以及富丽堂皇的灯光，如同一些用来包裹事物的纸张，我相信某一天，它们会"窸窸窣窣"一阵脆响，然后碎裂，但是斑驳在木柱油漆里的岁月，坚硬如同雕刻。

当然，在这之前的傍晚，雨水没来得及在天空凝聚，蓝天尚未遮蔽，我坐在开着的窗户旁。很多时候我都这样坐着。我知道还有人坐在远处的山谷，或者黑牛毛编织的帐篷里，晚风沿着窗隙行走，带来清凉。我想着下一分钟要忙碌的事情，但我不知道该怎样做好，时间没有任何预见性。我也不知道下一个七月我要坐到何方。于是我看着窗外的墨绿青杨以及红砖屋顶。它们静谧并相互层叠，正在呈现一种浓郁而古老的绵密乡愁。我听见布谷啼叫，邈远的流浪气息。我还听见邻近院子里的犬吠，有两三只，我听出它们撒娇、愤怒、炫耀甚至无是生非的热闹劲道。在这两种声音停歇的片刻，一只有小提琴音质的鸟开始歌唱。它们很快合奏起来，抑扬顿挫。偶尔停顿，仿佛有意休止。我突然想，七月也是一只鸟，它从混沌中起飞，穿越我们的记忆，它忽而明晰忽而模糊，但它并没有失去与大地的亲密联系，它的坚持不同于我们。

如果我在屋子里坐得过久——如同一株生长在阴湿地带的植物，

七
月

缺乏阳光的色泽——便要走出去，其实也没有什么事情必须去做，只是想走出去，到七月的阳光里。我走到门外，呼吸到高原的清凉，便有了起死回生的愉悦。脚步最终会拐到小镇南端的广场，当我站在石头的台阶上，我确信我们的脚如同一些花朵，具有向阳性，由此我觉得我们的心，也具有向阳性。七月的阳光燃烧，但又那么存在理性。广场上空的云一片一片向东移动，仿佛一些关于山水的诗句。鸟儿断续飞过去，灰鸽和斑鸠是那样难以分辨，布谷藏在青杨枝里，我听见它的啼叫充满情感。老去的青杨吐出纷纷扬扬的飘絮，它们落在草坪上，仿佛刚刚开出的一层层白色小花。我走过一些弯曲的石子小道，像一只爪子有着肉垫的猫，然后坐在槐树下的长凳上，忘记思考。我在平常的时间里，并没有思考什么，但我的神经似乎总在思谋着要解决些重大问题。我坐在长凳上的时候，手捧着金色的厚实阳光，我甚至感觉自己手里正拈着莲花，像佛陀那样微笑。七月的广场呈现给我的是散漫的人和事，并且我听见他们的交谈，有时候杂乱无章，有时候又紧密扣在一起。然而他们紧扣的方式又过于松散，一如孩童用马蔺编织的骏马和磨盘。这让我相信七月也存在慵懒的部分。我听见铿锵的锅庄舞曲，听见贤孝，听见板胡和二胡的悠扬，听见花儿，老者的花儿掌在手心，那种姿势总是那么忧伤。我还听见闲人儿吼秦腔："咱家住池洲贺塘寨，不得时与刘把马排，汾河湾铜锤换玉带。咱杨家撇刘投宋来，投宋来父子九人在……"我听见秦腔就能听见这世间所有的忧伤。我看着那个吼秦腔的人，他穿着男人们惯常穿的藏蓝色西装。他的衣服与这个七月有些抵触，但他却未曾感知，他甚至对七月都没有感知。他和那些围坐的人一样，仿佛根根马尾做成的琴弦，紧绷或者松弛，都与时间无关。我在他们身旁，不能把他们的交谈想象成萧条尾声，也不是某一种序曲。我觉得他们在七月放逐而出的声音，更加接近于起承转合，如同光影里流转的绝句律诗，或者古老歌谣。

　　七月刚刚到来的时候，刺玫花像喝醉了酒一样妖娆。刺玫树并不怎样高大，它的繁花结在那里，大团大团地热闹，仿佛掉下来挂在树杈上的彩霞。我在小镇的街道上走过，明明知道它们在许多院子里燃烧，但我很少扭头回望。我的性格里存在直爽的一面，却不喜欢直爽的花朵。我从七月初走到七月中旬，刺玫花开着开着便渐渐萎去。这也没有什么，当它们不在树枝的时候，地上铺满红云，像秋天那样。七月肯定不会是秋天了，但在前一个傍晚，当我坐在窗前，窗外的夕阳像油蜡一样裹上树叶，风像扫帚一样将绿叶摆弄时，我便知道秋天曾经悄悄地来过，它像探路一样抬手抬脚，然后像一只猫咪那样隐去。我想着七月将要像刺玫花一样热烈地萎去，并且要发散出辛辣的气味时，我的鼻子猛烈一呛。那一天如同以往的每一个时刻，我在七月的街道行走，撞上些与我一样采购零碎的人群。我看见低矮的水草一样的电线将它的阴影投射到人们的脸上，在那里留下水波一样动荡不定的神情。四周店铺里散逸出各种气味。塑胶、合成纤维、铝合金、生铁、纸张、熟油、酒精、佐料、洗发水、下水道……这些浓重的气味

七

月

一股一股地掀过来，成为小镇独特的气息：简陋的时尚元素如同廉价瓷砖贴在暗旧的红砖墙面上，墙角暗涌的依旧是底层饱满的水声食味的生活。我同时嗅到人们身上散发出来的汗味、泥土味、青草味，这些气味来自周边村落。当我确信无疑地嗅到一种芬芳逼近的时候，便确信七月也有春的讯息。那芬芳中暗藏的雨水洒过田野的清冽，虫豸在肥沃土壤中蠕动的声息，草叶密谋暴乱的私语……这些乡土的方式，它们如同笼罩平林的漠漠寒烟，在小镇的街道寸寸移动。我嗅出这是一种具备抗衡能力的芬芳，拒绝生硬事物如同水泥的渗入，坚持自然寒凉的芬芳。我循着这缕芬芳前行，看见七月的丁香，在楼层后的小院中绽放。那些细碎的紫色花朵卷成小小的筒状，仿佛一些童稚的喇叭吹破它的边沿，它们的卵形叶子簇拥如同绿色的怒波，它们的脚下铺满动荡的阳光。没有人关注——它们不同于物价、基金、股票，不同于油盐酱醋茶，不同于青春期或者更年期，但这并不影响它们快乐地绽放。我看它们亲密的模样，仿佛在说："别忘了我们的约定，那正是紫丁香盛开的日子。"（莫奈）

七月，我在小镇目睹一场车祸。花苞一样的孩子穿着蓝色校服过马路，他的大书包吊在屁股上，使他不得不前倾着身体，仿佛提前老去。他走路时脚下并没有风。这是一个晴朗的下午，阳光匍匐在路面上，厚实均匀，踏上去甚至能踩出金色的印迹。行道旁的榆树倒撑着绿伞，它的阴影斜生出来，开出一些鬼魅的花朵。街道两旁的电线杆

金色河谷

上挂着春节的旧灯笼、中国结，缠着些瓜蒂一样的小彩灯，它们在夜晚挤着红橙黄绿的眼睛，在阳光下却隐去热烈。高原的清凉拂过来，干燥，缺乏水分，没有风。孩子走着走着便飞起来，他的书包如同打在衣角的硬结，飘动。孩子笔直地向前飞翔，仿佛一支穿越丛林的箭。这只是瞬间。我却看见一个缓慢的过程。孩子一直飞，飞出二十多米，然后静静落下来，仿佛一朵花在暮色中凋零。轰响的是空气。我朝孩子飞奔，我想着或许我能接住他，让他像花朵一样停驻在我的手上，但我追不上时间。时间的可恶之处就是无法慢下来。地上的孩子那么快就蹲踞在我的胸腔里，仿佛蜷伏在我的子宫里一样，我能感触到他柔软肌体的蠕动。在孩子身边，轰响的空气突然静下来。我想着空气的变化原来如此迅捷，如同我们的生命。我在这条街上见过许多次死亡事件。撞死的黑猫、流浪狗、喜鹊，退休大院内的唢呐在冬季频繁响起，那是为没能扛过寒冷的老人送行……所有的汽车在十字路口停下来，显得温顺，但这并不能阻止我去怀疑它们，我甚至看清楚它们潜在的一些野兽的蛮劲。

在这个时候，一只毛驴走过来，并没有停顿。牵驴的人穿着蓝色中山装，有些紧张，东张西望。我以为看见了长着驴耳朵的汽车。但它那么优雅，并没有钢铁的生硬呆板。它黑色的圆蹄子举起来，向前，划出圆润的弧度，落下，那么气定神闲，仿佛捏着一枚黑色的棋子，"哒哒"的蹄音清晰如同清晨的鸟鸣，于是我知道毛驴依旧走在它的山路上。它的背部深灰，肚腹洁白。它的生殖器甩在那里，仿佛菜园里

七
月

的紫茄子一样神气。它的目光深沉，我看不清那里藏着什么。但我仿佛看见小镇外的山冈，野草压着青石，山花呛着蜂蝶，虫鸣戏水，阳光的芬芳层层绽放，毛驴是王。在那山冈上，毛驴驮着粗布走过，毛驴驮着媳妇走过，毛驴驮着稀奇古怪的骂名走过。毛驴一直走，它没有梗起脖子叫，也没有躺下打一个滚，它甚至没有左顾右盼，它保持着王的姿势。我想着毛驴没有变，变化的是路。石头变成水泥，虫豸变成汽车。毛驴怎么知道。当然，这些变化并不仅仅发生在这个七月。毛驴走在十字路口，如同走在七月山洼的旧路口。阳光在它身上流过，如同奔跑的泉水。我想起几年前，也是在这个十字路口，我的孩子第一次看见驴，说：妈妈，给我买一只驴，我要玩。现在孩子再也不会要驴了，我想着刚刚飞翔的那个孩子，他也看不见这世上的毛驴了。都变化了。但七月没有变，小镇十字路口的方向没有变，毛驴走过来，依然能回去。

秋天的李子在冬天成熟

秋天的萝卜有一部分进入地窖，那是一个让时间变慢的地方，尽管那里幽暗阴凉，缺少氧气，也缺少生气。红头萝卜在那里会继续红润下去，绿头萝卜在那里也会继续葱绿下去。而地窖主要是用来储藏土豆的，所以土豆在地窖里饱满一如当初。秋天的另一部分萝卜成了萝卜干。这部分萝卜经历的种种如同一位壮年倏忽滑向暮年，皮肤因缺水开始布满褶皱，骨骼疏松。当然，这期间，时间也由深秋走向初冬，青杨叶尽，天垂气寒，红嘴山鸦逐日靠近枝杈。

母亲从大红面柜中取出小小一个白棉布包，捧到阳光下。冬天的阳光就是一袭黄衫子，皱皱巴巴搭在墙头的白石上，搭在云杉木的梁柱上，也搭在墙外邻家的经幡上。按藏历来算，尽管这一年还没过去，但经幡上的经文早已被风吹日晒成斑驳模样。青石台阶渗出的也早已不是夏日温热，而是西风刮过草原河道的凛冽刺骨。虽然冬天刚刚来到，这片草场和山野上的事物却已分外单薄。倒是屋里那一对漆朱红的松木面柜，依旧亮丽着《五福拜寿》的图案，也有那匠人描绘的暗八仙、鱼鼓、花篮、玉版……拙朴祥瑞。母亲坐在这个冬日的阳光里，打开布包像打开花瓣那样。我看到布包里蹲踞的小小几枚李子，显然刚刚熟透，呈现柔软多汁的暗红。

秋天的李子在冬天成熟。

秋天的李子在冬天成熟

高原上的事情，它们发生或者行进的步调总是要慢上半拍，譬如平原已是人间四月芳菲尽，高原的冰雪才缓缓解冻。但是高原的冬天总是来得突兀，仿佛一个趔趄，从晚秋的天边栽倒过来。我记得还在七月时候，远处连绵的高大山脉便已裹上白雪，而前一年的积雪并没来得及在这个七月融化。至于八月花开、九月霜降，也是平常事情。这使得秋天的许多傍晚，母亲要忙着给花搭上架子，蒙上蓝白条纹的蛇皮布。通常是些玫瑰红的大丽菊，也有几丛明黄或者淡紫的千花亚菊。晨起揭去，那时如同冰晶的白霜纷纷抖落，架下花瓣懵懵懂懂依旧艳丽。至于院里那棵李子树，它虽历经许多寒暑，早已懂得高原寒凉，开花结果依旧慢条斯理。六月花开，一树盈白竟也使得高原庄廓多出深深几许幽静，它的果子却是历经艰难。结得少是自然，那经得住高寒的几枚青果时常遭到麻雀啄食，偶尔逃生的几枚，涩涩挂在枝杈之上，总是无法红透。不得已，在霜降前的一些日子，母亲将依旧青涩的李子摘下来，用布包好，塞进柜子的青稞面粉中去，捂住，使之慢慢成熟。

冬天到底是一个偌大的袋子，收去大地的丰润，还将许多色彩收去：山脊、岩石、草茎、河道、敖包、庄廓、白桦林……一片灰黄，那曾经的苍翠蓊郁，仿佛只是它们盖过的一床缎面被子，一夜西风，它们甚至未曾来得及叫声寒冷，便裸露在大地之上，为着努力遮蔽自己的不满，它们开始沉默寡言。云终于摊成薄片，不再卷起，太阳像一张白纸剪贴在天空之上。猫咪捉完田鼠回来，一身尘土，看不清胡

金色河谷

须几根。隔着矮墙，我看见隔壁阿尼早穿了黑色棉袍，腰间系的黑带子却是松弛不少。阿尼肯定是熬不过这个冬天，尽管我希望阿尼能活百岁。高寒缺氧早已使许多高原老人患上严重的肺心病，即便是年轻人，一检查也会发现心脏多少有些问题。尽管如此，并没有几个高原的人拍着胸脯说，高原不止在地球的顶端，也在这里。这原是不值得矫情的事情。阿尼的嘴唇和脸颊青紫，浑身浮肿，吸到冷空气就咳嗽，一咳便喘不上气，这使得眼睛始终充血。已经有好几个冬天了，午后气温稍有回升的时候，我就会看见阿尼坐到院子的阳光中来，缩成小小一团。只是阳光清冷，如同阿尼盖在身上的旧腈纶毯子。我知道阿尼大半辈子都在这个院子里心满意足地忙碌，现在再无法起身到院子中央的桑炉里煨桑。说是四季轮回，阿尼身边的这片山水多么阔绰，享用不尽的冬去春来，但是阿尼不同，阿尼没有足够时间坐在冬天的院子里等待春天，也无法将她经历的最后一个冬天延续下去，阿尼的春天已经被冬天收藏。

再说这一天自有这一天的好，也有这一天的刻薄。我看到几枚李子成熟，一位老人靠近终点。母亲往外走，地上投下短粗的身影，但是冬天的阳光没变动。我知道在下一时刻，母亲剥掉李子皮，递给阿尼吃，这个过程阳光无法记录下来，冬天的阳光其实和以前一样，只记录长长短短的影子。

没有什么是多余的

坐在檐下的青石台阶上，我听不到这个冬天任何的声音，这个冬日的空间仿佛不存在一般。但是我知道，在我眼前，这个冬天正发生着明显的变化：太阳从山头的一棵黑色云杉移到另一棵黑色云杉上去，几缕灰烟像远去的鸟羽那样越飞越淡，一只雀鹰滑过房顶，黑翅膀并未扔下声响，风没有痕迹，但是冷意紧跟在阳光之后，青杨上那最后一枚枯叶如同发呆的粉蝶，谁家的白色猫咪棉花一样绽放在西墙头等候约会，羊群低头啃着青稞地里的秸秆……我在这个周末走过十里山路，回到和我童年时期一样的院落，在院子里，我想起十月初一用来包饺子的甜菜根还没有拣出，而且今天的茶炊也没有准备停当。于是起身——冬天总归是没有声音的——但是茶炊不能冷去，拨旺炉里的火，给铝壶注满清水，抓一撮益阳茯砖，加入盐、花椒、老姜和草果，炖到炉子上去。三角形的青稞面干粮早已切好，隔壁送过来的白牦牛牛奶也早已煮开，毕竟是吃了一个春天、一个夏天又一个秋天高山牧草的牛，煮过的奶上面蒙着厚厚一层淡黄色奶油。接下去依旧是慢慢等待，等茶开，等茶水上色，将牛奶倒入茶壶，等母亲回来。

这个冬天，其实是这样一连串的许多个冬天，已经少有老人还像母亲这样，跑去捡拾落在土里的蚕豆，或者其他。在冬天到来之前，母亲总是到土豆地里，拾起那些落在泥里的土豆，怕它们在那里冻坏烂掉。如果往前推，在夏天和春天，母亲也总能从旷野捡回许多东西。枯去的红柳，风干的沙棘果，被洪水冲刷而出的白桦树根，几团挂在灌丛枝条上的羊毛，一枚从未见过的鸟毛。"没有什么东西是多余的。"有一次母亲从河滩捡回一枚扁平的青石块，压在酸菜缸上的时候，为自己的行为解释得理直气壮。那时我想举个例子反驳，我瞅遍家里的角落，那些幽暗阴湿的角落，总该有多余的东西吧，晒干的燕麦草，挂在梁上的绿萝花，一截多年前用牛毛拧成的绳，一只母亲用手缝制的棉拖鞋……没有，然后我想着记忆，想着思虑，想着一些不能说的话语……曾经想着像枝条甩掉落叶那样甩掉的它们，一时间也觉得难以割舍。

将牛奶倒入茶水之前，需要看茶水的颜色，如果寡淡如沙棘果的外皮，透一层浅浅的明黄，草果、花椒和姜片的味道尚未浸出，那不到火候，茶水千滚万滚只有成了绛红色，这样煮出的奶茶才算茶有茶味，奶有奶味。我早喝惯了这样的茶炊，有一天喝不到它人就萎靡如同霜打。

母亲怀抱一只奄奄一息的雄雉鸡，我知道母亲从不会空着手进门。雉鸡身上有这个冬天丢失的色彩：墨绿、朱红、金铜、宝蓝、淡紫、浅褐……这种无法高飞的鸟类，平时总跑到远离村庄的地方安居乐业，遇到冬天万物苍黄，它们才靠近人类，寻觅一点遗留在土壤之中的谷物。这依旧是种对人类心怀希冀的鸟类。但是母亲怀里的这只雉鸡已经闭起眼睛，美丽的耳羽簇失去光泽，脸部的红色裸皮正在成为黑紫。

没有什么是多余的

你看看看，它又吃了药。母亲生着气，放下雏鸡就钻进屋里去。看母亲的样子，仿佛我吃了裹着毒药的谷物。母亲从屋里找出来的是胡麻油。以前女人用胡麻油抹头发，以前的人还用胡麻油治疗肠子打结的马匹。母亲掰开雏鸡嘴，灌一勺胡麻油下去，又灌一勺下去。

以前母亲用胡麻油救过一只吃了耗子的猫，那只耗子吃了耗子药，猫吃了耗子回家后不吃不喝就是叫，一边叫一边将身子蹭着冰凉的地。母亲还用买来的橡胶奶嘴喂活一只羊羔，那羊羔生下来羸弱得不成样子，主人打算丢弃时被母亲看见。还有一年冬天，母亲带回一只瘸腿的马鹿，伤好之后再不肯离开我家院子，见着生人进门就不耐烦地乱踢乱叫。总之，被母亲带回的小生灵都有了另一次生命。现在这只雏鸡生死未卜，而且冬天刚刚来到，我想着如果那一天大雪封山，会有更多的雏鸡剪着苍茫来到人身边。捧着茶杯，我无法预料那时还会有几只雏鸡再遭厄运，但是冬天还得继续。

雪花也有它的用意

村后的山崖上长着一棵老去的柏树，它将根吸附到干裂的岩石缝中去，又将身子贴着山崖生长。崖的上体是慢慢后仰的，柏树也将身子斜了过去。有人说，那棵老柏树的方向就是风的方向。我知道风从来没有固定的方向，但它将固定的方向给了村庄。我家门口长着一棵青杨，几十年了，它并没有长高，只将头顶的枝条四散开来，仿佛风是从顶上灌下来的。我于是想着人在风里走过，感觉着风是迎面而来，其实不是这样，风也许是从人的头顶往下灌，于是人像我家门口的那棵青杨，越走越矮了。

雪一直下。雪跟雨不一样，雨在落下之前就造起了声势，但雪是静悄悄的。有一阵子，我站在院子里看一朵雪花，我从房檐的那个高度认清了它。房檐以上的空间，雪花是弥漫的，白色的云雾一般，根本没有数量的概念。那朵雪花从房顶上斜过来，擦过房檐上一枝枯去的翠菊，飘下一尺来高，然后又回旋到房檐的枯草上去，仿佛荡着秋千。在枯草之上，它并没有逗留，尽管已经有一些雪花落在那里，它在那里打几个旋儿，又沿着旧路飘下来，这次落得要久一些，慢悠悠的，仿佛一位老人在颤巍巍地走他最后的路。我伸出手，但是它又逃逸了。它向着院子里的柏树滑过去，像一顶小小的降落伞那样停驻枝头。我想着这就是它的路程了，我不知道它的路程有多长，但看见了它的末路。柏树里是藏着麻雀的，我想着要扭身回去的时候，麻雀唧喳了一声，树枝颤动，那枚雪花被弹起来。一枚雪花在空中划过的弧线并不分明，也不圆润，它歪歪扭扭地，拐一个角，轻飘飘地，落下来。

我看到的雪花是没有力量的，也没有一种奔赴大地的决心，只是散漫，一味地飘来荡去。在纷飞的大雪之中，整个村子甚至都失去了它们原有的坚硬，再没有什么东西是沉甸甸的，仿佛吹一口气，那些树木就会在雪花中飞舞着飘起来，那些屋顶则会像一些用旧的布匹鼓荡起来，而那些凝固的墙体、青石会像一丛丛茅草左右摇摆。也没有什么事情搁在人们的心里，雪像一些高低参差的栅栏，圈起时间。在这旋转的时间之内，活计是可以搁置的，话语也可以搁置，人们可以靠近火，靠近这贴近人心的事物。

又一个早晨在雪花中悄悄来到，尽管没有一丝风可以将天空的彤云吹开，也没有一种声音可以穿透雪花，但是我知道，在雪花之外，在四周连绵的祁连山中，在粗厉的旷野上，在云杉和白桦林中，该苏醒的都已苏醒，该酣睡的，依旧像夜晚一样酣睡。旱獭、月熊、红嘴山鸦、秃鹫和雀鹰，还有那些嵯峨险峻的青色岩体，那些流水。打开院门的时候，猛然看见家门口的那棵青杨像一个人失去了他的半边身子。它那样一分为二地从中间被劈开了，露出白而细腻的肌体。这棵青杨一直随意生长，对于一棵不会成材的树，没有人会给予它希望，没有了希望，便也没有了外在的束缚和力争上游的煎熬，它最终长成

金色河谷

一棵淳朴憨实的树，挂云挂雾，也挂鸟窝。几年前，有只乌鸦将巢筑在枝杈上，我们听着乌鸦早晚"呱呱"，就有些烦，主要是烦乌鸦的叫声难听。后来又有只喜鹊将巢筑起来，这是只喜欢热闹的喜鹊，成天地喳喳。我们无所谓，想着反正喜鹊在枝是件喜事，可家里的猫咪不这样认为，总是冷不丁地爬到树上去逮喜鹊。对猫来说，逮耗子是件小事情，逮喜鹊实在是件尴尬的事，我们常常避而不见。喜鹊来了之后，乌鸦扔下巢一去不返。这个早晨，我看到喜鹊巢和一半的枝杈都横斜在雪地上，雪已经覆盖上去。喜鹊去了哪里，谁都不知道。下雪的时候，雪花的轻盈让我忽略掉了它整个的重量，现在不一样。雪花终于将一棵几十年的青杨压折，而在远处，雪使白桦弯下身子，像一截失去骨气的腰肢。我站在那里，看着白桦和青杨，终于明白雪花也有它的用意。

河流也有它打结的地方

结冰之前，河流在河道里"哗哗"前行的时候，显得如此顺畅，像一条府绸抖在门口的风里；又像一坡青草，在雨水中滑行。但在结冰之后，我才看到河流也有它打结的地方。像一块愈伤的树瘤，一句欲言又止的话，一口吐不出的气，一团绕了又绕的炊烟。河水的结打在冰面上，像一朵雨后新出的白蘑菇，并且不停地长，不停地向外翻出河水清亮的内里。原来表面平滑的河流内部，也有它激越旋转无法释开的纠结所在，它们平日惯于隐藏，到了冬季便暴露无遗。只是它们更像冰开出的花朵，我们叫它冰骨朵，花骨朵那样好听。

孩子们像种植青稞的农田，越来越少，但在冬天的冰面上，孩子们还是会留下他们的笑语。我看见他们惯常滑冰的方式便是爬到冰骨朵上，前边的孩子坐下去，站在身后的孩子一推手，前边的孩子便用屁股向下滑出去两三米，如此循环反复，那些冰骨朵终被孩子们蹭得油光明亮。也有胆大的孩子，独自站在冰骨朵上向下滑去，下滑的速度过快，出不了一米，便脚朝前头靠后地摔在惯性之下。当然，前去吃水的牛羊常会摔在冰骨朵上爬不起来，那四蹄划空挣扎的模样，加上黄狗在一旁图热闹似的狂吠，也叫人忍俊不禁。

腊八的早晨，我们偶尔也会参与到孩子的队伍之中，拎着背篼，找到一坨又一坨冰骨朵，用斧子凿下冰块。有时清冷的阳光照在这些冰块的断面上，仿佛照在一些碎去的彩虹上，有好事的孩子过来翻寻，试着让彩虹衔接。但色彩总归是变化的，孩子们找不到一成不变的彩虹，于是放弃。将碎去的冰块用背篼背回来，放置在冻硬的南墙根下，也插在门前的土堆上，或者是低矮的墙头上。放置在南墙根下，是为了更好地储存。将冰插在门前的土堆和墙头上，是一种仪式，为的是祈求来年风调雨顺。在这高原之上，神祇无处不在，也无时不在，它们并不高高在上，而在我们身旁。这一天的冰我们叫它腊八冰，这些冰在整个冬天都不会化去。这也是一些被允许吞食的冰，孩子们在冰天雪地里吮着它，像吮着快乐的未来。

午后气温稍有回升的话，有老人走出门去，在冰骨朵上凿出小坑，将青稞倒进去，用杵子除去外皮，拿回家，等着煮麦仁。其实麦仁不是随便能煮的，需等到煮羊肉或者煮猪头的那天。高原气寒，煮羊肉通常要放花椒、老姜、辣椒进去；煮猪头作料更多，花椒、老姜、桂皮、八角、草果，等等。人们在捞出羊肉或者猪头之后，再将青稞放进去熬煮。这是一个慢过程，年轻人懒得去做。杵青稞便成为老人的活计。老人们跪在冰骨朵前面，低着头。我看见老人们惯常采用的姿势便是坐下来，或者跪下来，总之是要低下身来，朝着大地的方向。但孩子们不一样，孩子们尽可能地跳起来，好像离开地面越高会越快乐。

腊八后的一天，我碰见隔壁的张家阿尼，她已经 60 多岁，梳着长辫子。阿尼是土族，整年穿黑色小领斜襟长衫。阿尼年轻的时候，一

河流也有它打结的地方

定常穿七彩袖的绣花长衫，系盘绣腰带，戴银质耳坠和索尔，也一定在辫子上缀着珊瑚、玛瑙和海螺片。这依旧是一个热爱和亲近美的民族，女子终生留着长辫子。阿尼的头发已经全白，但辫子还是垂下来，细细的两根，发梢上结着黑布条。阿尼跪在冰骨朵前面，用患着风湿骨节粗大的手刨着别人凿出来的碎冰块，一点一点放进身后的背篼里去。我不知道阿尼将碎冰块背回家是要融成水，还是要放在墙根来冷藏青稞面干粮。尽管天气晴朗，凛冽的西风依旧滑下远处山脊，穿过灌丛，沿着河道而来，在冰面上打着趔趄，并刮起雪的碎屑。扬起的碎雪很快模糊掉阿尼的身影，阿尼面前的冰骨朵已经被人们凿碎了，但那块冰面还是高高突起。其实不止是冰面高高突起，那一天的山脊和天空，都是那样高而冷硬，仿佛与此时此地毫无瓜葛，只有阿尼小小的一个黑色人影，在四周的空阔和冷寂之中，低下去，低下去，仿佛正在给河流的结主持一种庄严仪式。

河流去了哪里

河道里的冰不停地长，仿佛春天的野草，蔓延开来，并且发出"嘎吱嘎吱"的暴涨之声，这使得原本逼仄的河道一点一点宽阔起来，甚至占据掉河两岸的低矮灌木丛。那些夏日曾经葱郁的沙棘、红柳、小蘗、金露梅、铁线莲，现在都瑟缩成同一种荒寒模样，冰雪在它们的枝条上晶莹透亮。每一个冬季都这样。幸亏冬季是有限度的，总会在以为熬不过去的时候结束掉，要不然河道里的冰会越来越霸道，覆盖一个村庄都没问题。而一个冬天，总有一些时候我是在冰面上生活，因为冰不仅挤满了河道，也占据了一些道路和庭院。以前，我认为冰在水上是自然而然的事情，一如云在天上，直到前几年，我才看到冰和水是互相叠加的。水上结冰，水又漫上冰面，再结冰，再漫上。如此反复，最终水涨冰高。

前一段日子有人提起西伯利亚寒流，这是个令人生些怅惘的词。其实不止是西伯利亚寒流，白桦林、燕麦、山杨、矢车菊和黑麦田，还有那弥漫紫色云雾的俄罗斯草原，那在冬季换上新角的马鹿，或者月熊，我与这些词语或者事物仿佛共有前世，存一段明灭不定的回忆，隐藏不住的喜爱与怜惜，也许是因为我身边的寥廓和寒凉与它们相仿的缘故。其实寒流来了便来了，人们没什么可担忧的；走了就走了，人们也不会庆贺。有什么可担忧的呢，在青藏高原，冬天已经将该准备的都准备齐全了，青稞归仓了，土豆藏到窖里了，牛羊下山了，燕麦干透了，旱獭躺进洞中酣睡去了，大理菊的根也挖出来用布包好了……到底是聪明的，冬天知道自己的冷，想得周到，不像春天，人们的毛孔刚打开，春天就将风灌进单薄的衣服里去。

这个早晨起来，世界已与昨日不同。改变原是如此迅疾。昨天还是黄褐萧疏的原野山川，现在一片新白。而昨晚我看到的那如铜版画一样的青杨，那瘦的连绵山脊，那黑色灌丛，那断草抖擞的低矮墙头，那展现皱褶的田畴和平阔屋顶，那嗖嗖冷风和高远单薄的天……都已不在。白雪已经如此厚实均匀地包裹着它们，并拼着命地将根茎伸展到大地的每一个角落，迅速发酵和膨胀，没有厚此薄彼的分别。它们如此葳蕤地存在，赛过每一个春天的野草和秋天的落叶，也赛过纷纷记忆。

有人在前山追逐雉鸡和野兔。这是这个冬季惯常的事情，带着游戏的性质。大多是些裹得圆滚滚的孩子，带着冻红的鼻尖。总是灰色野兔，也总是羽毛锦绣华美带着美丽眼簇的雄雉鸡。野兔在雪地上蹦跳而去，雉鸡拍着翅膀。野兔机警，从未发出声音；雉鸡笨拙，"嘎嘎"低飞而过。最终雉鸡和野兔会逃遁而去，再没有缝隙的大地，也总有隐藏它们的地方，茫茫雪野徒留杂乱脚印。而追逐的孩子们并不气恼，几乎所有的孩子都知道，他们肯定跑不过兔子，也飞不过雉鸡。他们无非是想着要打乱这个冬日的寂静，因为不留存过分奢望，结果倒无所谓。

金色河谷

晨间去提水，那是凿在冰面上的窟窿，冰下自有清澈河水静静流去，也有一寸来长的明鱼游弋。出门，沿着小路向东，右拐，穿过塄坎，下坡，来到河滩……我所熟悉的、每日来来去去的路线，夏季我走过那里去洗菜，洗衣服，冬季去凿冰，而牛羊们吃水，上山，进圈，春天长一路车前子，秋天铺一路青杨叶……但是现在，出门，然后茫然。天地早已改变模样，就连日日来去的灰鸽和斑鸠也已飞去不见。凭着记忆，行走，脚下积雪发出清脆之声，也有积雪钻进鞋子，瞬间消融，脚底冰凉。右转，下坡。可是，那条河去了哪里？眼前缓慢铺展的依旧是雪的大袍，阳光照在上面，反射灼目青光。雪野如此之大，甚至失去边际。而我明明知道，那条河还在那里。春天的时候，我曾经看两只雄雉鸡在河滩乱石之间打架，一只雌雉鸡站在旁边冷眼观战。我也想起秋天那个不见星月的夜晚，我们准确无误地跨过河流去对面的山林找寻忘记回家的羊羔。那个夜晚，我们看不见河流，但它汤汤的流淌之声暴露出它的位置。现在不一样。河流早已失去声息，又失去身形。原来有些事物在黑夜失去踪迹，而有些事物，在明亮的白雪之中，同样可以失去踪迹；如同有些事物在时间中失去踪迹，而有些事物，在变革中销声匿迹。

拾到的风景

拾到的风景

大山深处，见到最美的风景。

柏油路一直跟着田地走。从大到小排列，依次是油菜、麦子、土豆、蚕豆、荷兰豆和青稞。路面宽阔。但路面的宽阔是相对于汽车的。在连绵的田地中间，路其实成了一条哈达，没有硬度，没有宽度，只有柔软，只有不见首尾的无限。

大片的油菜花，灿烂。是浓墨重彩，是大手笔、大气度。阳光和油菜花，不知谁给谁调了色度。近在眼前的，灿烂得晃眼；远在天边的，也灿烂得晃眼。养蜂人穿梭。小蜜蜂忙着和油菜花调情。

油菜花密密匝匝，是一种纯粹的繁复。走着，看着，无端地替农人担忧起来。到了秋季，他们应该采取什么方法，才能让这花里酣睡的无数的小种子安静归仓？这花里数不尽的褐色的小种子，溜溜圆的眼睛，调皮的小精灵，该会让农人操多少心！

蚕豆也在开花。蚕豆花像一只只牛眼睛，大而黑白分明。没有眼睑，一直睁着。远远看去，蚕豆田里像卧了无数的牛，只看见黑白的眼睛。

青山脚下，坐落几座藏式庄廓。高的黄土围墙，墙面抹得光光溜溜，透着一层釉质的光泽。屋檐藏着。探出几株只起装饰作用的果树：樱桃、杏和李子。

金色河谷

蜜蜂大的蓝蝴蝶。以为是片片薄的蓝色花瓣在飞，傻傻地瞪着，总不见坠地。愣怔过后，明白那是蝴蝶。它翩跹。远了，近了，又远了。一旦调整不好视线，它便遗失了。

黄豆大的野花。淡蓝的圆花瓣，金黄的蕊，是一种；白而尖的花瓣，金黄的蕊，是一种；金黄的椭圆花瓣，淡绿的蕊，是另一种。还有其他，不能例举，因为分不清他们的色彩，过于复杂。以为小的东西，譬如孩子，都是会让眼睛忽视的，他们可以简单地活着，可以粗糙地活着，但不是。

红灯笼一般的野草莓。远远地瞄见，近却无。换了角度，俯了身，趴下，发现全新的世界。这是虫子、苔藓、小草、泥土和草莓的世界。绿色的天幕挂满喜庆的灯笼，虫子吟唱，泥土芬芳。

山是青草纷披的山。白桦，油松，沙棘丛茂密。山峰栉比，山岭逶迤。云来雾去，不见天日。白桦的树皮一张一张撕下来，仿佛女人的面膜，暂时欺骗出一点白皙和娇嫩。

先跑去登一座矮点的山，山道险峻，半途返回。又去登一座高点的山，山路盘旋，竟一鼓作气，上了山顶。毕竟不是泰山，无法小天下。

早熟的雪

　　远处山顶上的雪，也许落在昨天，也许落在前天，因为不知道时间的确切，等看到它们时，暗自一惊。

　　那抹耀眼的白，冷冷地将天空和大地切开，不作任何解释。是那样一种傲，来自骨头深处。在它之上，云朵大块堆积。云朵间的蓝，深深浅浅，分出彼此，仿佛标记；在它之下，青山依旧，云影移动，草木茂盛。

　　这是农历八月初三，不到中秋。忍不住再去确定一下气温，8℃~16℃。数字无法传递感觉，但它贯穿一切并作出醒目的记录。

　　关于那座山，那隐隐的罩着白雪的山峰，是我熟悉的。4500多米的海拔。七月里含苞的雪莲，在巨大的石头和冰块的缝隙里静默。山顶的嘛呢堆和五色经幡，那些祈祷和虔诚。清冷的山涧和跳跃的岩羊。山那面孤单的黑牛毛帐篷。帐篷外卧着的高大藏獒。帐篷顶上牛粪的青烟。散落山崖间的牛群和羊群，以及其他不分贵贱的低伏青草。

　　那座山的许多事情，仿佛刚刚呈现。其实，它们长久地存活在记忆之中。因为曾经翻越过那座山峰，并在陌生的帐篷里坐下，吃那健壮的藏族女子递过来的酸奶。

　　那雪，也是熟悉的。只是，这雪已不是那雪。今天的雨可能就是昨天的雨，因为它们彼此相连，不留间隙。但雪不同。这一年的雪飘

金色河谷

下来，落在去年的那个地方，似乎就是去年的雪，但其实不是。

在曾经的雪里，独自去附近的山。踩着鸟雀的爪印，想象自己是这尘世间逐步靠近纯净的那一个。可是记忆不容许。记忆跟在身后，黑着影子，拖着步子。人始终无法轻盈，始终无法将那白接近。

如果记忆也如雪一般，落一层，而后消失一层，想这世间便也有断断续续、零零散散的纯净。

放开那抹白，仍旧是秋。

那些花儿

冷天里的人儿，一个个都裹了浑身的寒气，仿佛刚刚从冰层里生长出来，涩涩的，呵出的气都是一朵一朵白莲的雾。冷人儿聚在一起，寻找些温暖的话题。一个人儿笑笑地说：

> 天上的星星明者哩，
> 月亮里下霜者哩；
> 尕妹的门口里蹲者哩，
> 毡帽里捂脚者哩。

竟是首青海花儿。冷人儿一个个笑将起来，眉眼舒展，青山绿水，很惬意的模样。

是很久不曾怀念起的星星和月亮，禁不住扭了脖儿看窗外。午后的天空，清寒得能渗出雪水来。远远的一抹山脊，环过来，再环过去，山顶浅浅的薄雪，雪也是隐隐的蓝，仿佛冰镇了的马兰花瓣。往近里看，疏疏的几笔枝杈间，矮屋顶漏出来，依旧笼了层袅袅的淡烟。阳光里的黄才有了点明亮，仿佛刚刚从深远的岁月里浸出来，满是古旧的芬芳。

不见月亮，却分明觉得月亮已经升起。在东山顶上，珠圆玉润的一

金色河谷

盘，清清冷冷。花儿里说，月里的霜花飞起来，纷纷扬扬，定然不似萤火虫的模样。那一定是月亮里孕育了千万粒清霜，星星挂满了萤火虫的翅膀。嗯，定然是一粒一粒的清霜慢慢生长，仿佛冰层岩缝间的那一枝枝雪莲，静无声息，潜滋暗长。定然是花瓣徐徐绽放，一片，一片，仿佛笛音悠扬，也定然是，天地莹洁，处处水花伴着冰晶荡漾。

这般错了眸儿看，似乎窗外已是大把大把的月亮和星星，收都收不拢，散散地盛开着，仿佛一茬茬的花儿。

闲想那霜花粲然绽放的过程，定是满溢了等待的漫长。等待是纺在月亮里的细线，千丝万缕，盘结缠绕，没有一只纤纤手可以理得清抽得尽。想那等待里的忧伤和彷徨，却是怎么都无法了断的清江水，叮叮咚咚，一路流下来，《诗经》拦不住，唐诗宋词拦不住，"花儿"同样拦不住。拦不住吟唱，拦不住绽放，拦不住醇香，拦不住一季又一季疯长，花儿里的念想。"一晚夕为你者满巷道跑，人问是抓贼者哩。"

"为你者跑，松木的门关上；为你者跑，桑炉里的灰渐冰凉；为你者跑，清油的灯黯窗框；为你者跑，面容儿薄成纸样。"等待的花儿在四季流淌。春天她是花的模样，夏天她是风的方向，秋天她在山巅眺望。现在，冬深了，大地好端端地瘦了，鱼儿深藏了，雁儿落了，信儿无法捎了，一切似乎冰封了，可是缀满了念想的花儿悄悄地开了。河里的皮筏子淌着，塄坎上粗糙的风刮着，门口的人儿等着，月亮里的霜下着。霜下着，门口的人儿晶莹着。脚丫温暖着，有毡帽捂着；心儿荡漾着，有姑娘笑着。

破布衫

破布衫

前天买来一把青蒜。大蒜就羊肉，青蒜配汤极好。葱也买来一些。买来的青蒜和葱搁置到南墙根，那里积雪厚，翻一铁锹青蒜和葱就能进冰箱。当然，在冬天之前，南墙根一直是个葳蕤的存在。有一种虞美人极小，连花带叶不过五六寸高，它的叶子倒是可以掐来吃。这种虞美人繁殖快，今年在墙根开出两朵明黄的花，明年便是一墙根的明黄。墙根光线多散射，雨水又容易沉积，那里的苔藓就墨绿油亮。蜗牛拖着家在苔藓上爬，因此慢得奇怪。但很多时候我发现蜗牛扔了房子跑，依旧慢，就有些恨铁不成钢。南山的悬钩子到了青稞成熟的季节就红得可爱，我移一株栽到南墙根来，长势极好，就是不结果，跟移来的草莓一个脾气。至于冬日降雪，我们的习惯是将雪堆到墙根，由它慢慢融化到旧年的根茎上去，反正雪水再多也不怕墙倒。在我的小时候，冬日南墙根主要用来储存青稞面干粮。腊月的忙就是为着颠覆过去十个月的辛劳与省吃俭用，小年后，小麦面的馒头、灶卷、馓子、油饼都已蒸出炸好，黑而粗糙的青稞面干粮就被老人们放进箩筐埋到南墙根的雪里去，来年河开雁来小麦做的吃食——告罄，青稞面干粮又会从雪里走出来，再上饭桌。

那时候雪也多，雪花成形，我们的游戏是将雪花接到掌心里数角。现在的雪都已成为裹着尘土的碎粒，孩子们读一句"雪花大如席"认为那就是魔幻。大寒前一天，一场碎雪竟也将天地盖了个清白。一整天窝在屋里打瞌睡。无所事事时听威廉姆斯的《帝国进行曲》极好，因为是外行，听着听着就感觉即将有大事情发生，振奋。屋里一张炕桌墨线勾勒的是《三顾茅庐》，那是父亲四十多年前的画作。父亲为人谨慎，写一手毛笔字带点儿柳体的瘦硬，又透点儿秀气。我从小看惯炕桌上这幅《三顾茅庐》，觉得三顾茅庐也就是一夜北风寒，万里彤云厚，刘关张裘衣暖帽在风雪中，对面草堂上诸葛先生正自翻身又睡去。睡意朦胧中再瞄一眼炕桌，一皱眉人又精神起来。想小说中刘关张三访茅庐才遇见诸葛，那时正是先生草堂春睡迟，外面怎可能玉簇银装、北风彤云？一激灵，睡意全无，扭头便看见窗外南墙根的窃贼。一只红嘴山鸦裹着黑大衣，蹬一双朱红的靴子，抹着浓艳纯正的口红，正在碎雪中拉扯我埋好的青蒜。山鸦显然努力过一阵，不如意，带点气急败坏的模样，歪斜着大衣蹦过来跳过去，还扭头瞄一眼这边的屋子。山鸦本没有羊肉吃，又不会包饺子，要青蒜干什么，我便不急。

当然，冰雪冻过的青蒜又有一层味道。如若给这样的青蒜焌上热油，也是一种风味。小年后的几天已经在演习过年，油腻的东西多起来。我吃油腻的东西常吃出坏情绪，胃疼和萎靡不振在其次，主要是惘然。因为小时候我觉得自己可以成为人间四月天，谁知长大后天天油盐酱醋，最终成为了人间的一碗大米饭，这时候揪一碗破布衫极好。将擀好的青稞面一块一块撕进萝卜白菜的热汤里去，出锅时青蒜苗焌一勺热油。清贫年代的饭食，总有着货真价实的好。

腊
八

腊八

　　到了腊八这一天，河水便披起晶莹的甲，其实她柔若蒲柳的身子依旧在冰层下缓慢流淌，她的絮语，关于水草、卵石、游鱼、海洋和飞翔，依旧茁壮持续。我想着她们终究是揣有希望的一群，便是如此寒冷也凝固不住她们小小的欢欣。

　　腊八的早晨去刨冰。小时候也吃腊八冰，扭过村前小路，去河道用柳条编织的箩筐将凿碎的冰背回来，大块大块搁置到南墙根，也有老人将腊八冰插到门口的土堆上，清亮亮的，以示对神的敬意。那时将腊八冰拿在手里啃，或者融成水来喝，从没吃坏过肚子。如此多少年过去，在我们想来，腊八冰早已成为一种洁净美好宛如神灵的存在，便是不再啃啮也要凿些回家，储着它们仿佛储着一些安稳。去刨冰的路上——这么冷，天空的灰压着旷野的白，还没有几个早起的人冒着风寒来到野外，我看到一只红狐。这让人诧异，起先我以为是一晃而过红白相比的幻觉。我在小时候经常见到藏狐。藏狐短尾巴，短耳朵，短四肢，毛色分布也有规律，它身体靠近天空的一面棕黄色，靠近地面的一部分白色，仿佛一个小矮人搞粉刷没成功，我通常将它看成棕黄色的大狗。红狐只在文艺作品中见过，红狐的学名叫赤狐，不如红狐好听，感觉说红狐仿佛在说精灵鬼怪，说赤狐也就是在说一只普通的狐类。资料说红狐的尾尖为白色，我在一个愣怔后看见眼前的红狐

金色河谷

带着个白色鸡毛掸子一样的大尾巴，仿佛从白狐身上借过来，一时对以往查阅的资料失去信心。看动物我更愿意看它们的眼睛，不管怎样凶残的动物，我总能从它们的眼睛里看出些孤独和无助，还有悲悯，当然看一个人我尽可能避免看他的眼睛。这个早晨的红狐逃得快，我都没来得及去捕捉它的眼神，只见得茫茫雪野里一个红色背影跳跃着远去，仿佛红楼里宝玉拜别父亲那一幕的翻版，让人戚戚。

腊八吃搅团。我一直不知道在其他地方是否也有类似搅团的饭食。母亲那一辈人受苦多，吃得却极为潦草简单。记忆中母亲做一顿搅团吃，家中便有隆重热烈的气氛。如今母亲不在人世，我便喜欢上搅团。母亲常用豌豆面或青稞面做搅团，也就是将大锅水烧开，撒入盐和花椒粉，再将面粉一把一把撒进去，用擀面杖不停地搅。如要搅团好，搅上一百单八搅。意思是搅团如要不结疙瘩，一要火温，二要多搅动。那时就搅团的小菜通常是素拌白萝卜、清油炝酸菜，外加蒜末、辣子、醋。我小时候其实不喜欢吃搅团，就像现在我的闺女。我平时给闺女做饭做得很开心，现在给自己做就有些敷衍。凉拌土豆丝、凉拌菠菜，隔壁送过来的豆面和酸菜。夜黑得快。搅团还没焖熟，邻家的狗就叫起来，带着寒意，又远又近。又有不知出处的猫头鹰，在黑暗里很低沉地啼一声。我出一回神，想山外的人是不是都要熬腊八粥，又出一回神，想母亲居住的那个世界是不是也有腊八，如果有，或许还有着《九九消寒图》。如此一想，便觉得母亲还在腊八的灶房忙碌着，只是那背影越发矮下去。

刺柏和鹅卵石

除夕晚上一件重要的事情是打醋碳。将鹅卵石烧红，撒上柏树枝，浇点儿醋，然后端起冒着浓烟的醋碳盆子逐一巡过各房间，人们自然要用烟将身体熏一遍，并用手指蘸点儿醋碳水抹在额上。老人们说这样做可以洁净自身，祛除病魔。这其实已经成为一种仪轨，多少有了些藏族民间宗教中焚香的意思。在年轻人看来，打醋碳也有杀菌的道理。这使得这一活动以完整的形式继续下来。令人欣慰。

院里一株刺柏，算来是上世纪 30 年代栽下的。到母亲打理家务那些年，这棵刺柏已有四五十岁。母亲习惯宠着家里的猫狗牛羊，也宠院里的花草。如果我端一盆洗脸水或者洗衣水，母亲便叮嘱，千万不要将它们泼到花草树木上，说花草树木性子高，不受人的浊气。或许这话有道理，那些年我家的花草格外茂盛，墙角的野罂粟挤满墙根还要爬到墙上去，弄斑驳一面大板夯筑的土墙不说，还将房顶的土松散。腊月的时候，隔壁邻友来我家摘柏枝，母亲人善良，不好拒绝，便亲自钻到柏树底下找那些黄去的枯枝，但是柏树的枝条哪里有轻易枯黄的。画画的父亲也有初一十五焚香的习惯，又舍不得去柏树上折一两枝下来，为此逢着夏季时日长，我常跟母亲去深山，祁连山多的是云杉和刺柏。柏树老态龙钟地歪在青色岩石上，枯去的枝条如同愁眉垂下来，容易采摘。母亲爱花花草草爱到将云杉栽到家里来。我后来才

金色河谷

知道人们忌讳将云杉栽到自己身边。云杉有着一股子阴森气，猫头鹰爱钻进云杉里啼叫。母亲前后将十几棵云杉栽到院里院外。1998年母亲去世时，这些云杉已有一米多高。

我钻到柏树下面找些枯去的枝叶，结果只看到麻雀灰白的粪便。小时候我能识别出公麻雀的粪便，因为用它和蜂蜜可以擦脸。青藏高原的风冷硬得厉害，擦脸油不过也只免个小小心思。这一天令人讶异的是，我找不出一枚枯去的枝条，叶子也没有，刺柏的球果依旧像夏季那样带着灰蓝。扭头看墙角，云杉的松针铺在残雪上，歪歪斜斜中透着些干枯的黑色。柏树却没有。我想象记忆中的柏树底下，似乎也难见到凋落的枝叶，有时有一枝黄去的枝条，似乎也是几年才见到。我站在那里便有些恍惚，想着眼前灰绿的刺柏叶子有一些一定是上世纪30年代长出的。30年代还长出了什么，有什么留下来？这样一激灵，我想我是不可能将30年代的叶子摘下来打醋碳的，于是转身去河滩。

河滩埋在冰雪中，找石头就多了些困难。好在有些大石头从冰雪中冒出一角来，掰开它们的缝隙，便能摸着些小石头。打醋碳的石头要圆，一颗一颗地摸，免不了又要多些不必要的疑问：手心里的这颗鹅卵石是什么时候形成的？腊月给不出答案，天又冷得出奇，按道理讲，太阳在这时是逐渐回归北方了，看上去却一天比一天瘦。

在燕麦川的晨光和暮色里

　　那一刻，我明明感知到高原九月的阳光藤蔓般匍匐，我和我的女儿，正在一个名叫燕麦川的地方徒步行进，但是，阳光的肆意泼洒又让人迷离：时光仿佛回到远古，天空洁净，风清冷，大地上，除去我和小小女孩，再无人影移动，眼前一川青葱，寂静，却又丰茂，仿佛未曾过有艰难往昔，亦不曾存有明暗变幻，此一刻显现，清晨、阳光、花香、水流、虫鸣，足成永恒。

　　是，扭头，我眼前所见，无不是过滤掉烟尘的事物。大块云朵正在向中天移动，翻卷，堆积，无论哪个词都无法说出它们此刻的轻盈闲适。青色山脉罩着淡烟，环绕天际，并且无尽延伸。山下小麦，早已泛上黄色，而油菜，它五寸长的荚，还染着葱绿。在田地之外，溪水穿行的地方，野草铺成滩涂。我无法叫出这些野草的名字，尽管我如此熟悉，我也无法叫出一些野花的名字。

　　虽然还是早晨，南北穿行的公路上，阳光已将柏油晒软，脚踩下去，路面似乎伸出数只小手，拽住脚步，不让迈出。如此走过川地大半，我不得不带着女儿拐进路边马蔺丛中，做小小休整。马蔺，我幼年时期就已认识的花朵，现在，它们在这个名叫燕麦川的地方，如同在我故乡那般茁壮，它们的剑形叶子，根根竖立，历经风雨的模样，它们淡紫的花瓣，却柔媚如同贵妃酒醉。天地之间这凌厉和柔美的完整绽放，是如此突兀又如此天衣无缝。人在阳光下

金色河谷

还没坐定，马蔺花的芬芳已经浪花一般扑来，这是爽而不腻的花香，无法和一位浓妆艳抹的女子相连。望过去，马蔺顺着河道蔓延，几乎就是淡紫的河流倾斜而下，无法止住。后来，我扯过几枚马蔺叶子，给我小小的女儿编一匹骏马，还有磨盘。这是我幼时爷爷教会的戏法，多年过去，未曾忘却。

未曾忘却的，还有什么。时光的细节过于绵密，如同植物根茎，穿梭，缠绕。我无法低下身去，将它们一一抚摸，但我知道，它们并非就此失去踪迹。想象，亦或事实，我看到几百年前的燕麦川，边墙，墩台，旌旗，刀矛；乱云，西风，荒草，海寇；杀伐，焚掠，奔逃，抵御……暮色总是如期而至，烟岚也总是绕着残缺。镜头慢慢移转：时间消失，燕麦一茬枯去，一茬葱郁，原先的草滩生齿日繁，犁锄渐起，及至后来，村庄相连，牛羊遍野。变幻如此剧烈，沧海桑田。我想着我若有分身的本领，并且能够穿越，我愿意回到每一个时刻，看落日怎样将土墙染上金黄，听晨风怎样穿透草叶，我甚至想回到一座树木掩映的院落，在青石的台阶上，将黑夜坐成白昼。

树木掩映的院落，此刻，我和女儿慢慢穿行的燕麦川四周的村子，显现的何尝不是旧时身影。去年，还是去年之前呢，我在黄昏穿过这里的大片麦田，还有油菜和土豆田，去探望一位友人。那时油菜正在开花。单株的油菜开花，是那般寂静，仿佛所有的翅膀都已收敛，而所有的吟唱都已停歇。一旦花瓣成海，油菜花便开始喧闹，仿佛一朵花就是一个小喇叭。其实仔细听去，也不是油菜花发出声响，而是蜜蜂、蚊蝇、昆虫，似乎阳光也在持续不断地拨动几根没调的弦。它们将声响混合起来，罩在油菜田之上，仿佛金黄的大海正在眼前。

推开"吱呀"作响的大门，我看见黄昏正将它最后一缕浓郁光线搭在檐下的廊柱上。这是刚刚建起的房子，松木梁柱，铝合金与玻璃封闭的前廊，砖混砌成的院墙。院子中央依旧是这里常见的小花园，种植着波斯菊、翠菊和大丽菊。一株丁香花期已过，但它心形的叶子仍在摇曳。李子树高大茂盛，虽然花已凋落，仍旧可以让人想象出当时粉雕玉琢的模样。走进去，首先嗅闻到的，是漫过来的，一所旧院子所固有的气息：炊烟的气息，麦秆燃烧的气息，花木的气息，犁尖生锈的气息，鸡粪的气息，还有灯桌抽屉里天麻和衣柜里樟脑的气息。檐下闲坐的老人，也在发出自己的气息，那是久历风霜的气息，是安宁祥和的气息。

坐下，喝一口热茶，看进出灶房的友人面带羞涩。她脸颊绽放的红晕，几乎就是一株天然之桃。那一年，在端午的微雨中，当我们怀抱大束沙枣花去给年轻的实习老师送行，友人的脸颊上，是否有这样的红晕呢。那时时间过得总是仓促，甚至潦草，许多细节未曾仔细揣摩，便已走过。毕业，失去联系，各自在不同的地方跌跌撞撞，然后再联系，再见面，突然发现，当年的伙伴，性情并没多少改变，只是生活的方式已经有所不同。不同，自有不同的好。友人在这里，尽管有许多繁杂琐碎，时常恼人，却也多出些晨兴理荒秽，带月荷锄归的悠闲意趣，这是我所期望而无法实现的事情。

这样坐着，见黑色大猫咪从墙头跳下，女王般走过来，蜷在身边，并且伸长脖颈，等待抚摸。有着明亮眸子的男孩，牵着羊羔走进大门。晚风拂过，高出院墙的青杨树发出飒飒声响。喜鹊飞下来，在南墙根

金色河谷

寻找吃食。恍惚之间，昔日重来，我似乎又一次成为故乡年幼的孩童：从幽暗的北房走出，穿过院中花园，采摘一支淡粉的波斯菊花朵，插在发梢，逗弄一下趴在门口吐着舌头的黑狗，拉开门扇，一眼瞥见门前青山，寥廓舒缓，而身后的门，总是开着……这便是普通人家的院子了，然而极好。这样想着，不由将目光再次穿过院子。而跟随目光的，却是一段曾经的时光：门打开，然后阖上；灶间的火点燃，然后熄灭；一朵花在清晨绽放，又在暮色里合拢；墙脚的那撮苔藓，冬天枯去，春天再绿；孩子出生，老人去世……院子却不曾老去。这是一种强韧根基，在这里，所有的出走都会回归，所有的离别都终归团圆。

之前，在燕麦川西南的丛林中，我见到大片探出头来的蘑菇。早晨的烟雾显然刚刚过去，远山朦胧。但是林中蘑菇，依旧呈现着它们乳黄、棕红、莹白、淡紫的绚丽色泽。也许一场连绵之雨才过去，林中土壤湿滑，蘑菇丛生。这里才是一堆，落下的棉花骨朵般，那里又是一串，仿佛小兽匆匆跑过。也有躲藏在朽叶之下的，做着酣梦，小虫正在上面莫名的来往。天上的星子，看上去闪烁不同光泽，但它们的样子，似乎总是边际朦胧的一点，而地上的蘑菇不一样。在蘑菇面前，可以看出人的想象力再丰富，也比不上自然的想象。人是循规蹈矩的，哪怕有点反叛和逆转，也总是框在一种逻辑或者经验里边，自然不一样。俯下身子，我却只识得两种蘑菇。高秆狗尿苔，色泽绚丽，当它们腐烂时，会散发出熟萝卜的气味。另一种圆润光洁，白而不腻的小蘑菇，叫不出名字。我记得童年雨后，我常去林子采摘这样的小蘑菇，拿回家，洗净，掰碎，将铁勺烤红，倒入菜籽油，烧过，放入蘑菇清炒。调料只是一撮盐，却是无以形容的美味。

　　蘑菇所在的林子里，是我熟悉的青海云杉、油松、祁连圆柏、白桦、红桦，还有木质纠结的黑桦、山杨……云杉和油松总是高高在上，抢夺阳光，并将阴影覆盖下来，这使整片森林幽暗潮湿。在它们之下，桦树总是心有不甘地生长，它们寻找阳光能穿透的空隙，因而它们总是歪着身子。祁连圆柏喜欢逃离到高处陡峭的山崖上去，它们是遗世独立的树木。那些灌丛：高山杜鹃、金露梅和银露梅、沙棘、小檗、铁线莲、野蔷薇……高山杜鹃有着奇异浓烈的芬芳，它们总是将花朵开放在夏季之后，野蔷薇此时刚刚开放，单瓣的花朵，简洁纤巧。铁线莲也在开放，它们的花朵，可以用来玩一种斗狗汪汪的游戏。一种名叫牛筋条的灌木，它们如同丁香的小小花朵，居然能喷吐出无比浓郁的芬芳。山花就是这样，花朵与芳香，它们并不成正比，也不遵循惯例，它们总是出乎意料。

　　驻足，并想象曾经穿行于这座山林的鸟兽，以及人群。一头胸前抹着月牙的月熊，一只始终竖着耳朵的灰兔，一只藏狐，它的四肢和尾尖点着白毛，或者一只旱獭，经常一个冬天都藏在洞穴，盘旋在树梢之上的雀鹰。而走过的人，他们来这里拾柴，找草药，寻找丢失的牛羊，或者穿越丛林，试图到另外的地方。我站立，然后默想。如果在久远之前，他们会着怎样的服饰，怎样讲话，他们的笑容是否灿烂亮丽。现在，这些树木依旧，尽管它们也有生死，也有繁荣和凋零，但林中足迹，已被落叶层层覆盖。

　　到达却藏寺时，傍晚的阳光正将大地包裹，没有缝隙。几只蜂蝶

金色河谷

在光线中穿梭，匆忙。清凉之风从山顶拂过，送来草药芬芳。寺院周边的村子依旧静谧。土墙和红瓦的屋顶共同存在，雕刻图案的门楣藏在青杨的阴影中，已经泛白的对联，寓意美好。不知道人们都在何处忙碌，时光却是这样安详。

寺院建在极好的地势之中：东西各有一山环抱，后山栽植大片云杉和圆柏，寺前是却藏滩的千亩良田。寺院曾被拆毁，素朴的寺门前青草蔓延，一只母羊套着绳索正在那里啃草。院内孤零零一座大殿，几间旧掉的僧舍，殿门挂着铁锁，这是藏汉风格融为一体的清代建筑。殿前台阶下，是长满衰草的大片空地，黄色蒲公英正在开放，一只大狗拴在那里，见我和女儿靠近，开始扯着链子狂吠。寺院太过空阔，人反而不知所措。绕过清冷香炉，看属门两边斑驳的雕刻图案，抚摸那些温热磨损的木头。回头，我看见窗棂上鸽子的粪便正在堆积，显然许久未曾擦拭。

寺院昔日的情形会是怎样，我无法一一见到，只能凭借文字的片段，去了解它曾经的兴衰。却藏寺始建于清顺治四年（1647 年），当初曾有众多殿宇、经堂、佛塔、僧舍，尤以千佛殿、九龙壁（残体）出名，是藏传佛教格鲁派西北四大寺院之一。后经扩建，有了大小经堂、护法、弥勒、龙王、灵塔祀殿等殿堂楼阁，活佛府邸以及僧舍。寺内有法相、时轮、哲理学院及总领全寺的大经堂。建立讲闻经院、显宗、密宗、修辞学院、天文、历算等学科系统。鼎盛时期，僧人达千余人。道光十年（1830 年）进行大规模修建，建成千佛殿，九龙壁（砖雕）、宫式山门、廊房、铜制经轮，以及拉木桑佛堂、通天四柱经堂、宣康佛宫、小经堂、襄所(佛府) 僧舍等 310 处。清同治五年（1866 年），除九龙壁、千佛殿、章嘉和却藏囊幸存外，其他建筑惨遭焚毁。光绪十三年（1887年）再次重修，1958年再次被毁。

这样回忆一些文字片段，在寺里漫无目地走着，遇见一行香客前来拜佛，守护寺院的僧人便过来打开殿门。跟随其后，他们的谈论过于简单，这依旧是习惯于沉默寡言的人，然而他们内心执着。从言谈中，我约略知晓他们的大概。他们从佑宁寺附近的村子赶来，其间有他们的亲戚，从远在海西的乌兰慕名而来。然后，然后依旧是寂静。也许寂静最为神圣。我看着他们转动经轮，凝视从幽暗深处逐渐清晰的壁画，暗自解读那些佛经故事，炷香礼敬，匍匐下去，将身体交给大地和诸佛……幻象便是被摧毁，它依然是幻象，菩提本无树，明镜亦非台，如果心有不安，此刻便可大安，如果未曾见性，此刻也可悟出点滴。出门时遇见贴在墙壁上捐修寺院的通知，领着女儿去僧人居住的简易房子，捐出不多的钱款，看僧人用毛笔在一本记事薄上仔细写下我的名字。

在到达却藏寺之前，我和小小女孩经过一个名叫十字的集镇。亮光闪烁的窄小街道两边，各种店铺密集排列。卤肉馆，菜铺，理发店，裁缝铺，五金店，百货铺，甚至有移动公司的缴费点。此刻这些店铺生意显然并不兴隆，人们搬着小凳子，坐到外面来。男人们聊天，女人低头缝十字绣，也有围着打牌的。猫咪穿街而过，偶尔一两棵树荫下，小孩玩着游戏。看上去，少有陌生人来到这里。我牵着女儿走过，一些目光聚过来，大胆直率。身边小汽车、摩托车疾驰而过，也有推着自行车的人，车座上捎着大包东西。裁缝铺门口有老人提着一篮李子在卖。是当地常见的小李子，有些已经熟透，黄色的外表皮吹弹可

金色河谷

破。老人论碗来卖，直径四寸的碗，一碗一块钱。买一碗，老人又从篮子抓一把过来，看着女儿，说，这丫头好看。这是愉快的过程。这也是有别于田园牧歌的乡村，不同于繁华运转的城市。是，这是时光高速路上的服务区，它有着这个时代快速便捷的影子，又带着慵懒的旧时光阴。它必当出现，而后存在。

拐进临街的卤肉馆里，喝浓酽的茯茶。这是用花椒、草果、盐和姜片熬出的血红黑毛茶，也是我从小就已喝惯的茶。已近中午，阳光从窗户的小块玻璃斜进来，铺在对面凳子上，并将它的四肢伸展到青杨木方桌上。油漆斑驳的桌面，显现一些裂缝、浮尘、水渍和疤痕。店老板坐在玻璃橱柜后面打瞌睡。他面前摆放大盆刚刚出锅的卤肉，浇了糖浆的肥厚猪皮红里泛黄，八角、花椒、草果、姜片和老汤的香味浓烈持久。一边的架子上，铁钩挂起大块生猪肉。坐下，叫两碗清汤面片，一只猪脚，耐心等候。邻桌是跑摩的的司机，这样大热的天气，腿上依旧裹着护膝。

这样坐着，我想着自己享用的燕麦川的时光便是如此，素朴，沉静，却丰饶，厚重。这是一些常被忽视却又奢侈的时光：徒步走路，嗅闻野草清芬，也接受道路之上尘埃的侵扰，看望一些已经消失的事物，想象它们过去的丰富细节，偶尔交谈，关于生活的诸多琐碎，闲坐，喝完一杯茶，其间并没任何念想发生……一个地方的时光这样流去，看上去与平常无异：清凉之风依旧在远处河谷，河谷之水，依旧绕过灌木丛、丛林里，雉鸡依旧穿戴华丽，野兔依旧蹦跳警惕。但又异于平常：时光流失，同时停驻；停驻，但同时宁静蓊郁。

后记

事物最初的存在，原本无心，我想着肯定是这样。譬如一片云，它当初在天空凝聚，然后游弋，看见的人在底下昂起脖颈，莫名兴奋，抑或忧郁，这与云并无关系。云存在，浓重或者轻盈，翻卷或者飘逸，那自是它的常态。许是有个人觉得云在天空过于闲散，无所事事，有愧于流年，于是给予云一些担当。这个人如果是科学家，那情有可原。但科学家总是很少。于是出现了诸多杂家。于是云或者其他诸如云的事物就有了变化：尊贵与卑微，高大与渺小，漂亮与丑陋……但是，事物的存在有什么高下之分吗？哪一座山脉难看到令人绝望，哪一条河流鼓噪得让人厌烦，哪一声风过如鹤唳，哪一阵雨抛似流光。如此看来，全在于好事者为之。

一瞎说就跑远了去。

我当初捉字，也属无心。捉来玩便是。你看一粒粒黑色的字，拿过去倒过来从不吭声，多一笔少一点也还是模样。这样说，似乎自己多么悠闲，甚或超然到一种境地。不然。只是后来渐渐有了意识，觉得捉来的字如若跟捉来的虫子放在一起，无趣得多。于是想着，我如果能驾字御风而行，能够游无穷，也给了这无辜的字以玉鸾和云旗。

只是，我又没有击水三千的翅膀。我所能做到的，似乎只是将字向过去排列。

我看到这一点，就知道自己并不会成为真正的好事者。我原本是乏味的人，靠回忆丰富。我捉来的字，自然带了我萎败的色调。过去与未来，是不是存在明与暗，是不是存在粗笨与精妙，我不计较。我也不计较惯常的主题和目的。我单知道，是草，葳蕤便是；是冰雪，消融便是；是时光，流淌便是；是想法，胡说便是。

是驴背寻驴，可以，但不是梦中寻梦。

我的眼光因此总是逃过人群，或者从身影的缝隙中穿过，转向事物。因为它们的沉默，我无法明确它们的来龙和去脉，无法拿捏太多。我无法写诗，又无法作曲。于是临摹。也只是浅切地临摹。但头花杜鹃有着浓郁的芳香，芳香我又描摹不出，只好记下焚烧头花杜鹃的细小。如此，我将一件件知晓的事物，以及我的琐碎，积下来，最终堆砌成另一种事物。

失败的事情不过如此。